第二輯
風雲變幻
卷5
魔蹤
尋龍記
無極 著

目錄

第一章　首戰告捷

火龍真人聞得這聲沉喝，是有若遇到大救星般的臉色大喜；而荊無命和烏牛天尊聞得這聲沉喝則是一股驚惶不安之色。

項思龍心神一震之下，從幾人臉色變化中已是知曉來的是什麼人了，臉上不動聲色的快速掃視了荊無命一眼，似在責備他為何不對自己說真話，口中卻是哈哈大笑道：「天風，多年不見，聽你聲音健朗卻還是如若當年啊！看來你的『波羅神功』又已精進了不少，真是可喜可賀！此番元首進發中原，你可鴻圖再展了！」

「彼此，彼此！總護法的『滅情道』不也是練至了最高境界『紫氣天羅』了嗎？並且總護法乃是元首身邊的大紅人，天風可不敢跟你相提並論啊！」

言語間，一個身形高大，長髮散披至肩，雙目精芒灼灼，但臉色卻是陰森冷漠的老者落在了火龍真人身側，一掃荊無命和烏牛天尊，嚇得二人情不自禁的打了個冷顫後，又落到了項思龍身上，臉上毫無表情接著冷聲道：「總護法此次前來西域，我想不是來收羅人馬的吧！對我的手下何必那麼過份逼迫呢？願意投順你的人，我也不會計較了，不願投順你的麼，還請不要為難！」

項思龍仰天打了個哈哈道：「當然當然！據聞令主不是混入那什麼項少龍陣營中了嗎？這麼快就大有收穫了？那可我恭喜你立了大功了！嘿，但願令主在此次元首入侵中原的大業上再立新功，那你可就大紅大紫了！」

項思龍在天風令主剛一出面時，心裡就為父親項少龍等的安危打了一突，可又不能著急，以防露出什麼馬腳來，所以只得忍住心下的衝動，與對方虛與委蛇而針鋒相對的客套兩句話。再瞧機會不著痕跡的用冷嘲熱諷的語氣提出有關父親下落的話題，想從天風令主口中套出些什麼來。

不想對方只輕哼了一聲，臉色鐵青的沉默片刻道：「我可沒那麼大的福氣！對了，元首和教主此番派總護法前來西域，可有什麼安排？」

項思龍見對方別過自己想知道的話題不提，心下不禁有些失望和焦慮，但見天風令主對自己說話的態度和語氣，想他在發現自己等的行蹤時，已經暗地注意自己等了，但看他這份讓自己也沒覺察的輕功，此人一身武功當也確是不可小視，自己倒是得愈發小心行事了。

依現在的情形看來，對方似也還未瞧出自己的什麼破綻，已經相信自己是真正的古里木了，這也不謂不是一大收穫。如此想著，也寬下些心來，不動聲色的從革囊裡掏出鬼影修羅送來的文書遞給天風令主，冷冷道：「一切的計畫行動都記在這上面了，你拿回去慢慢看吧！在下已經很累了，令主如無他事的話，就請便吧！」

天風令主臉色極是難看的接過文書，也沒再說什麼，陰冷的望了荊無命和烏牛天尊一眼後，向火龍真人招了招手道：「咱們走！」待天風令主和烏牛天尊離去，項思龍斂回煩亂的心神，微笑著對臉上有些失落神色的荊無命道：「荊堡主有什麼心事嗎？這麼沉默！」

荊無命掩去臉上苦色，陪笑道：「哪裡呢！屬下只是想著令主與特使關係似有些不和，這……會不會對我們的行動有防礙呢？」

項思龍暗罵一聲：「老狐狸，想挑撥我和天風令主之間的矛盾，讓我和他鬥個兩敗俱傷，好讓你坐收漁翁之利啊？哼，你老小子的野心可真不小呢！只可惜老子這特使是個冒牌貨，無論怎樣，你也無法奸計得逞！反而你如是對魔教中毒太深無可救藥，老子只會幹掉你！」

心下如此想著，嘴裡自是不會說出，只淡然一笑道：「有對手競爭，人生才會有刺激有進取嘛！嘿，本座就怕他不堪一擊呢！」說到這裡，又轉過話題道：「喂，本座今天收了你們兩位愛將，心情大悅！荊堡主，吩咐下去，全堡武士今晚狂歡慶祝，迎接我們西方魔教的輝煌明天！」

荊無命聞言應「是」退下。花仙仙這時已從悲戚絕望的情緒中平靜了下來，怔怔地望著項思龍，低聲顫問道：「你——真是……特使大人？」

項思龍一笑點頭，花仙仙已是嬌叫一聲撲進他懷中啜泣起來道：「還好有得特使大人相救，要不妾身……只好到來世再服侍特使了！」

項思龍為了演戲逼真，輕擰了花仙仙俏臉一把後，邪笑道：「何必等來世呢？今晚你就可以與本座翻江倒海了！」

花仙仙聞言一臉嬌羞，如倦鳥歸巢般依偎著項思龍，模樣兒可愛動人之極。

項思龍見了也不覺一陣心猿意馬，男性生理衝動迅速高漲。

這可也並不能怪項思龍色急，他本性本是如他父親項少龍一般風流成性，現在這美人兒已是芳心對他默許，再加上他近段時間連日為西方魔教的煩惱奔波勞碌個不停，已是好久沒碰女人，這怎叫他不動心呢？

孔子也曰：「食色性也。」男人風流在那古代更是司空見慣的事情！

花仙仙似已感覺到項思龍的衝動，俏臉上的羞色更是嬌紅了，附到項思龍耳邊低聲道：「侍寢特使大人乃是妾身的福氣，你想怎麼樣就怎麼樣好了！」

這等挑逗的話讓得項思龍更是慾念大熾，但心神卻是為之一斂，推開了花仙仙，哈哈大笑道：「美人固然重要，但大事卻不可忘卻！荊堡主可準備好今晚的宴會了？本座想大概瞭解一下堡中的人馬實力！」

已走了回來的荊無命躬身道：「一切安排妥當，只恭請特使赴宴了！」

晚上的宴會隆重而又熱鬧，但氣氛卻有些嚴肅。

足有千多平方的大廳擺了將近一百來席。

入席的除了項思龍、焚天邪神、金轎四使和荊無命、烏牛天尊等外，還有許多中原的奇人異士，諸如在中原武林享有盛譽的天龍八俠、雪山大俠等一些正道人士，也有奪命追魂、草上飛等一些黑道梟雄。

但最為讓項思龍關注的卻是荊無命座下的十二勇士，身如鐵塔，雙目神光灼灼，顯是內外兼修的高手。

看來這荊無命本事可也真還不小，手下有著如此威猛的武士，收羅的門客也是中原的一些高手，且其他的一些人也都是不可小視的角色。

他為何有著如此大的號召力呢？憑藉西方魔教的名頭嗎？這不可能！因為魔教在中原還尚無勢力滲透，江湖中還名不經傳，就是自己也是在將臨西域的雲中郡城才知曉有個勞什子的西方魔教的！

那荊無命又是憑什麼力量招集如此眾多的中原高手呢？還有看其中的一些武士似是久經訓練的軍人似的，難道這荊無命是中原的什麼大有來頭的人物？那他又為何要隱居西域供魔教中人驅使呢？以他的能耐，在中原應該是可大有作為的啊！

這……內中定有什麼隱情！自己可得施計從他口中套出！

心下想著時，荊無命已是向項思龍邊敬酒邊道：「特使大人，屬下的全部實力精英都集中在這裡了！嘿，就是天風令主他也並不知道屬下的全部實力呢！」

項思龍知荊無命說這話既是向自己獻殷勤忠心，又是向自己誇耀他的實力，想獲得自己對他的信任，看來他倒真是決意效忠自己了，但這其中也定隱藏有什麼秘密。

項思龍微笑道：「荊堡主的確是我魔教中的人才，天風令主可也真是埋沒委屈了你！本座則決不會如此的！待本座中原的事一完成後，定會向元首舉薦你！嘿，憑你的本事，應該調到總壇去任個要職才是啊！」

荊無命聞得此言，臉色一變，不喜反焦急的道：「屬下可知自己是個什麼料子，擔任總壇要職恐怕還難以勝任！在西域則是待久了，還勉強可以管理吧！」

項思龍漫不經心的「噢」了一聲道：「這豈不太令荊堡主受屈了？不過想想讓你留在西域也最好，熟悉這裡的一切且根深蒂固！本座會滿足你這個意願的！」

荊無命大是放下心來，臉色舒緩了許多的道：「一切全仗特使提拔！特使大人不是想審訊一番那騰翼嗎？屬下這便派人去把他提擒來，讓特使審問！」

項思龍心下一緊，心想：「在眾目睽睽下審訊騰翼這可不行，自己可還有許多秘密不能讓你們知曉的話要問騰翼呢！」

當即搖頭道：「不用了，待宴後本座想單獨審訊他！對了，荊堡主可知天風令主混入了項少龍陣營後，有什麼收穫沒有？」

荊無命想起自己之前騙項思龍說不知天風令主下落的事，老臉一紅道：「這……還想特使寬恕見諒屬下先前欺瞞你！」

言罷，待項思龍示意「沒什麼」後，接著又道：「據天風令主對屬下所說，他把元神轉入那范增體內，本想施展精神控制術控制住那項少龍的心神，怎知他野心極大，想待進入項羽陣營後，連項羽和項梁也一併控制住，不想半路上卻遇上『日月天帝』教主耽誤了行程，之後又遇上罕見的龍捲狂風。

「因他功力難以與龍捲狂風相抗，所以只得把元神退出范增體內退了回來，所以他此番可說是毫無所得而退，且據他回來時臉色的蒼白，屬下可以斷定他已受了重傷，特使如……現在是最好時機！」

項思龍見荊無命老是挑撥自己去對付天風令主，看來他對背叛了天風令主心下甚懷顧忌，這卻也好，他為了保命，不得不全心全意的投靠自己這假特使了，那麼自己就可利用他來作為自己在魔教內部作戰的後備力量，說不定會起到意想不到的效果呢！

如此想著的同時，亦也為天風令主的奸計沒有得逞而欣慰不已。

或許是天意不讓西方魔教入侵中原的陰謀實現吧！可也多虧了那場龍捲狂風！但不知父親他們……

想到這裡，項思龍心下是輕鬆中又有沉重。

一切都聽從天意吧！父親如真是應天命來助項羽的，那他應該是有驚無險！如他真出了什麼意外，自己就是再著急也還是無能為力！

項思龍心下酸酸，而又無可奈何的安慰著自己，就在項思龍沉思不語的當兒，忽地有武士來報說外面有人訪堡。

項思龍一怔之下往荊無命望去，卻見他也是一臉不解之色。

項思龍心下疑惑中長身而起道：「荊堡主，我們出去看看是何貴客來訪！」

荊無命點首應「是」後，項思龍當即領了眾人往「風雷堡」外走去。

遠遠地就見得一個中年老者身後跟著十多來護衛武士站在護城河對岸，一副陌生面孔，但雙目卻是射著狡詐而又高傲的厲芒，看來也不是什麼好東西，只不知是魔教的哪路人馬。

荊無命望了項思龍一望，得到他的示意後，高聲向對方喊道：「閣下是何方朋友，還請報上名來！到我風雷堡有何貴幹呢？」

對方的中年老者冷哼一聲後，舉目向城樓上的眾人冷傲道：「我乃咱們魔教苗疆門壇壇主飛天銀狐，奉總壇之命前來向特使大人古里木報到！你就是風雷堡堡主荊無命吧！不知特使是否已抵貴處？」

項思龍聞言心下大是明然，想起苗疆三娘曾對自己說這傢伙曾與她的五毒門有過節，在苗疆不可一世，且也生性好色，姦淫過無數少女，不禁對他生出厭惱憎恨之意，眉頭一皺的冷冷接口造：「本座就是古里木！你就是飛天銀狐？據骷髏魔尊副教主說你乃是他當年所收最為出色的一個中原弟子，想不到聞名不如見面，果也一表人才！你怎麼只帶了這麼幾個屬下來報到？其他的人手呢？沒有接到總壇的飛鴿傳書嗎？」

飛天銀狐受責不但不畏懼，反是臉上有些不快道：「特使大人又不是不知我師父也已趕到了中原？自是需要大量的人馬保護他老人家了！」

項思龍見飛天銀狐在自己面前如此傲慢不遜，知他可能是沒有向骷髏魔尊請示就擅自來西域向自己這特使報到了，因為據鬼影修羅告知自己說，古里木在魔教中雖只是一介總護法，可他的權勢威望卻是有阿沙拉元首罩著，且他在魔教籠絡了不少心腹，骷髏魔尊就是其中一個，那麼骷髏魔尊得知自己這「古里木」在中原，是無論如何也不會膽敢對自己不敬的了！這飛天銀狐可也真是狂妄之極！自己何不趁此機會除去他，為苗疆三娘出口鳥氣呢？

心下想來，發出一陣喋喋怪笑道：「原來是副教主已趕到苗疆了！本座沒有去拜見他倒是多有失禮了！不過，你膽敢違抗元首之令，不率眾前來，已是犯了以下欺上之罪！荊堡主，你倒是說說，犯了此罪，教規應如何處罰？」

荊無命聞言心下一寒，想不到這特使談笑間也會動殺機，自己今後與他相伴，那可真是……心下想著，口中卻還是恭聲道：「稟特使，以下欺上乃是犯了教規第三十二條，視其情節輕重而罰。輕者責打一百軍棍，革去職位；重者逐出我魔教，且廢去一身武功。」

項思龍微微點了點頭道：「荊堡主對我魔教教規記得可真是清楚！那麼，你說飛天銀狐膽敢違抗元首之命，怠誤軍機，是輕罪還是重罪呢？」

荊無命一愣，唯唯諾諾的不知怎麼回答是好的，對岸的飛天銀狐已是駭然成怒的道：「特使大人這話是什麼意思？屬下已是稟報原委了！哼，我也乃是苗疆分壇壇主，職位與特使相差無幾，憑你還不配治我的什麼罪！好，我現在已經報到過了，既然特使不屑我這點微弱之力，那屬下也便告辭了！」言罷，領了人馬就待轉身離去。

項思龍突地發出一陣震天怒笑，喝止道：「站住！大膽奴才，竟然膽敢用此等語氣跟本座說話？是不是嫌活得不耐煩了？」

飛天銀狐還是不敢與項思龍這「特使」對立，聞喝止步，強硬中已是有些虛怯的道：「那……特使大人想把屬下怎麼樣？」

項思龍陰冷道：「把你怎麼樣？嘿，本座可不敢！你可有你師父罩著呢！我豈敢得罪副教主呢？不過你既然來了，那也就給本座留在風雷堡吧！」

飛天銀狐這下也已感覺出了對方對自己的森嚴殺機，但見對方又還怯著自己師父，當下恢復神氣的冷冷道：「我看還是稟告過師父後，由他來作定奪，看我是否還歸你差遣吧！告辭了！」

項思龍本意就是想觸怒飛天銀狐，讓他與自己相抗，見他果然中計，陰惻惻的道：「不用回去稟告你師父了，還是讓他來見本座吧！哼，本座此番被阿沙拉元首任命為中原特使，已是有權力管治中原的一切魔教勢力！中原三處分壇的人馬也可全權由我調配！你膽敢頂撞本座，已是罪可當誅！本想看在你師父份上饒你一命，不想你如此不知好歹！好！那本座就成全你吧！」

話音剛落，身形沖天而降，「天王鞭」也已應手拔出，在空中幻出一片鞭影，向飛天銀狐如若狂風暴雨般攻擊。

飛天銀狐想不到事態如此嚴重，見項思龍說打便打，已是無暇辯說的也已舉起手中的骷髏杖騰空而起向項思龍來勢抗去。

項思龍心道：「來得好！就怕你不出手，一出手你已是註定去見閻王了！」心下想著，「天王鞭」招式一變，如若靈蛇吐信般在空中一陣「啪！啪！」抖遊，再鞭身一揮，向飛天銀狐的骷髏杖劈去。

飛天銀狐也已見過古里木的厲害，知自己功力不如對方，決計不可與對方硬拚，而只可用自己的奇門陣勢取勝。

低喝一聲「上！」十多名武士已是應命飛身而起。

焚天邪神和金轎四使見狀大喝一聲「無恥」，正待飛身加入戰團時，項思龍已是喝止道：「不用你幫忙！本座足可應付！」

飛天銀狐擔心的正是項思龍這方的人馬眾多，見他如此托大，心下大喜，沉聲對眾手下道：「擺骷髏陣法！」

十多名武士得令，對項思龍形成包圍之勢。

項思龍嘴角浮起一絲令人森寒的笑意，大聲道：「好！本座這麼些年來，因教中風平浪靜，已是好久未與人動手過招了！此番身入中原，就拿你們來祭本座旗開得勝吧！」言罷，手中「天王鞭」一抖，幻化出十多個圈向圍攻眾人分擊過去。

烈濃的殺氣，頓即隨鞭漫空揚起。

這看似簡單而又俐落的鞭，內中其實大有玄虛，厲害並不在於鞭招的凌厲，而是在於這一鞭圈圈內所集中的罡氣。

項思龍是真的一點也沒有將飛天銀狐等放在心上，但這並不是說他大意輕敵，而是他並沒有被對方的人數眾多和唬唬聲勢所懾。

飛天銀狐當然看得出項思龍這招的玄虛，要不他也不能成為尊者的得意弟子之一，並被委以苗疆分壇壇主的職位了，心中一驚，低喝一聲道：「大家小心點！對方擊來的是罡氣圈，不可硬接！」低喝聲中身形已是一閃，避開了項思龍擊來的罡氣圈。

其餘十多人中有八名也已依命閃避，但有四名卻是不服這個邪，竟是揮掌與項思龍擊至的罡氣圈硬接過去。

「轟！轟！轟！」連續十多聲巨響震天響起，落空的罡氣圍擊成阻礙物中轟然爆炸，沒有落實的罡氣圈則與四人掌勁相觸亦也爆炸。

四聲悶哼隨之而起，強硬的四人被震得身形向後震飛了十多丈才穩住身形，嘴角卻是溢出血來，臉色也是蒼白，顯是受了內傷。

項思龍冷冷道：「手底下果然有兩下子，接得下本座『滅情道』的六層功力，難怪敢頂撞本座，原來確是有所憑仗！」

飛天銀狐臉色鐵青，想不到自己這麼多高手圍攻對方一人，第一個照面下就已出醜，冷冷笑道：「最後的得勝者才可傲！總護法再請賜教吧！」

言罷，身形一起又向下，手中骷髏杖向項思龍當頭劈下，白提杖、舉起至下劈，這三個動作有如電光火石連綿不絕，連起招的杖影還未消去，骷髏杖已是向項思龍迎頭擊至，使人感到不能在這動作完滿結束前，向他做出任何反應，端是凌厲快捷。

項思龍亦也為之臉色一變，想不到飛天銀狐的武功，更勝早前死在自己手上的冒充古里木的大山護法。

真是輕敵大意不得，這飛天銀狐乃是骷髏魔尊的徒弟，武功已是達如此之上乘，那骷髏魔尊可是比他厲害十倍有餘了，還有那枯木真師和阿沙拉元首，武功之高可想而知！

當下警覺時，亦也招式一變，鞭勢微妙地大開大合，變化巧生，鞭身顫震間，爆起一朵朵鞭花，防守著自身安全的同時，亦也向飛天銀狐可能攻入的每一個角度迎擊過去。

飛天銀狐杖勢不停，揚起空著的手來，五指屈彈，連續五次彈在了項思龍的「天王鞭」上，意圖震開他的鞭勢。

但可惜他遇上的是項思龍這等卓絕高手，他的意圖又怎會得逞！

卻見項思龍長鞭隨意彈開，鞭勢再生變化，招勢依然是密不透風。

十多名輔助飛天銀狐的武士已是無從插手，只得在旁虛張聲勢。

項思龍不想耗下去，免得損了自己的威信，當下狂喝一聲，「天王鞭」若天馬行空般從項思龍手中發出，向那十多名虛張聲勢的武士擊去，鞭身所過之處發出尖銳的空氣磨擦聲，其勢威不可擋。

十多名好手見狀大駭，紛忙舉杖向「天王鞭」阻擊過去。

「轟！轟！」一陣巨響，眾武士手中兵刃都悉數擊毀，且被震得紛紛暴飛，虎口斷裂，慘叫連連，鬥志全無。

但「天王鞭」卻還是勁勢不減，如長了眼睛般繼續向眾武士襲擊。

「啊！啊！」又是一陣驚人心悸的淒厲慘叫，眾武士無一倖免的被「天王鞭」給分屍了！

飛天銀狐見了項思龍的這等辣手陣勢，頓然嚇得屁滾尿流，臉色發白，一時間竟是忘了向項思龍攻擊。

遠站在城樓上觀戰的荊無命等也都禁不住心下一陣凜然。

哇！這麼霸道的罡氣！這麼厲害的鞭招！

項思龍伸手一吸，收回「天王鞭」，冷冷的看著怔愣的飛天銀狐道：「不要看了！斂起心神與本座交手吧！這下劫運是輪至你身上了！」

飛天銀狐一臉死色，渾身發顫的強打精神道：「特使大人，咱們就到此為止吧！說到底都是自家人！」

項思龍嘿嘿一笑道：「自家人？膽敢違抗教規不聽命令的也算是自家人？叛

賊還差不多！本座奉有元首之旨意掌有生殺大權，可對任何叛教的人先斬後招！不要說這麼多了！本座也給你一條生路，你如能接下本座『滅情道』的第十二層功力的『紫氣天羅』一擊，本座就饒你一命！不知你是否接受本座的建議呢？」

飛天銀狐已知自己橫豎都是得死，聞言生出一線生機的希望，鬥志頓長的道：「好！屬下接受特使的建議！」言罷，擺好架勢後，怨毒的望著項思龍接著又道：「來吧！大不了一死！」

項思龍微微一笑，漫不經心的抬頭望了望天上的明月一眼，歎了一口氣道：「本座自練成了『紫氣天羅』後一直沒有機會試招，你能死在本座此招之下，也是你的福氣，應該可以瞑目了！」說完，臉色突地一沉，掌緩緩揮動，卻有一股紫色的強大氣流在項思龍的雙掌所過之起湧動著，隨著項思龍雙掌的揮動加速，紫色氣流也愈來愈熾，發出耀眼的光芒來。

項思龍因抽空時翻閱過鬼影修羅送來的古里木的武功秘笈，發覺古里木的稱雄神功「滅情道」與自己所學的道魔神功有許多相同之處，經他稍加領悟後，已是可大概掌握其中的要領。他自身功力本是渾厚之極，所以把「滅情道」的內功心法融入道魔神功之中，來假冒古里木的成名純法，不想一試之下成功。

漫天勁氣讓得所有人的心神都為之緊了起來，狂風忽起，項思龍終於出手。

威猛絕倫的勁氣將地上的塵木和枯木亂得狂飛舞旋。

飛天銀狐本已升起的鬥志，就被對方強的氣勢所懾，直覺感到項思龍向他所釋發出的森嚴殺氣，悲哀的狂嘯一聲，在項思龍雙掌剛起時，也已施出了他剛剛練至十層功力的「骷髏神功」作強弩之末的向項思龍掌勁接去。

「蓬」的一聲巨響，飛天銀狐口中「嘩」的噴出一口鮮血，身形如斷線風箏般向後飛出去，但項思龍的掌勁卻還是餘勢未減，如若天羅地網般向飛天銀狐已無還手之力的身軀擊去。

眼看著飛天銀狐就要喪命項思龍掌勁之下，突地一個雄渾的聲音焦急的傳來道：「總護法，掌下留人！」

項思龍聞聲雖不知對方是何人，但也可猜出定是魔教的副教主骷髏魔尊。對他的面子可不能不賣，自己可還要放長線釣大魚呢！

心下暗暗一聲「可惜！」卻也收了掌勁，哈哈笑道：「副教主大駕光臨，屬下可擔當不起啊！」說著時已是舉目向發聲處望去。

卻見一個頭上戴著骷髏面具的猙獰高大身形正領了幾十名武士向自己方向急

奔而來，旋即就已落於身前。

骷髏魔尊望了地上已是昏迷過去的飛天銀狐一眼，著了武士去對他施救後，再望向項思龍，陪笑道：「多謝總護法賣本座個面子！」頓了頓，接著又道：「但不知小徒怎生得罪了總護法呢？竟然惹得你如此生氣？嘿，本座可是代小徒向總護法賠罪下！」說著向項思龍抱拳拱了拱手。

項思龍一直都在注視著骷髏魔尊對自己的神態，見沒露出什麼破綻讓他生疑，心下一寬，冷冷道：「也沒什麼！飛天銀狐對本座不敬，本座責他幾句，不想他竟然膽敢向本座頂撞。於是本座出手教訓教訓他囉！既然副教主替他說情，那也就算了吧！副教主抵達中原可有多少時日了？屬下應該拜見你才對呢！怎勞副教主來看望屬下呢？」

項思龍輕描淡寫的將飛天銀狐之來帶過，讓得骷髏尊者也心下不悅，但他雖為上級卻是懾於對方的大紅大紫氣勢反成了個傀儡，自是不敢得罪項思龍這假古里木了，只得附和的淡然一笑道：「本座昨是抵達中原，被元首派往苗疆。唉，其實我也告誡過飛天銀狐要聽命於總護法，豈知他今個兒中午卻擅自領了幾個手下來向總護法報到了，我也傍晚時才知此事，所以匆匆趕到，還好來得及時！這小子教訓他一下也是應該的！」

項思龍見骷髏魔尊也不敢指責自己，反向自己低聲下氣的說好話，知道自己已把古里木裝扮得出神入化，這可也全虧鬼影修羅與古里木有宿仇，對他作了較為詳盡的調查，從他口中得知的有關古里木的事情，事情才得以演得如此逼真，要不靠從那裝扮古里木的大山護法那裡得來的些許資料，自己現在早就露出原形了！嘿，扮惡人也真過癮！這古里木又本是個對屬下耀武揚威凶殘毒辣慣了的人，自己正好可對魔教的一些看不順眼的兔崽子大開殺戒！

心下古古怪怪的想著，口中打了個哈哈道：「副教主既已抵中原，那元首和教主定也已抵中原了，但不知他們現今落腳何處呢？」

項思龍這話乃是故意發問的，一來想看骷髏魔尊是否真沒懷疑自己的身分，二來想試探一下他是否對自己這冒牌總護法忠心，三來呢則是想證實一下孤獨鶩嗚的消息是否確實，因為這些魔頭狡奸百出，或許又會改變行蹤也說不一定。

骷髏魔尊卻是毫無戒心的笑道：「元首和教主已抵南沙群島分壇去了，一是想看看那三大邪神是否已完全受控，二是想去發掘當年『日月神教』狂笑天和巴浦洛夫兩任教主所沒能發掘的寶藏。」項思龍聞言心下一喜之餘，又是大震。

什麼？發掘狂笑天當年也沒能找到的寶藏？這……日月天帝不是說那個寶藏的秘密只有他的「碧玉斷魂劍」才可以開啟的嗎？

阿沙拉元首他們是怎麼知道寶藏秘密的呢？沒有「碧玉斷魂劍」他們又怎麼去開啟那寶藏呢？據日月天帝說那寶庫裡面藏有什麼驚天的武學和其他的一些秘密，要是被阿沙拉元首他們找到了，那豈不更加是為虎添翼？不行！自己一定得去阻止他們！

心念電閃的想來，項思龍臉上還是不動聲色的道：「據聞那寶藏裡面藏有中原上古時代的絕世武學，副教主為何不跟去看看呢？這可是一個發達的最好機遇啊！」項思龍故意拖長聲音，目光炯炯的靜看骷髏尊者對自己這極具誘惑鼓動性的話的態度。

果然骷髏魔尊雙目射出貪欲的厲芒，但轉瞬即逝，有些氣餒的道：「我是想跟去，可元首之命卻也不敢為抗，那便只有作罷了。唉，說來也真是可惜。當年的『日月神教』可說是霸雄整個中原武林的中原第一大教派，只是到了狂笑天手上卻敗了下來，因為他無法知道『碧玉斷魂劍』內中的秘密，所以落得個教散人亡的下場。日月天帝教主當年也曾窮了半世心血想去破譯『碧玉斷魂劍』內中的秘密，可卻仍是一無所獲。

「嘿，我們西方魔教之所以能在西方發揚光大，而在中原一直無法立足，想想也是因為我們魔教武學的真正精髓乃是承自中原武學。日月天帝教主當年在中原長大，他父親巴浦洛夫又是中原一代武聖狂笑天的弟子，所以我們魔教乃至我們西方能有今天的武學成就，其實都是靠中原武學起家的，只是到了現今中原戰爭時起，不知死傷了多少人，其中的一些武學宗師也都大半在戰爭中慘死，才至落得中原如今武道高手人才凋零的地步吧！不過，這卻也是我們西方入侵中原的大好時機了，總護法如能立下大功，前途可是一片光明啊！」項思龍聽得心下禁不住一陣黯然神傷。

說來巴浦洛夫能綜合中西兩國的武學本是起著繁榮交流雙方武道橋樑的作用，誰知卻由於種種變故以及人性的自私和野心，卻使得這種本是正面的積極作用變成了侵略和權力的利用工具，想來也是人類發展的悲哀吧！

可不，中國雖然發明了火藥，但自己卻無法充分的利用其偉大的價值，反被一些外國學去後利用來作為侵略我中華的武器，使得我中國蒙受了一個多世紀的奇恥大辱，這與自己現在在這古秦所遇難題豈不是有著異曲同工之意？自己決不能讓西方魔教侵我中原的野心得逞！要不中國的歷史不但要被改寫，而且中原的中華兒女也要遭外國勢力的欺凌。

想到這裡，項思龍的心情雖是異常沉重，但還是不得不打起精神來面對現實，嘿嘿怪笑道：「是啊！這寶藏乃是當年日月神教的武庫，想中原武學如此博大精深，裡面定是藏有中原在狂笑天以前中原的武學精華，元首和教主把我們卻給支開了，嘿……不知副教主可否願意與屬下一起也去湊湊熱鬧呢？

「反正中原現在朝政不穩一片動盪，中原武林也是後輩無人人才無幾，我們要想侵佔中原可說是如囊中取物，指日可待啊！倒是如果我們武功不濟被一些後生之輩蓋過，以元首的個性，我怕……我們不但無法享受榮華富貴，反會被踢出教門呢！」

項思龍這話可謂是有反叛性質，但他本不是真正的古里木，怕他個鳥呢！頂多只不過是洩露身分罷了！要是僥倖能說動骷髏魔尊，讓他們來個狗咬狗，那可是一大快人心的收穫！更何況以古里木的陰森，生出這種心理也是合情合理的事，應該是不會讓人生疑身分的真偽，而是戒備自己這假古里木野心的狂妄。不過管他的呢！賭他一賭嘛！看這骷髏魔尊一副貪心樣，差不多是可以說動他的！

再說據日月天帝融入自己腦中的思想看來，骷髏魔尊本也是個貪欲極強的人，且疑心戒心甚重，對枯木真師又一向關係不和，只是虛與委蛇，那他沒有理由不對自己的話動心的！

何況出了什麼問題，有自己這假古里木扛著，他大可以向阿沙拉元首他們解釋說是自己唆使他去南沙群島的！還有就是他乃是古里木的一個傀儡，如不同意自己的建議，他可要擔心招來殺身之禍！因無論怎麼說，古里木是阿沙拉元首的師弟，枯木真師又對他懷有顧忌，肯定是幫古里木而不幫他骷髏魔尊了。介於這種種原因，項思龍已是賭對方必定應充。

果然骷髏魔尊先是臉色大變，甚是駭然和驚詫的望了項思龍好一會後，卻又皺起眉頭深思起來，沉吟了片刻，突地點了點頭，長吸了一口氣似做下了什麼決定的道：「總護法的這層憂慮說得甚是！好，我答應你！明日我領人手來風雷堡與總護法會後，我們也去南沙群島湊湊熱鬧！大不了被元首和教主責備大罵一場，也不會拿我們怎麼樣的！」

項思龍見自己這一著押對了，心下大喜，臉上卻還是不動聲色的道：「此事最好是機密些，不要太過張揚，只領些得力高手就行了！苗疆分壇還是得嚴密派人防守，要不被笑面書生占了空子，那我們可就出了大漏子了！總之是凡事都要思慮精密些！」

骷髏魔尊點了點頭道：「多謝總護法提點了！對了，苗疆的五毒門因其門主苗疆三娘領了大批高手來西域辦事，已經被我們侵佔下了，對於如何處理五毒門，卻還請總護法賜教一下。」

項思龍聞言心下大震，但卻又想到只要自己把西域和苗疆的高手都誘引去了南沙群島，那麼笑面書生定可以輕而易舉的拿下苗疆分壇解救五毒門了，倒是西域的天風令主，自己卻是如何設法也把他引去南沙群島，使笑面書生也控制西域呢？如果他也中計，那麼所有的魔教精英都集中在了南沙群島，自己就可以設計把他們一網打盡除去這個禍患中原的魔教了！至於如何調度，隨機應變再說吧！

如此想著，項思龍的心情都有些激動了。

除去了西方魔教，中原就再無外患，只有內部的紛戰了，到時自己就可一心一意盡全力去助劉邦打天下了！

心念電轉的想來，口中也隨口答道：「區區一個五毒門有什麼大不了的？暫且放下它不管吧！只要我們去南沙群島有什麼收穫，那可是比收降了十個五毒門還要有用得多！」

骷髏魔尊微微一愣，但當即附和道：「那是！那是！本座就先行告退回苗疆去了！天風可是哪去了？怎不見他？」

項思龍淡淡一笑道：「他剛在外頭吃了些晦氣，沒心情吧！」

骷髏魔尊點了點頭後，向項思龍抱拳剛要向項思龍告辭時，突地天風令主的聲音傳來道：「副教主暫等一下，屬下想與你同行，不知可否？」

話音剛落，天風令主已是領了烏牛天尊和四十多名武士閃身現出，目中閃氣灼灼的望了項思龍一眼，語氣冰冷的接著又道：「總護法既已留在西域，屬下待在這裡也幫不上什麼忙，反心裡有些刺兒，所以想請副教主關照一下屬下，讓屬下與副教主同行！」

骷髏魔尊臉色似喜又憂，有些戒懼的望了項思龍一眼，大是不自然的道：「陳年舊帳何必放在心上呢？令主如有興趣，明日不妨我們一道去南沙群島吧！去那裡碰碰運氣啊！」

天風令主臉不改色，仍是冷冷的道：「君子報仇十年不晚，我可已是忍了上百年了！被調在這西域監視笑面書生，一點出息也沒有——想笑面書生當年乃是我魔教軍師，又是日月天帝教主的心腹，智商武功都高於我許多，我憑什麼跟他鬥啊？所以我在西域這百多年來只醉心於練功之中，而甚少關注笑面書生，所以事情都交給了荊無命去打理，誰知總護法一來，連我在西域培植的唯一得力心腹也給搶了去。我是再也忍他不住了！

「嘿，現今我們魔教進侵中原，誰強誰就可出人頭地，我的機會來了！我一定要向古里木報這一欺再欺之仇！哥哥的心是冷的，他只知道誰是強者誰對他忠心就提拔誰！我的『波羅神功』已練到最高境界，現在是與古里木決一死戰的時候了，不成功便成仁！當然，我不會起什麼內哄的，我只是要蓋過古里木，讓他也嘗嘗被打入冷宮的滋味！副教主請允許我跟你一起吧！要不我怕我撩不住心中的怒火與古里木打了起來！」

項思龍聽得是又驚又喜，想不到天風令主對古里木的仇視已深刻到了如此地步，看來自己這下是有麻煩了，不過知曉了天風令主對古里木的仇深，自己卻也可以利用這點使他為自己出力呢！

第二章　推心置腹

項思龍心下想來，仰天打了個哈哈道：「令主可也真是快言快語！好，我們以誰能在南沙群島取得寶庫武功秘笈為注，誰得了內中的武功秘本，誰就算贏，可以要求對方做一件事情，哪怕是要對方死，對方也不得反抗！不知令主可願與本座賭一把？」

天風令主雙目精芒暴射，冷冷笑道：「誰還會怕了你來著？賭就賭吧！早一日解決我們之間的恩怨，也早一日讓我不再痛苦！」

項思龍見對方中了自己的調虎離山之計，心下大喜，臉上卻還是不動聲色的道：「那我們就以副教主作個見證人，使對方不可反悔！」

天風令主哂然道：「正合我意！咱們一言既出，駟馬難追！」

骷髏魔尊本是對天風令主剛才的激憤之言驚詫擔心不已，聞得二人的這番對答，更是一臉苦色，眼睛卻是滑溜溜的轉個不停。心下忖道：「二人這番打賭，無論誰勝誰負，對自己來說都是有利無害。雖然與天風在厭惡古里木這一點上有共同利益，但自己現在已是受古里木背後控制，不可與他同一鼻子出氣，免得讓古里木猜忌自己。他可是阿沙拉元首的師弟，又是當前的大紅人，實則他控制自己也是受得元首的指使，為的是平衡自己和枯木真師之間的矛盾，好讓自己和枯木真師二人忠心耿耿的為他們所利用，所以自己決不可開罪古里木，要不權勢不保不說，更說不定會被誅連九族。

「自己拉攏天風也只是圖他以後東山再起，有個可以憑仗的靠山，擺脫古里木的控制，這傢伙實在是太不把自己當人看待了，表面上對自己客客氣氣，骨子裡卻想怎樣使喚自己就怎樣使喚自己，從來不許自己有任何的主見，自己這魔教副教主只是名存實亡。

「天風則是好多了，雖也陰險奸狡，但他卻給予為他所用的在其職責範圍內的權力，只要不損害背叛他就行，所以自己是希望他能獲勝的心理多些。但現實上古里木獲勝的希望要大得多，他的『無情道』已練至『紫氣天羅』的至高境界，又會精神控制的一些魔咒，就是自己也要懼他三分，沒有取勝的把握。

「天風令主當年則是多次敗在古里木的手上，才被阿沙拉元首一氣之下發放到了西域，要不以他是元首弟弟的這層關係，又怎麼會輸給古里木呢？元首也是恨鐵不成鋼才如此狠心的！唉，自己這個中間人可是難作，雖無論誰勝誰負都對自己有利無害，但自己卻或許會因此而得罪了元首，這可如何是好呢？」

心下如此想來，嘴裡也是唯唯諾諾的道：「這……如此不好吧！無論怎麼說大家可是自家人呢！何必做得太絕呢？我看還是暫時都消消火，不必傷和氣的了。嘿，此番我們要是攻下了中原，中原這麼大的地方，土肥資富，我們都可享受榮華的呢！」

天風令主悶哼了一聲道：「副教主不必做什麼和事老了！有仇不報非君子，我是絕不會與古里木握手言和的！副教主只是答應不願作我們這個中間人就夠了！嘿，你也無須怕對你有什麼連累的，我和古里木都可以向你作這個保證！是吧，總護法？」言罷，冷冷的望著項思龍。

項思龍眉毛一揚，巴不得天風令主如此說，當下連連點頭道：「當然！我們打賭本就與副教主沒有什麼關聯嘛！」

骷髏魔尊知道自己騎虎難下，再也推脫不掉了，只道應允道：「那就恭敬不如從命了，好！我就作了這個見證人！」

項思龍臉上掠過一絲歡容道：「這就有勞副教主了！我們明日風雷堡會合，前往南沙群島！」

骷髏魔尊和天風令主二人態度一熱一冷的與項思龍也拱手辭別後，領了各自的人馬，不大一會就消失於濛濛的夜色中。

項思龍對此次的意外收穫大感興奮，宴畢後也顧不得去審騰翼詢問有關父親項少龍的下落了，把焚天邪神招至偏僻處，沉聲道：「骷髏魔尊和天風令主者乃已中了我的計謀，明日只要他們隨我們去南沙群島，那麼苗疆和西域這兩處的魔教分壇都會空虛下來，笑面書生和我地冥鬼府正好乘虛而入，殺他們一個措手不及，攻佔這兩處魔教分壇，使敵方只有南沙群島一個窩點了，到時我們先利用寶庫挑撥離間，魔教內部各大派系的內部鬥爭，使他們來個相互殘餘，而我們則來漁翁得利，對他們裡應外合的發動總攻，就可一網掃盡魔教的那些叛徒收復西方魔教了！」

焚天邪神點了點頭道：「教主所言甚妙！據屬下所知，阿沙拉元首所控制的西方魔教，目前分為三大派系，一是從阿沙拉元首和枯木真師為首的實力強權派；二是以古里木為首的野心派；三是以天風令主為首的復仇派。

「這三大派系內中又大有文章，阿沙拉元首之所以縱容古里木本想利用他控制骷髏魔尊等牽制枯木真師以防他陰謀作反，但不想古里木卻成了氣候，逐漸滋生出野心來不受阿沙拉完全控制了，所以生了戒心，故意把天風令主調往西域監視笑面書生軍師，意圖激起天風對古里木的仇視，而古里木之所以不懼的原因卻又是因他與枯木真師暗地裡有勾結，使得這三大派系的關係甚是微妙，表面上雖都虛與委蛇相處甚好，但暗地裡卻在明爭暗鬥。

「只不想這天風令主卻沉不住氣，竟然公開與古里木翻臉起來，阿沙拉元首的計謀是成功了，但他們卻做夢也想不到古里木卻是教主裝扮的，任他們煞費心事，到頭來卻還是一場空，這就叫作『螳螂捕蟬，黃雀在後！』他們這次是輸定了！可有得好戲瞧了！」

項思龍聽了焚天邪神的這番話，詫異的道：「真想不到你對阿沙拉他們的情況如此瞭解！這消息對我們攻破阿沙拉元首他們真是太有幫助了！」

焚天邪神老臉一紅道：「屬下哪裡會有此能耐？這些都是軍師多年來搜集各方情報總結推斷出來的成績！軍師為了能光復『日月天帝』教主的基業，可也真是孜孜不倦，恒心服人呢！」

項思龍歎了口氣道：「只可惜他的這份恒心毅力使得他差點走火入魔！對了，魔教之中『日月天帝』教主的威信怎樣？」

焚天邪神來了精神道：「這個還用說？西方魔教是教主一手創立的，教中大半的長老級人物都不是教主的寵將，就是教主他爹留下的忠僕，連枯木真師和骷髏魔尊都是教主一手提拔栽培起來的。

「他們大半的精深武功都得自教主教授，自是對教主敬畏非常。連阿沙拉元首當年對教主也要禮讓三分，只是教主對他太過於忠心，武學秘笈除了『聖火令』沒給元首之外，其他的都給了元首，所以使元首也學會了一身深不可測的武學，再加上他師承我們西方國家裡有『萬神之首』之稱的『巫帝』，學會了其一些邪門巫術，使得元首更是厲害非常。

「這傢伙悟性極高，與教主不相上下。只想不到他狼子野心，在教主落難時霸佔了西方魔教，但是魔教雖經他改組，然教主當年的大半實力派屬下仍存，所以『日月天帝』教主仍具有震懾人心的威信！要不阿沙拉元首也不會聞你教主以『日月天帝』教主身分重出江湖，就嚇得屁滾尿流的趕來中原一探虛實了！

「他派古里木來西域其實也是想叫他來證實一下情況，如是『日月天帝』教主的話，既可趁機除去古里木，又可讓他拖住『日月天帝』教主，使得他能有足夠的時間去發掘南沙群島的寶庫，尋找克制教主的武學！」

項思龍聞言臉露豪氣的道：「如此我們就更有勝算了！屆時待那些魔教兔崽相互殺得個筋疲力竭時，我再以『日月天帝』教主的身分出現，出示『聖火令』牌，定然會有眾多的魔教教徒投靠我們，那我們的計畫就更順利了！阿沙拉元首他們陣營中除了枯木真師，骷髏魔尊和以陰魔女為首的四大邪神外，還有些什麼武功超絕的魔頭？」

焚天邪神沉吟了片刻道：「接下去就以魔教十大護法武功較高了，還有就是阿沙拉元首訓練的『天王衛士』以及枯木真師和骷髏魔尊訓練的『枯木死屍』和『骷髏鬼』，其他的我方高手也可應付了。」

項思龍點頭道：「那麼我們此行的任務是儘量的除去阿沙拉元首他們身邊的高手和那些『衛士』、『死屍』什麼的，拔去他們的虎牙虎爪後，再凶的老虎也施不出多大的威勢來了！」

說到這裡，頓了頓接著又道：「現在天風令主已離開西域，沒有人可以監視我們的行蹤了！我去設法拖住荊無命和烏牛天尊等人，你馬上趕去『伏龍谷』向笑面書生稟報我們的計畫，叫他聯絡地冥鬼府的人手，配合我們準備向魔教發動總攻！」

焚天邪神正待應聲領命時，突地一聲異響傳入了二人耳中，二人同時心中大震，要是自己二人方才所說的話被什麼人偷聽去洩露了出去，那不要說算計好的計畫無法進行，或許還會陷己方於險境之中呢！要知道魔教勢力終是比自己等強大得多，只可與他們智鬥而不可力敵！雖說自己等不懼對方向己方發動進攻，但他們若不理會自己等而先去侵佔中原領土，就是笑面書生忍住不加干涉，自己也決對不能置之不理。

項思龍心念電閃的想著時，身形已是率先飛射掠起，沉聲喝道：「什麼人？」

荊無命的聲音極不自然的傳來道：「是屬下荊無命！特使大人不是要審訊那騰翼嗎？屬下想來通知大人去刑室審問！不知是否打攪了特使和護法的休息

呢？」

荊無命說這話時，項思龍已是落身到了他身前，冷冷的逼視著他，陰森森的道：「方才我們的談話，你可是偷聽了去？」

荊無命心中一顫，強作鎮定道：「屬下剛到，哪裡會聽到特使和護法的談話了！只不小心踩斷了地上的一根樹枝，驚擾了兩位大人，還請特使多多見諒一二！」

項思龍皮笑肉不笑的道：「是嗎？但我古里木已對你生了疑心！嘿嘿，只要被我猜忌的手下，我是不會讓他活在這世上的，免得為日後留下什麼禍患！荊堡主，想來你也耳聞得我的個性吧！」

說著喋喋怪笑了兩聲，伸手摸了摸腰間的「天王鞭」，語氣一轉的厲聲道：「不要把本座當三歲小兒耍！說，你方才都聽到了些什麼？還有沒有別的什麼同黨？殺人滅口可是本座的慣用手段！」

荊無命臉色煞是蒼白，突地仰天一聲長歎道：「想不到我荊軻一生總想利用西方魔教來恢復我大燕國，到頭來卻是聰明反被聰明誤，落得個如此下場，反會被世人所恥笑我賣國求榮！好！古里木，你要殺便殺吧！我荊軻不會皺一下眉頭的！無論怎麼說我是個中原兒女，絕不會允許你們魔教侵犯我中原！」

項思龍聞言心下大震，脫口失聲道：「什麼？你是荊軻？就是隨燕太子丹去刺秦始皇的荊軻？你……不是刺殺未遂反被秦始皇……怎麼你還……活著呢？」

荊無命也即本名荊軻的漢子慘然一笑，卻又詫異的道：「想不到你們這些西方魔教的狗崽子也知我中原發生的事情？不錯，我是刺殺秦始皇未遂反遭他所殺，可因我練過『移穴換位』和『龜息大法』兩項神功，秦始皇刺著我後，我施展『移穴換位』已是把身體大穴重穴轉移了位置，使我雖受重傷但並沒有死，可我知道要想保命必須似裝死去，於是我又用『龜息大法』假死，才險險逃過一劫，不過我為了讓秦始皇這奸詐成精的狗賊相信我已死去，所以也讓他刺中了我的天機穴，流了很多的血出來，使我失血過多，逃到西域便昏死過去。

「可也不知是我生命中的大幸還是不幸，在我瀕臨死亡時，天風令主救下了我，自此我也就成了他的手下。為了報答他對我的救命之恩，我雖然知道了他是西方魔教派到我中原的臥底，仍是對他忠心耿耿，可我內心深處卻是痛苦無比，失國之恨，賣國之恥都深深的困擾著我，讓我多年來沒有一天過得快樂過。我通過自己的努力逐漸獲得了天風令主的賞識，在他的支持下我創立了風雷堡。

「有此成績後，我本蠢蠢欲動的招集收羅人馬藉助你們西方魔教的勢力恢復我大燕國，誰想到頭來卻是一場空！唉，天意如此，我也沒有什麼好說的，閣下要殺就殺吧！你們剛才的談話我確是聽到了，但你們既是欲滅魔教護我中原，我也感到欣慰了。我沒有什麼同黨，就一個人，你殺了我以後，沒有人會知道你們的計畫的！」

項思龍想不到荊軻沒死，原來內中還有這麼多周折，但他雖投靠了天風令主為他賣命，然還是不忘自己是中原人，仍不想魔教計謀得逞，只此一點他還是個民族英雄，是值得欽佩的，更何況他投靠魔教也是為了復他亡失的燕國，可算情有可原。

想到這裡，項思龍拱手向荊無命揖了一禮道：「荊壯士當年刺殺秦始皇的事，已是讓天下英雄景仰，今日能得以一見，真是在下三生有幸！荊堡主，我們屋內談，以防隔牆有耳！」

言罷，又轉向正怔怔看著自己和荊軻的梵天邪神道：「鐵塔護法，四下察看一番，看看有沒有人在旁窺視我們！」

梵天邪神聞言回過神來，沉聲應「是」後，當即飛身去喚了十幾個地冥鬼府的武士協助防備。

項思龍領了荊軻進了他給自己安置休息的豪華廂房，二人坐定後，項思龍率先開口道：「荊堡主已聽到了我和鐵塔護法的談話，可否能推斷出在下的身分來？」

荊軻一臉惶惑不解之色的望著項思龍吶吶道：「這……特使大人不是要殺在下的嗎？怎麼……？」

項思龍微笑著道：「荊堡主先不要談這個問題，請先回答我的問題吧！總之我對你現在沒有惡意了！」

荊軻一臉戒備的道：「閣下如是想籠絡我，那你的如意算盤可是打錯了！我雖已知你並不是真正的古里木，可也從你們方才的談話中得知你也是魔教中意圖叛教的大有來頭的人物，以我推測不是笑面書生就是『日月天帝』。

「你們現在雖是在想著打倒阿沙拉元首他們，意圖光復西方魔教，但你們的狼子野心卻也還是在打我中原主意。我荊軻已錯過了一次，這次是再也不會被你們這些魔教之徒利用的了，要殺要剮悉聽尊便，可我絕對不再與爾等狼狽為奸，你就死了想收買我的這條心吧！」

項思龍聽了荊軻這等有骨氣的話，豎起大拇指道：「好，荊堡主果然深明大義有愛國之心，在下佩服！不過，荊堡主卻是何時發現我們破綻的呢？」

項思龍遲遲不向荊軻表明自己的身分，乃是一來探試他是否在耍詐，二來想看看還有沒有其他人看出自己破綻來，尤其這第二點乃是關鍵中的關鍵，因為荊軻既能懷疑自己身分的真偽，那以天風令主和骷髏魔尊的奸詐精明，則也有可能從自己身上看出什麼不對勁來，所以項思龍想從荊軻口中得知他看出自己破綻的所在，以推斷他人是否也會看出什麼來。

荊軻已是決定豁出去了，沒有了先前的驚懼與不安，冷笑道：「我本也相信了你就是真正的古里木，因為你的演技實在是太逼真了，想來對他作過一番深入的瞭解。但是古里木的兩位妻妾卻無意間說起了他們在半路遭襲不醒人世的昏迷了好大一陣的事，這讓我對你生出戒心來。因為在她們昏迷的那段時間裡，已是可以發生許多讓人意想不到的事情了，再加上你和先前相見時的截然不同之處，這讓我懷疑你是不是個冒牌的古里木來。

「這意念一起，我思索與閣下見面所發生的種種事情，讓我疑心愈重，覺得閣下的許多所作所為都像是故意做作出來以掩飾你是真正的古里木的，尤其是你殺了那個也不知是真古里木還是大山護法或是其他什麼人的色鬼，這讓得我心裡甚覺有個疙瘩，因為古里木既弄個替身出來，那他定是不會如此輕易洩露這內中秘密的，即便他寵愛那花仙仙，可也最多出面震懾一下對方，使他識時務的不再招惹花仙仙罷了，以他的陰沉個性當不會如此魯莽的，所以我便決定暗中監視閣下以證實心下的推測。

「本想如證實了你是個假古里木去向天風令主通風報信立功的，不想卻被你們發現了，也怪我心中聽得你們的談話後太過於震驚和欣喜，也有矛盾，失神之下滑了一跤，踩碎了一塊瓦片，才顯露了出來。不過，我想你的身分還只有我一個識破吧！

「因為天風令主和骷髏魔尊他們都沒有我知曉你這麼多消息，所以他們即便詫異你殺死替身，對你產生疑惑，但一來懾於你的勢力，二來沒有證據，所以他們還是拿閣下沒有辦法的！

「何況古里木的性格本是那麼殘暴陰沉讓人捉摸不定，他們或許也不會對你起什麼疑心也說不定，只是對你起了戒備。但這並不影響閣下方才所說的計畫啊！你誘惑他們去南沙群島，反只會讓他們對你疑心盡去，因為他們相信你如是個冒牌古里木，當不會去南沙群島那等他們的實力重地的，這就叫作實則虛之，虛則實之，他們對你生疑，你來這麼一招反化去了他們對你的疑心，再說他們懷疑你的話，也定會想著笑面書生和『日月天帝』身上去，只有他們對古里木才可以知曉得如此清楚，他們反巴不得你去南沙群島送死呢！不過他們想不到閣下會有『聖火令』，這也氣亂了他們陣腳！今晚他們一定在考慮著明日應付閣下的對策，閣下可以見機行事嘛！」

說到這裡，望了一眼一臉凝沉深思之色的項思龍道：「嘿，在下向你分析這些情況，並不是想向你示好，而是想你們去對付阿沙拉元首，他們元氣定然大傷，一時之間無法重整陣形向中原發動什麼陰謀了！這也算是我荊軻為我中原所作的最後一份力量吧！嘿，我也知道以閣下的才智，當也會推測出我方才所說的一些結論，但我卻不怕你不如此做，因為你們目下最主要的目的不是侵犯中原，而是奪回西方魔教的控制權！我說得對吧！」

項思龍從傾聽細思中驚醒過來，壓下心中的沉重之感，望向一臉慷慨準備就義而有些蔑視自己之色的荊軻，淡然一笑道：「閣下分析得真是精闢非常，讓在下從狂妄自大中清醒過來，真是謝謝了！但是你說的也有出入之處，就是在下的身分。是的，我並不是古里木，可也不是笑面書生亦或日月天帝，而是地冥鬼府兼北冥宮的少主項思龍！」

這下是輪得荊軻詫異了，瞠目結舌的怔望著項思龍，良久才情緒激動的道：「閣下真的是……當前名震江湖的少俠項思龍？這……江湖傳言你不是被『日月天帝』收降了麼？」

項思龍誠然伸手掀去臉上的人皮面具，露出日月天帝的面孔來，笑了笑指著自己的臉面道：「他就是『日月天帝』！荊堡主這會兒明白江湖為何有這等傳言了吧！」

荊軻手足無措的喜極失笑道：「原來……原來這一切都是項少俠所玩的把戲！哈，連阿沙拉元首那傢伙也被你給騙了，嚇得屁滾尿流呢！但不知項少俠……」

項思龍知道荊軻心中的疑惑，當下截住他的話，他自己獲得日月天帝的武功絕學的奇遇以及與笑面書生化敵為友的事情說了一遍後，接著道：「事情的經過就這樣了！不知荊堡主可否願意助在下一臂之力呢？」

荊軻臉露敬服之色道：「在下一直都生活在天風令主控制下的痛苦之中，項少俠這次解救在下脫離苦海，在下可真是不知用什麼言語來道謝呢！我荊軻昔日做錯了事，對不起我中原子民，正感無以悔罪，項少俠願若收留在下，在下高興還來不及，又怎會不願意呢？嘿，就是頂少俠不提出來，在下也正準備厚顏懇請頂少俠收留呢！」

言罷，從座上站起，向項思龍單膝跪地道：「屬下荊軻願意誓死效忠項少俠，赴湯蹈火在所不辭！」

項思龍慌忙起身扶起荊軻道：「在下乃是晚輩，豈敢受荊堡主如此之禮？快快請起！」

荊軻起身後肅容恭聲道：「項少俠聲名遠播，才德兼備，在下自當向你行主屬之行！頂少俠就不要推辭了吧！要不就是看不起屬下了！」

說完又向項思龍躬身行了一禮。

項思龍本也不是那喜歡客套之人，當下笑笑道：「好，那在下就托大了！不過我們現在不宜暴露身分，所以你還是稱我為『特使』，我稱你為『堡主』，以防被內中的奸細看出什麼破綻！」

荊軻點了點頭道：「一切依少主之命就是。」

項思龍忽地轉過話題道：「荊堡主看我們此行南沙群島的計畫是否可行呢？如天風令主和骷髏魔尊真對我起疑的話，他們決不會那麼容易上當，窺不破我的心計的！他們說不定反會去暗中調查什麼的呢！要是他們作了防備，我們又應該怎麼應付呢？」

荊軻沉吟了一聲道：「他們如對少主身分起疑的話，一定會去聯絡天風令主安插進笑面書生陣營和地冥鬼府中的探子，以笑面書生的精明，當早就知曉了那些探子是天風令主的人，他之所以不道破，定是想以予之矛還於彼身，利用那些探子來進行反偵察。

「火龍真人雖是密探首領，為人奸詐深沉，但天風令主都鬥不過笑面書生而不理個中之事，更何況是他火龍真人呢！所以他們聯絡探子獲取消息那也無懼，笑面書生會施法讓他們相信古里木不是他或『日月天帝』裝扮的。他們疑心不減雖想來個萬無一失的去抓些人質來要脅少主，可他們實力遠遠不夠對付地冥鬼府和笑面書生，如要強來，他們必定付出慘重代價，對於此著他們想必不會採取行動，因為他們不想為這懷疑付出代價。

「據各方面推測來呢，他們一是來個反悔不與少主去南沙群島，並且會出手試探少主虛實；二是與少主一道去南沙群島，由阿沙拉元首出面干涉。其一呢少主出手屬下已見過，他們如此作來是自尋死路：其二呢不管他怎麼樣我們計畫得逞。所以橫豎我們都是贏得了，但為了贏得徹底，還是使他們對少主身分釋疑為好。」

項思龍皺眉苦臉道：「我也希望如此啊！只是我應該怎麼做才可以消除他們對我身分的懷疑和戒心呢？」

荊軻笑道：「少主這就叫作『當局者迷，旁觀者清』了！以屬下之見呢，我們可以來個先下手為強，少主率先提出他們心中對你的懷疑，這樣就會使得他們陣腳大亂，預先設計好來對付少主的方法也就一時用不出來了，少主則可乘隙對他們施加壓力，天風令主雖不會服氣，但骷髏魔尊則就大有可能信心動搖而再次投向少主這邊，天風令主沒了骷髏魔尊之助，想也做不出什麼大亂來，因為他勢單力薄。

「至於阿沙拉元首那邊呢，少主照樣用這種手段，來個惡人先告狀，主動提出天風令主對你的懷疑。再加上骷髏魔尊在旁為你說好話，那麼以阿沙拉元首的性格，他反會對你不起疑心，即便有，可那時我們大軍已經整陣待發向他們發動致命總攻了，待他們明白過來時，少主已是扮成了『日月天帝』教主，他們心中雖悔恨交錯，可已是大勢已去矣！」

項思龍聽得拍案叫好道：「又是一招實則虛之，虛則實之！好！就依荊堡主之言行事！」

言罷，頓了頓接著又道：「想不到荊堡主對這些魔教兔崽子的性格瞭解得如此之深，可不知怎麼得曉這些資料的呢？」

荊軻老臉一紅道：「這個……屬下在天風令主手下辦事時，也還算是較識得他的欣賞，所以在有意間探聽得了一些有關魔教總壇的事情，本是想利用來投好他們得以爬升的，想不到現今卻也給派上了用場。

「還有就是屬下聽得的你和焚天邪神所說的談話，綜合起來也使……胡亂推測的！」

項思龍肅容誠聲道：「荊堡主分析得合情合理！在下聽了心服口服，茅塞頓開呢，又怎會是胡亂推測呢！嘿，在下能得著荊堡主這等人才物，可真是在下的幸運了！」

荊軻連道：「豈敢豈敢！」

項思龍又轉過話題道：「也是需派焚天邪神去笑面書生和地冥鬼府通報消息的時候了！荊堡主，我們也去看看那騰翼吧！他可是我中原反秦上將軍項少龍的結拜兄弟，乃是名義士呢！我們可得好好善待他！說不定將來對我們有什麼利用價值呢！」

荊軻忽地又不好意思的一笑道：「其實屬下本有籠絡騰翼，想加入項羽陣營中的想法呢，所以一直都對他優待有加！對了，少主的結拜兄弟劉邦不也是一個反秦將領嗎？少主怎不在他身邊輔助他？」

項思龍被荊軻這話勾起無限心思，歎了一口氣苦笑道：「在下與他失散已是有一年多了，一直以來都因捲入了江湖鬥爭中無法脫身，所以……唉，待了結西方魔教的事之後，我是需要回到他身邊去了！也不知他現今情況如何？」

荊軻面露又喜又憂之色道：「據屬下探得的消息說，劉邦雖取得了一定的成績，但在眾雄中乃是個不起眼的人物，並且敗績連連，只是他總能屢敗屢戰。據說他近來被項梁找到的牧羊童楚懷王的孫子心封為了個什麼王。也挺風光的呢！只是他仍是太微不足道了！如有少主的協助，劉邦定可出人頭地的！」

項思龍知道荊軻仍不忘復國，想起他這願望只會是一場空，不禁有些酸熱，但還是安慰道：「如果義弟能出人頭地，在下一定會著他支持荊堡主恢復燕國！」

項思龍此話雖是用來籠絡荊軻，使他對自己死心踏地的效忠的，但卻也是誠心之語。只是自己日後向劉邦提起時，劉邦會不會應允卻是非自己所料的了，但自己總不會失言就是。

荊軻聽了大喜道：「那就全仗少主提攜了！屬下定當會為少主和劉邦兄弟誓死效忠，死而後已的！」

項思龍想起歷史上連提也沒提燕國復國之事，倒是趙、韓、楚等國在歷史上有過提名，不禁對自己的承諾有些悼悼然的，再次轉口道：「好了，我們就談到這裡吧！」言罷喚進焚天邪神，著他潛入伏龍谷和地冥鬼府通報消息後迅速趕回，以防節外生枝。

焚天邪神領命而去後，項思龍便隨了荊軻去見騰翼。

進得刑室，項思龍遠遠的就見著了騰翼那熟悉的臉孔，卻見他臉色還較是蒼白，身上多處也用紗布包纏著，完全失去了他昔日那副威勢凜然的模樣，正躺在刑室安置的床上昏睡著，刑室門口有兩個高大武士守衛著。

項思龍不自禁的想起了父親項少龍。

唉，不知父親是否也安然無恙呢？還有范增，如他出了差錯，那歷史豈不被改變了？

都是那該死的時空機器！如沒有那傢伙，自己和父親也就不會來到這古秦受苦受難經受這麼多挫折了！

心下煩燥的想著時，荊軻也是吩咐武士打開了牢門。

刑室內的環境還真不錯，地面甚是乾淨，還有兩把椅子和一張桌子，桌上有油燈有水壺和茶杯。

能對待一個犯人如此，荊軻也算心腸不錯了！

雖說他對騰翼優待是有目的的，但他終究沒能忘記自己是中原人！

荊軻望了望項思龍，得他點頭示意後伸手去輕輕拍了拍騰翼，但騰翼顯是睡得很熟，推了幾下仍是沒有醒來。

項思龍揮著手讓荊軻離開，叫他去視察刑室外的情況，調節所有武士，換上地冥鬼府武士。

荊軻領命而去後，項思龍提氣揮掌拍在騰翼的背後中樞穴上，緩緩向他體內輸送過去以助他恢復些氣力快快醒來，兼以為他治療內傷。

半盞茶工夫過去，荊軻辦完諸事後回到刑室，騰翼也已在項思龍的幫助下悠悠醒來。

項思龍欣然的舒緩了一口氣後放下雙掌，正待去拱起騰翼時，荊軻突地駭然驚叫道：「少主，小心！」

話音剛落間，項思龍只覺臉間一股冷氣冰體，騰翼已是突地坐了起來，手中執著一柄寒光閃閃的短匕架在了項思龍喉上，語氣冷冷的道：「快叫你的屬下退開！要不我們就同歸於盡！」

荊軻驚駭失措的率先道：「不要！有話慢慢商量！不可魯莽！」

騰翼冷哼一聲道：「要想他活命，你們就退下，為我準備一輛馬車，並且要有水和食物，待我脫離了你們勢力範圍後，我自會放了你們主子！否則，可別怪我手下無情！」

說到這裡頓了頓接著又道：「哼，你們也是西方魔教的人吧！想不到你們那什麼『日月天帝』教主口中說要與我們合作，暗下卻又派人監視我們，且趁我們在遇上龍捲風時想擒住我三弟項少龍，還幸得我見機得快，助三弟逃過了劫難，但也不知他是否避過了龍捲風！我要離開這裡！」

荊軻連連點頭道：「好！好！只要你不要亂來，我滿足你一切要求！要馬車和食物是吧？我馬上派人為你準備好！」

項思龍見得荊軻的惶急模樣，心下一陣激動。

看來荊軻是真的誠心效忠自己了！只可惜自己卻無法助他實現他多年來想復國的願望！

唉，一切都是歷史在作怪！否則自己有能力的話，真會讓他得償所願！一個人為了復國，作出了忍辱負重的代價，也確是難能可貴的了！對了，匈奴國不是還沒有真主嗎？以他的卓越才智，治理匈奴國應該是毫無問題的，他又在西域隱住多年，熟悉這裡的風土人情和環境了，自己何不讓他作匈奴真主呢？

項思龍就是這麼個人，別人對他好，他就永遠不會忘記總想去幫助他，哪怕是在自己危險的時刻！

對於騰翼架在自己喉間的鋒刃，項思龍毫不在意，因為他不但有能力奪下騰翼的短匕解去自己的威脅，並且他還可以說出自己的真實身分，想來騰翼也會放下短匕呢！

對於項思龍的鎮定和臉上那抹毫無懼色的笑意，騰翼心下又氣又惱的對他喝聲道：「你似乎不怕死嘛！待我看看你是不是練成了金剛不壞之身！」

說著，手中短匕揚起。

第三章　意外收穫

眼看項思龍就要血濺當場，荊軻和旁邊的地冥鬼府武士齊都失聲驚叫了起來，但項思龍卻仍是平靜如常，只恢復本來聲音臉上堆笑的緩緩道：「騰叔叔，你不認識侄兒項思龍了嗎？」

「噹！」的一聲，騰翼手中的短匕掉落地上，目中盡是激動和欣喜的道：「你……你真的是思龍嗎？這……我不是在做夢吧？」

項思龍點了點頭，心中也是不勝感慨。

眼前的騰翼比自己當初剛見著他時可是顯得蒼老多了，想是這一年多來隨父親項少龍助項羽東征西戰的緣故吧！

父親項少龍又何嘗不是顯得憔悴了呢？但他卻是除了為助項羽成為名傳千古的西楚霸王之外，卻也有著一份為處理與自己關係的心煩吧！

唉，也不知天下何時可以太平下來？自己可已是厭倦了這種生活在戰爭中的動盪日子！

太累了！肉體上的痛苦還可以承受，但精神上的折磨呢？自己可真是難以承受了！只可惜自己是一名軍人，就必須負起軍人的職責，要不做一個平凡的人會有多好啊！可以享受生活的平靜，可以享受大自然的無限風光！

戰爭雖是罪惡的，但是戰爭也可以創造和平，戰爭也可以開創歷史的新時代！劉邦不就是在亂世的戰爭裡誕生的一個時代寵兒嗎？他創建的漢王朝可是中國歷史上空前統一、強盛、持久的封建王朝！

項思龍在沉默的思想著時，騰翼見了他的怔愣模樣，知他又在為他父親項少龍的事情心煩和擔憂，激動的心情已是平靜許多，歎了一口氣道：「但願三弟吉人天相，能逃過那場龍捲風的劫難吧！思龍，也不要去想那麼多了，一切都有天數！三弟如命硬的話，他是不會有事的！要真出了什麼事，那也……是他命裡註定的劫數吧！我們也無能為力幫助他，只有用心去祈禱他平安無事了！」

項思龍慘然一笑道：「那是！但心裡面卻還是難以平靜！對了，騰叔叔，你們在沼亡谷與『日月天帝』教主分手後，到底遇上了些什麼事？怎麼會也沒有避過龍捲風的呢？」

騰翼詫然道：「你怎麼知道我們在沼亡谷遇見了『日月天帝』？」

項思龍微笑道：「豈止知道這些？我還知道你們與那『日月天帝』教主的一切談話呢！準備與他合作打天下，他得中原武林霸權，你們得中原天下對不對？」

騰翼老臉一紅道：「原來項侄連這些機密都知曉啊！看來你的神通可真是無孔不入了！但現在這些都免談了！」

項思龍坦然道：「也沒什麼的，因為那『日月天帝』乃是小侄的化身！」

騰翼失聲叫了起來道：「什麼？你……哈！連我和你……我們都被你給騙過了！還有那狗官趙高！」

項思龍聳了聳肩，轉過話題道：「你們遇上龍捲風後，到底發生了些什麼事情？有沒有……全軍……」

騰翼臉上浮現起了恐懼之色，緩緩道：「我們在沼亡谷與你們分開後，就打道南下準備去和項羽會合，誰知中途那范增突地不知什麼時候失蹤，三弟對他看得似乎比自己的命還重要，急得團團轉，於是分散了隊伍四下去尋找他，誰知正當我和三弟剛剛分手去尋他時，這傢伙突地又神色慌張的追了上來，滿身是傷。

「三弟大喜之下頓忙上前去扶他，問他到底發生了什麼事，這傢伙結結巴巴的說是龍捲風來了，我們聞得此言均是大吃一驚，可四顧之下均是一片茫茫平原，沒有什麼地方可避。

「三弟當下命令隊伍快速行進，可我們行得不到一個來時辰，龍捲風便果真襲至了，隊伍四散之下，三弟還護著那范增，把他當個寶貝似的。

「龍捲風愈來愈猛，沒有人再能與之相抗了，這時那范增體內突地飛出一個傢伙的元神來，抓了三弟就準備逃，我剛好在身則，見狀頓狠命的抱住三弟的雙腿，那元神無法帶動兩個人，便對我大打出手，迫我放開三弟，我自是誓死不放，那元神凶性大發，急燥之下放了三弟，想殺死我，可誰知三弟身體卻被龍捲風捲走，我看見他跌落地上時，那處卻是一處沙眼，三弟被流沙吞沒了，那元神失望和怒恨之下便把我抓了來，再接著我便到了這刑室了，龍捲風的自然威力可真是驚天動地，沒有身受經歷的人是永遠無法知道龍捲風的真正恐怖的！」

項思龍心中沉重悲痛異常，父親項少龍被沙眼吞沒，那看來定是凶多吉少了，一個人被埋在地底，沒有空氣吸呼，能夠存活多久呢？除非是練有「龜息大法」，可以用毛孔吸收地底的空氣，可父親卻是不知道有沒有練過此功啊！

正當項思龍一臉悲苦時，騰翼又已接著道：「據我從一本經典中看知說那處地底乃是一個叫做樓蘭古國的廢墟，三弟如果真是福大命大的話，但願他被沙眼捲入此地，那他或許還有一線生機，因為據古典記載，那樓蘭古國地底有一塊地下河道，直通長江的某一處出口處。但願三弟上天保佑他了！」

項思龍這時也記起了從現代的一些資料裡看到過有關樓蘭古國的記載，想不到在這古秦時代也就有了這個傳說中的神奇古國了。父親如真能進入此地，那他還說不定會因禍得福，有得什麼奇遇呢！但這希望也實在是太渺茫了。

不過，希望雖是渺茫，但項思龍心中還是生起了些許希望，心下也稍稍平靜了些，閉上雙目，作了兩下深呼吸後，強忍悲痛打起精神道：「那麼現在騰叔有什麼打算呢？可不能把這消息告訴眾位……阿姨她們，還有項羽，要不然他們承受不住這打擊的！」

騰翼雙目泛光而又有些痛恨的道：「我知道！都是這范增！一個七八十歲的

老頭子了有什麼能耐嘛？可三弟卻如此器重他，連他的詳細底子也沒摸清，就犯生命之險來找尋他，值不值啊？」

項思龍也不知道說什麼是好，在這古秦裡，還有誰能比自己和父親知道范增對項羽日後霸業的舉足輕重呢？父親如此冒險尋找范增，還不是為了助項羽成就霸業？

但他這代價也實在是太大了！現在范增也不知是生是死！如范增得以大難不死的話，他日後對項羽忠心一片至死不渝，想來也是與父親冒如此風險請他出山讓他感激圖報吧！

項思龍心下怪怪想著，伸手拍了拍騰翼的肩頭，語氣沉重的道：「無論項……伯伯是生是死，騰叔叔也一定要協助項羽，完成他的心願，這也就是你現在應該負起的重擔了！無論范增是好是壞有無才識，騰叔也一定要去把他尋回，生要見人死要見屍！他終究是項伯伯冒生命之險誠請的人，想來一定會有其可用之處的，叔叔不可禮慢他，知道吧？」

項思龍也不知自己為何會說這等話，其實說來項羽是劉邦的大敵，自己應該利用騰翼消弱項羽勢力的，但他卻又想到自己這般作來可能會改變歷史，何況父親如……真的出了什麼事，那麼范增將是項羽的又一個智囊了！自己可是決不能讓他比歷史記載時間提前衰敗下去，否則歷史說不定就會被改變，那麼自己也就沒有盡到維護歷史的職責了！

沒有了父親，自己肩上的擔子也已落到了自己身上！

項思龍心中湧起了一股沉重的悲哀感來，這時他才感到父親雖是自己的敵人，但從某一角度來說也是自己的助手。

自己已經感覺夠累了，想不到……今後的日子可是更加沉重了！也不知會遇著多少頭痛煩惱的事情呢！

一方是自己協助的劉邦，一方是劉邦事業發展的最大敵人項羽！

自己要處理好這本是矛盾的兩者之間的關係，卻是多難啊！

也不知憑自己的能力能否勝任得了這艱鉅的使命？

父親啊父親，你可一定要活著！孩兒可需要你的幫助呢！

還有母親周香媚和鄭翠芝阿姨，她們可都是多麼的想念你啊！

孩兒呢？卻是為了尋找你，不知付出了多少的血汗和努力，承受了多少的委屈和壓力！

雖然我們在這古代身負著敵對的歷史使命，但這卻是時勢弄人，孩兒只責怪你，而並沒有記恨你啊！在孩兒的心目中，是多麼的想念你啊！

再有你忍心放得下你在這古代的親人和朋友嗎？

項思龍一時想得情動如潮，雙目熱淚已是禁不住奪眶而出。

騰翼見了項思龍的悲狀，心下也是一陣默然傷懷。

在他心目中，項少龍是個神一般無所不能的神秘人物，通過多年與項少龍的交往，不但與他建立了深厚的兄弟之情，更把他當作了自己崇拜的偶像，現在項少龍吉凶未卜，他的心裡怎不難受呢？

還有項少龍的眾位嬌妻愛妾以及項羽和荊軻他們，聞聽得了少龍失蹤的消息不悲痛欲絕才怪！

這樣一來項家軍就將會倒了，少龍辛辛苦苦重出江湖創立的成果也就完了！自己是一定不能把這消息告訴他們，並且還得嚴禁一切知情者洩露此事！但是現在自己孤身一人，怎麼去尋找范增和眾位失散的將士呢？

臉色沉沉的長歎了一口氣，騰翼沉聲道：「放心吧思龍，我一定會把三弟找到的！也一定不會讓三弟一手創立的基業倒下去！日後，我們在共同抗秦的戰線上是戰友，在爭霸天下中卻也還是敵人！」

項思龍心下酸酸的苦笑道：「這個當然！我也一樣！不會放棄助劉邦爭霸天下的！日後戰場上我們仍是敵人，私下裡卻也可作為朋友了！唉，騰叔的傷勢不知恢復得怎麼樣了？待小侄為你輸功療傷一陣吧！」

騰翼搖了搖頭：「不用了！在你來這刑室之前，我的傷勢已是復原了七八成了，再經你方才輸入我體內的功力，打通了我的周身經絡，現在是差不多完全好了吧！嘿，可也真虧荊堡主對我照顧周全啊！」

荊軻在旁一直都是詫異而默然的聽著二人的談話，雖是不解他們雙方到底是何關係，可也略略猜知了他們相互之間的關係一定非比尋常，心下正暗暗慶幸自己無意之中善待了騰翼，在項思龍面前立了一功時，聞得騰翼說起自己，頓然斂回神來，臉上笑著，嘴裡卻是連連客氣道：「哪裡哪裡！在下也只是盡我中原人的一份良心，不忍騰兄弟被那些西方魔教的人魚肉罷了！嘿，其實像騰兄這等英雄豪傑的有識之士，何不跟著我們少主闖出一番天下呢？」

項思龍目光威嚴的責備了荊軻一眼道：「荊堡主不要亂說！我何德何能敢收我騰叔這等已是中原勢力第一義軍項羽的二伯呢？」

荊軻遭責，頓然不敢再開口說話了，騰翼也是不置可否的笑笑轉過話題道：「思龍，你是怎麼混進西方魔教的呢？這古里木的魔教似乎對我中原野心不小呢！」

項思龍聞言也斂回心神，回到眼前將臨的嚴峻現實道：「這事說來話長，西方魔教確是對我中原懷有虎狠之心，現在更是準備大舉進犯我中原，實施他的陰謀了！」

說著當下把西方魔教入侵中原的圖謀簡單的述說了一下，接著又道：「我現在忙於對付西方魔教，所以沒有時間回中原，對了，騰叔，現今中原抗秦的情況怎麼樣了？劉邦現在還好吧？」

騰翼聽得有關西方魔教的事，臉色陰沉沉的，避過項思龍的問話沒有作答，反道：「思龍你有沒有把握應付得了西方魔教的那幫魔頭呢？如需要幫助的話，我當即趕回定陶，向項羽借兵來助你一臂之力！」

項思龍搖頭道：「這倒不用了，我已經定下對付魔教的計策！再說此戰不是靠人多才可取勝，要消滅阿沙拉元首他們，主要需要的是高手相助，要不我大可以藉助二十幾萬的匈奴兵士！」

騰翼默然道：「身為中原兒女，我也有義務抗擊外敵入侵我中原的！思龍是不是嫌我們力量薄弱，微不足道了呢？」

項思龍慌然道：「這個……怎麼會呢？我只是不想那麼多人去作無謂犧牲罷了！騰叔可不要有此想法，小侄真沒有其他意思！再說現在中原反秦大業正鬧得熱火朝天，又怎可以分散項羽兵力呢？推翻暴秦卻也是為我中原苦難人民造福呢？只是我們分工不同罷了！」

騰翼笑了笑道：「好，那我也就不再強求了，對抗魔教由思龍親自出手，我也大可放心！至於劉邦麼，我會叫項羽不排擠他，可也不縱容他不幫助他，這也算是我表示對思龍拯救我中原的謝意吧！」

說到這裡，頓了頓接著又面色沉沉的道：「秦將章邯神勇無敵，徹底殲滅了陳勝、吳廣的義軍後，已是展開了對復國的齊、趙、魏等國發動了進攻，其勢如日中天，要想滅秦，可能也非一日之功吧！我們現在還未曾與章邯正式交戰過，所以取得了一些小小的戰績。至於劉邦他卻因勢力太弱，所以其勢發展也不壯大，只攻下碭郡，收編了那裡的五六千人馬，實力稍稍增強，現在已攻克了下邑，也算取得了一點業績吧！但是秦軍勢力對他也是來勢洶洶，使他陷入了苦撐待變的困境之中。

「不過，項侄既然為我中原誓抗魔教，我回軍之後也定會協助劉邦一把的，但他能不能發蹟，那可就要全靠他的能力了！想來只要項侄破了魔教，平定我中原之後回到劉邦身邊，他一定可以發跡的吧！唉，說來我們還沾親帶政的，也不知三弟為何卻如此忌恨劉邦，總巴不得陷他於死地，我們兩方大可以合併起來共圖大業的嘛！為何要搞得那麼僵呢？」

項思龍暗歎一聲，對於這內中的原因，旁人怎會知曉呢？父親忌憚劉邦還不是因為他知曉了歷史，劉邦將來是項羽的大敵？

不過由騰翼的話看來，父親也遵守了對自己的諾言，沒有把歷史的天機給洩露出去，自己總算可以放下些心來！

如此一來，父親暫且失蹤，自己豈不可以利用這點叫劉邦暫時與項羽合作？這樣一來自己可以與嫣然阿姨等可親可敬的人相處在一起，又可傳機偵察項羽軍中的情況；二來呢自己這樣做也沒有違背歷史！當然自己趁父親失蹤生死不明時如此做來是有些落井下石的味道，可自己這樣做也是為了維護歷史原樣發展啊！或許父親失蹤也是天意冥冥之中的安排呢！

心下想著，當下也慨然附和騰翼道：「我也這麼想啊！或許是項伯為助項羽統一天下太過心切，且有些忌我，才如此做的吧！不過，這也是人之常情，欲成大事者必定須冷酷無情，爭霸天下尤是會讓人失了理性，騰叔也不必責怪項伯如此做來的，他有他的想法，說不定還有什麼苦衷呢！」

騰翼又敬又愛的望了項思龍一眼道：「思龍你可真是虛懷若谷，心胸寬闊！三弟這兩年來人卻是變了許多，我們都無法捉摸透他心裡到底在想些什麼，但他對我們確是感情深厚的！唉，但願他不會出什麼事！到時我會勸他與你化敵為友的。」

項思龍酸然一笑道：「那就有勞騰叔費心了！」

口中說這話時，心下卻是悲苦的想道：「自己和父親之間是一個歷史所打成的死結，又豈是他人三言兩語所能解開的呢？」

騰翼見項思龍一臉淒苦之色，可自己卻又無法幫忙，當下也沉默了下去。

刑室中的氣氛一時是一片沉沉的寂靜。

項思龍似想到了什麼似的，又開口轉向荊軻道：「荊堡主可否借五百忠心武士交給我騰叔呢？他現在手中無兵無卒……」

項思龍的話還未說出，靜站一旁的荊軻已是恭聲截口道：「這個沒問題，為我中原反秦義士出一份力可是我的榮幸呢！屬下這便馬上去辦！」說罷躬身向二人行了一禮後離去。

騰翼正為手上無兵而犯愁，聞得項思龍這話，目中感激的望著他，伸手搭住項思龍的肩頭道：「我也就不多說什麼致謝的話了！思龍，你一切多多保重！」

項思龍展顏道：「彼此！你也保重！我只能做到這麼多了！」

騰翼誠然道：「哪裡呢？你能借兵給我已經是對我莫大的幫助了！我騰翼永遠不會忘記你今天對我的大恩大德的！」

言罷，躬身深深的向項思龍行了一禮，只慌得項思龍手足無措的道：「這……小侄怎敢受騰叔如此大禮呢？說過了彼此不用客氣什麼的嘛！大家可都是一家呢！」

騰翼聞言，雙目泛淚的哈哈暢笑道：「對！我們是一家人！」

送走了騰翼後，已是夜半四更了，本極力挽留他待天明後再起程，可騰翼始終堅持要走，項思龍也無得辦法，只好隨他意願。

回程中，荊軻撩不住心中的疑念，禁不住問道：「少主與那騰翼和項少龍之間，到底是什麼關係呢？」

項思龍此刻心中又酸又沉，聞言本待發火，但又想著需顧及對方的面子，當下歎了一口氣道：「荊堡主就不要問這麼多了！唉，我的心裡都煩透了呢！也不是我不想告訴你，只是這事……不說也罷！」

荊軻老臉一紅，囁嚅道：「屬下惹起少主的傷心事了？嘿，我……可真對不起！我也只是心中太過好奇罷了！我這個人就是這麼樣的，少主可不要見怪！」

項思龍淡然一笑道：「我不會怪你的！任誰也都會對這事猜測不定！日後有機會我向你說說吧！對了，也不知焚天邪神回來沒有了？」

荊軻心神一斂道：「說來騰翼這一走，會不會讓天風令主他們心疑呢？」

項思龍雙目寒芒閃爍道：「應該不會！以天風令主他們生性狡詐的性格，反只會以為我收羅降服了騰翼！更何況我們方才故意大搖大擺的送他走，又借給他武士，這就更讓他們認為我們是收降了騰翼了，決不會想到我是誠心放他走的。

「對騰翼我也作過交代，以他的才智應該知道該怎麼做。如此一來他們只會認為我又立了個大功，骷髏魔尊也就會愈加願意投效我。在阿沙拉元首那邊如不懷疑我的身分，我這假古里木也就會更獲得他的器重，骷髏魔尊不會想不到這點的！所以即便天風令主想去對付騰翼，骷髏魔尊這傢伙也一定會出面干涉。

「因為一是他長期受古里木控制，在他內心深處已經是懾懼古里木淫威的了，二是他只是一點懷疑而並沒有看出我的破綻，試問這天下間有誰能把古里木裝扮得如此維妙維肖呢？他信我的成份還是多些。我們的計畫應是可以如期進行的！」

荊軻敬服道：「原來少主已是早就思慮到這點了！快到堡府了！焚天邪神已經回來了呢！他正和仙仙姑娘他們一起來迎接我們！」

項思龍這時也已看到了焚天邪神，當下向荊軻道：「我們走快些！」

二人疾步而馳，不多久雙方已是碰頭，花仙仙一雙秀目是有些幽怨的望著項思龍，項思龍卻是無心獵色，劈頭就問焚天邪神道：「消息可送到了？一切都還順利吧？有沒有什麼人跟蹤你？」

焚天邪神躬身向項思龍行了一禮後道：「一切順利！沒有發現什麼人跟蹤！軍師聞聽得此消息後興奮非常，托我轉告少主說他會密切配合少主的計畫行事的！少主姥姥也托我交代少主要行事小心！」

項思龍聞言心情暢舒了些道：「待天風令主和骷髏魔尊他們天明後到了風雷

堡，一切就都可定下來了！趁現在天還未亮的時候，大家都休息片刻吧！明天可要打起精神應戰！」

花仙仙聞言，俏臉浮上喜色道：「那就讓妾身來為特使大人侍寢！」包括項思龍在內的眾人，聽了這話都不禁心下為之譁然。哇咋！這女人可也真夠風騷的，竟然在這等情況下，當著這麼多人的面也敢說出如此赤裸裸的話。

項思龍面上一紅，沉聲低聲道：「我不是說大家都好好休息休息嗎？今晚就不用勞煩你了，以後可有的是機會和時間。」

花仙仙並不知曉荊軻也知悉項思龍的真實身分並且化敵為友，還以為自己在他面前說出要與項思龍求歡的事，項思龍會為了不洩露身分而答應下來呢！沒想到項思龍卻如此不講情面的拒絕了，一時之間不知所措的呆愣住了，淚珠子卻是順著臉頰不由自主的落了下來。

項思龍也知自己語氣過重，當下又不好意思的緩和語氣道：「唉，仙仙，不要哭嘛！我只是心下有些煩燥而已！好吧，今晚你就陪我在一起！」

項思龍之所以改變主意，乃是回想到了自己的身分乃是古里木，這傢伙色急成魔，自己又對花仙仙有意思的事早就人皆曉之，若拒絕美人，這可不是古里木的一貫作風，要是因此而讓天風和骷髏魔尊更加懷疑自己，那可就不妙了，更何況花仙仙姿色也屬上乘，不幹白不幹！

荊軻和焚天邪神自是猜知項思龍改變主意的原因，不過他們也大是不以為意，因為此等男女之事在他們來說本是隨便非常的，見怪不怪了。

花仙仙則是轉憂為喜，破涕為笑的嬌羞不堪，她還以為項思龍說的是真話，並且是真的對她大有情意呢！其實項思龍對她雖大有好感，但卻只是一股同情之心，並沒有喜歡之情的了！想他已是美妾嬌妻如雲，對獵色的心情是大為消滅，且是有些懼怕再犯上桃花劫呢！不過，現在為了以大事為重，也不得不敷衍一下花仙仙的了！這妮子個性極強，要是她怨氣不過，做出什麼衝動的事來，那可也就糟糕了！

就在這眾人沉默的當兒，突地一陣急驟的馬蹄聲傳來，並且越來越近。幾人臉色頓時大變，項思龍把目光望向了荊軻。

荊軻也是一臉驚惶不安，見得項思龍的目光，當下往馬蹄聲傳來方向望去。卻見一個白點迅速向風雷堡方向靠近。

荊軻臉上顯出不自然的神色望了花仙仙一眼，見她臉色煞白，一臉的怨恨之色，心下一凜，惶聲對項思龍道：「是小兒荊恨秦！」

項思龍想起巴拉金對自己所說的有關荊恨秦的事情，臉色一沉道：「不要讓他知道我的身分！哼，你這兒子可有些不良野性！」說著時也望了望花仙仙，眼睛裡露出同情之色。（編按：卷三將風雷堡少堡主誤植為荊無命，實為荊無命之子荊恨秦。）

荊軻不安的應「是」時，白點已是馳到眾人近前，在他身後還跟著六名青年武士，都是一表人才，但卻從眼睛裡透出的狡光，就可知這批人不是什麼好東西，有兩個武士的馬背上還馱著兩個麻袋，不過他們的馬卻也是灰色的，只有一長得很帥，面色傲慢的白衣青年騎的是匹白馬，眾人方才看到的白點就是他了。

花仙仙目中都要噴出火來的盯著那白衣青年，荊軻卻是不安的望了望白衣青年，又望了望花仙仙和項思龍。

項思龍從花仙仙和荊軻臉上的神色，已猜知那白衣青年就是荊恨秦了，雙目向他投射去兩束厲芒，同時心下忖道：「想不到荊軻這等英雄人物卻生了個如此的不肖子來！想是受了魔教思想的影響，兼之荊軻對他嬌寵，才養成他的壞習慣吧！自己倒是要替荊軻教訓教訓他這不肖子，同時也為花仙仙出一口怨氣！」

項思龍心下想著，那白衣公子已是下得馬來，先向荊軻打個招呼，目光冷傲而有些戒備的望了項思龍和焚天邪神一眼，最後落到花仙仙身上，臉上頓起邪笑道：「哈！臭婊子，你不是被老子賣給巴拉金了嗎？怎麼又給你溜到我風雷堡來了？是不是捨不得本少爺啊！」

花仙仙玉容慘變，似欲與之拚命的盯著白衣公子。嘴角抖動著，似想說些什麼，卻又因太過激動而說不出來了。

項思龍冷哼一聲，走到花仙仙身邊伸手拍了拍她的酥肩，暗示她自己一定會出手懲戒對方的，不要衝動。

荊軻一臉羞怒之色，一時之間也不知怎麼斥責兒子是好，所以也沒有說出什麼來，只是既是緊張又是不安且還惱怒的瞪著白衣公子。

白衣公子似毫然不覺氣氛的異樣，見項思龍與花仙仙的親熱勁，眉頭一皺，氣熱洶洶的道：「閣下是什麼來頭的角色？竟然想作護花使者？老子告訴你，我荊根秦玩過的女人還沒有人敢碰的！除非是老子不要了！哪，識相的給老子放開花仙仙那臭婊子，再給老子磕三個響頭，老子就放你一馬算了！」

項思龍惱怒得拳頭緊握，雙目厲芒暴長。

他奶奶的，想不到這小子竟然這麼驕橫！看來要重重出手教訓他一下才是！否則他還不知天有多高地有多厚呢！

心下正如此想來，就要出手時，荊軻已是「啪」的搧了白衣公子一記耳光，口中怒喝道：「大膽！竟然敢對特使大人如此無禮！你小子是不是想找死啊？還不快跪下，向特使大人陪禮道歉？」

白衣公子被打得又驚又愣，聞得荊軻的話卻是突地惱羞成怒的道：「什麼個鳥蛋特使啊？有啥大不了的？爹，你幹嘛怕他來著？」

荊軻見兒子還如此不識時務，又惱又急的又連搧了白衣公子兩記耳光，斥聲道：「還如此嘴硬！快向總壇特使磕頭認錯！」

白衣公子被打得火冒三丈的跳了起來道：「老傢伙，不要再打了！你雖生了我，可我卻是身為天風令主的義子，你無權打我！再動我一根汗毛，可別怪我反面無情！他奶奶的，總壇特使又怎麼來著？見了本公子應向我行禮才是！我幹嘛要向他陪理認錯？」

荊軻氣得身體發抖，指著白衣公子：「你……你……」

轉向項思龍又羞又愧的慨然道：「特使大人隨便處置這小子吧！留下他一條

命就是了！唉，都怪我平日嬌慣了他，才導致今日這惡果！」

項思龍已是對白衣公子的狂妄之態忍無可忍，只是礙於荊軻的面子，一時之間不便發作，這時得他首肯，再也忍禁不住的冷聲喝道：「放肆！如此狂妄小子我古里木還是第一次見到！是不是活得不耐煩了？」

白衣公子聞言先是一驚，接著又是嘿嘿冷笑道：「原來你就是義父一直跟我所說的他的仇人古里木啊？我正想見識見識你這老傢伙呢！也沒長什麼三頭六臂嘛！嘿，這次你來了西域，本公子定叫你來得去不得，幹掉你除去義父的心腹大患，也為他老人家報仇！」

項思龍怒極反笑道：「好！有本事你儘管幹掉本座好了！」

白衣公子朝那六名灰衣青年揮了揮手道：「你們給我上！把這老傢伙給剁成肉餅！不必手下留情的！」

六名灰衣青年齊聲應「是」後，頓時拔了佩劍，團團將項思龍圍住。

項思龍仰天發出一陣森冷大笑道：「自我古里木出道以來，就只有我對別人驕橫的份兒，還從來沒有人敢向本座挑戰！連天風那傢伙見了本座也要禮讓三分，想不到今天卻遇上了個不知天高地厚的小子！真是找死！」

大笑聲中，項思龍已是「天王鞭」拔在手中輕輕一抖，發出一陣「啪！啪！」破空之聲，冷冷道：「你們是後輩小子，本座就讓你們三招陪你們玩玩！出手吧！否則你們沒機會了！」

焚天邪神也已是怒不可抑，這時向項思龍行了一禮道：「總護法，殺雞豈用屠牛刀？就讓屬下來教訓教訓他們吧！」

項思龍知曉焚天邪神武功的高強，聞言輕輕的點了點頭道：「出手不必有什麼顧忌！死了人由本座負責就是！」六名灰衣青年見項思龍根本沒把他們放在眼裡，氣恨得臉色鐵青，其中一人狠聲道：「哼，我們『神武六聖士』可是天風令主特別訓練出來的超級殺手，殺人沒有一千也有八百，閣下竟然口出狂言不把我們放在心上！好，就讓你見識見識一下我們的威力吧！」

話音剛落，六人同時出劍向項思龍攻擊，攻勢倒也甚是快捷無比，配合得也甚是默契，倒也算得上是一等一的好手。

但可惜他們遇上的是項思龍這等超級高手，要不然倒真可以威風一下。

喋喋怪笑聲中，項思龍已是施展「分身掠影」的輕功身法，掠出六人的攻擊範圍之外，口中冷哼道：「也真有幾分真才實學呢！難怪那麼狂妄！只可惜你們找錯了對象！鐵塔護法，我限你在三招之內，讓明年的今天成為他們六人的忌日！」

焚天邪神縱起身形，拔出佩劍哈哈大笑道：「總護法放心，我不會讓他們六人在三招之外還有一口氣的！剛才也算一招！」

說著時，手中長劍已是化作長虹，激射六人握劍手腕。

焚天邪神揮出的這一劍看似簡單，實則已到了大巧若愚的境界，封死了六名武士的反擊和閃退的一切角度，並且劍身揮出的厲芒貫注了他強勁的功力，可謂是招妙勢猛。

「噹！噹！噹！」一陣劍擊之聲響起，六名灰衣武士上顯是勁力沒有焚天邪神那麼深厚，手中長劍全被蕩開，但焚天邪神劍勢不減，在電光火石之間長劍分往六人手腕刺挑過去。

「噹！噹！噹！」六人手中長劍落地，抱著手腕「哇！哇！」慘叫，鮮血順著他們手指流出，原來他們手筋全被焚天邪神挑了。

焚天邪神得勢不饒人，身形在空中一轉，手中長劍漫起朵朵劍花，口中大喝道：「第三招『分斬六頭』！你們受死吧！」

劍氣漫空，殺氣濃烈，焚天邪神抖出的劍花突地變形，似一柄柄連環光刀般分往大武士首級砍去。

劍光閃過處，鮮血急噴，六人來不及慘叫出聲，顆顆人頭已是一一滾落，如落地葫蘆般四處滾開。

花仙仙還從來沒有見過如此利索殘忍的殺人手法，嚇得嬌呼一聲，緊緊的擁著項思龍，把嬌首埋進他懷中，不敢細看。

項思龍看出焚天邪神方才所施的乃是日月天帝的「無殺三式」，要不然決不會如此輕鬆在兩招之間就俐落的擊殺六名好手，心下雖是有些惻然，但為了殺雞儆猴，給那荊恨秦一個下馬威，也不得不如此狠心了，更何況這六名武士乃是天風令主訓練的殺手，且自稱說殺人無數，死了也是罪有應得。

邊拍手擊掌邊說：「好劍法！好功力！鐵塔護法，只不知你需多少招殺了那白衣狂妄小子呢？」

焚天邪神也知道項思龍是想嚇嚇荊恨秦，配合著他冷冷道：「想來只需半招就夠了！這傢伙現在已嚇得毫無鬥志了呢！」

白衣公子此時果真是嚇得面如死灰，額上冒汗，再也沒了先前的威風，顫抖著走到面色緊張又氣憤的荊軻身前，「噗通」一聲跪下道：「爹，孩兒錯了！求求你！求求你為我給特使大人求情吧！孩兒不想死！孩兒還年輕啊！我以後改過就是了！我……我不再跟著天風令主，不再認他作義父！爹，求求你了！孩兒可是你唯一的親生兒子啊！」說著時，已是鼻涕眼淚汗水一起下，模樣狼狽。

花仙仙已在項思龍懷中定下了神來，聞言站直身體冷笑道：「哼，像你這東西，活著也是禍害人間！特使大人，你可一定不能放過他，一定得為我作主啊！」言罷，卻是大哭起來。

荊軻一時左右為難的望著項思龍，一臉的悲苦之色。

他雖痛恨自己這不肖兒子，可終究是他的獨生子，倒也真怕項思龍一怒之下把兒子殺了，那可是連他也阻攔不了。

項思龍為了安慰花仙仙，也為了徹底震懾荊恨秦，當下接花仙仙的話道：「任何得罪我古里木的人通常都只有一個結局，那就是死！仙仙你放心吧！這小子不但跟我爭女人，還對我口出狂言亂語，那他你猜還會是什麼下場？」

花仙仙停住哭泣的歡聲道：「那自是死路一條了！」

項思龍冷冷道：「不錯！是死路一條！並且是淒慘無比的死路一條！」

聞得項思龍這話，荊軻和白衣公子荊恨秦心神均是大震一凜。

前者以為項思龍真想殺荊恨秦，頓然出聲為之求情道：「特使大人，這……還請看在屬下面上，饒了犬兒一命吧！屬下定當……」

話還未說完，後者突地從地上縱起，用長劍抵住荊軻的頸脖，發狂的厲叫道：「好！要死我也要殺個墊背的陪葬！」

項思龍和荊軻幾人均想不到荊恨秦如此沒有人性，荊軻雙目已是不由自控的落下兩行傷心至極的老淚來。

第四章　巧救二女

荊軻心下此時的悲痛，決不是用言語可以描述出來的。

他是痛恨兒子的墮落，痛恨兒子的毒辣，但他卻做夢也想不到兒子會入魔如此之深，連自己這作為父親的也想殺。

他的心中此時更多的是悔恨，他因妻子生下兒子時難產死去，所以對兒子疼愛非常，自小就嬌寵他，從來捨不得打他甚至責罵他。

是的，他自己算得上是一個勇士謀將，對待下屬也嚴格非常，但他卻不是個好父親，沒有盡到一個父親的教子義務和職責。

俗話不是說「養不教，父之過」麼?兒子之所以養成驕橫凶殘的惡性，可都跟他作為父親的脫不了關係啊！

自己已經是一個賣國求榮的罪人了，為何上天卻還要如此的懲罰自己，讓自己生出如此一個大逆不道的不肖子呢？

這一切都怪自己利慾薰心，一意想著復國，連兒子也疏忽教養了！

甚至……甚至可以說兒子之所以會有今天的這般壞，全是自己一手造成的吧！因為自己為了討好天風令主，才把兒子推進深淵，讓兒子認了天風令主作義父的啊！自己應該早就認識到兒子會有今大的，跟著天風令主這等魔頭人物，還能不變壞麼？近朱者赤，近墨者黑！跟著好人學好人，跟著麻雀學飛禽！這些可都是千古名言啊！自己為何不早些把兒子救出深淵呢？

都怪自己！都怪自己鬼迷心竅，自私自利！為何要如此固執的想著去恢復那已不復存在早就煙消雲散了的燕國呢？這下害人害己不說，還引狼入室！該死的西方魔教！天殺的天風令主！……荊軻的內心如針般的在刺，老淚縱橫面頰。

唉，自作惡，不可活！今天的悲劇都是自己咎由自取的，認命了吧！

做人做得如此的淒涼，苟活著對自己來說也沒有多大的意義了！

想到這裡，荊軻長歎一聲，猛的把頸脖一伸，往荊恨秦架在脖子的長劍撲去，意圖自殺以了結此殘生，那麼罪惡和悔恨感就都可沒有了！

項思龍本在邊想著荊根秦這小子真是無藥可救了，邊密切關注著他的一舉一動，想施法救下荊軻時，突地見得他此舉，心下大駭，失聲道：「荊堡主，不要想不開啊！我們明天的前景可還需要你的出力相助呢！」

荊根秦也想不到父親如此作來，微一驚愕下，聽得項思龍的話，頓知項思龍很在乎父親的這條老命，似乎看到了一線生機，臉上浮起一絲獰笑道：「死老鬼，我還沒叫你死呢！想那麼容易就去見閻王啊！沒那麼便宜！」

說著把手中長劍一退，伸指點了荊軻的穴道，讓他動彈不得，接著怪笑道：「看來你這條老命可還有利用價值呢！古里木總護法似乎很看重你啊！」

荊軻自殺未遂，但頸上還是被鋒利的劍鋒劃出了道血痕來，鮮血順著他的頸脖流向衣領，但荊軻毫然不覺，只羞愧惱恨難當的「呸」了聲道：「你……你這大逆不道的無恥小子，別妄想特使大人會饒你小命了吧！嘿，古里木總護法的個性你不是沒曾聽天風那老傢伙說過，他最惱恨的就是別人威脅他！何況你還跟他爭搶女人，又出口狂言的謾罵了他，你今天是別想活著離開風雷堡了！我這條老命死也是不足惜了！活了這大半輩子，我也活得累了，也想安安靜靜的休息一下了！」

荊根秦又惱又急的道：「你想死我還不想死呢！該死的老傢伙，你也別以為我不知道你投靠義父的良苦用心，還不是為了恢復他媽的勞什子燕國嗎？你會這麼捨得死？哼，你連我也送給義父作為獻禮來討好他，本想把我安插到義父身邊為你作間諜服務，方便你步步高升，誰知義父早就知道，你無事獻殷勤的不安好心了，反收絡了我作為他的反間諜。

「他本是很信任你，準備把西域的一切事務交給你來打理的，誰知當我告知你的良苦用心後，他卻改變了主意，一方面還是籠絡你為他所用，另一方面暗地裡培植火龍真人來牢制你，以防你反叛作亂！死老鬼，這一切你都想不到吧！心機太沉，誰知算來算去，到頭來算到你自己身上！我今天的這一切可是拜你所賜！我死了，你死後也會不得瞑目的！」

項思龍已是忍無可忍，現在又得到了荊軻的同意，自己可以殺了荊根秦了，因為荊軻方才那番話的意思是叫自己不要管他，要顧全大局不至露出破綻，最好是能殺了荊根秦為他教訓逆子，他也就可以瞑目了。

驀地仰天一陣森寒的大笑，項思龍目光如電的逼視著外強中甘的荊根秦，一字一字的道：「狂妄小子，你如傷著了荊堡主分毫，連死也都沒那麼容易了！本座定會教你求生不得，求死不能，受盡天下酷刑慢慢的把你折磨死！識相的就放了荊堡主，本座或許還會對你網開一面！因為本座欣賞你的狂妄和毒辣，有意收留你在本座手下辦事，你可以考慮考慮！給你三分鐘的時間！可要好好珍惜啊！」說罷，又是一陣喋喋狂笑。

荊根秦聞得此言，禁不住臉色為之一動，又驚又喜的道：「你……你真的會放過我並且收留我？嘿，你古里木以生性奸詐出名，叫我怎麼信得過你？」

項思龍淡淡道：「信不信得過我，就看你敢不敢賭這一把了！你沒有選擇的餘地了！快好好珍惜時間想吧，已經過了一分鐘了！」

荊根秦額上冷汗直冒，神情慌張的突地左顧右盼起來，似在尋找什麼人求助似的，甚是焦燥恐懼不安。

項思龍見了，心下禁不住倏地為之一緊。

這荊根秦起先那麼狂妄似有所恃，會不會是天風令主和骷髏魔尊派他來試探自己身分的呢？

這……可是大有可能！幸得自己沒有露出什麼馬腳。

心念電閃的想來，臉上浮起一絲森寒怪笑，伸手取下腰間的「天王鞭」，抖了兩下，漫不經心的道：「只剩一分多鐘了！快點做出決定吧！嘿，沒有人會來救你的！一切都得靠你爭取！」

荊根秦的身軀都已禁不住顫抖起來，左顧右盼間臉上已是露出死灰懼色，嘴角抖動著，似想說些什麼，但心下卻又有顧忌似的沒有說出。

項思龍已是敢肯定荊根秦膽敢胡作妄為是有人背後支撐的了，心下雖是也有一點緊張，但臉色卻是異常平靜。

古里木的性格就是這般，形勢愈是嚴竣愈是危險的時候，他就愈是可以不動聲色，除非是瀕臨死亡的威脅了，他才會驚慌恐懼起來。項思龍可以說是把古里木扮演得爐火純青了，應該是不會露出什麼破綻來的。

圍著荊根秦和荊軻轉了兩圈，項思龍又淡淡的道：「你們父子倆死去了雖是可惜，對我來說也是一大損失，但迫不得已了我也只好忍痛割愛的。不過，你們放心，你們死後，我會為你們父子倆化解怨仇的，讓你們的屍身和元神灰飛煙滅不就得了！好，三分鐘已到，我再數三聲，如你小子還固頑不化的話，本座會成全你們父子倆的！我現在開始數了！一！二！……」

項思龍的「二」才剛剛喊完，荊根秦已是恐懼得再也控制不住的脫了手中長劍，口中大喊道：「義父！副教主！你們快出來救我啊！古……總護法要殺我了啊！義父……我……我現在還年輕，不想死啊！」

項思龍見果然不出自己所料，冷哼一聲道：「原來還有救兵啊！怪不得那麼狂妄！不想死？開罪了本座，不想死也得死！」言語間，手中「天王鞭」已是連環抖出，向荊根秦攻擊。

荊根秦本應是有些還擊之力，怎奈他已被項思龍嚇得屁滾尿流毫無鬥志，所以項思龍的長鞭如天馬行空般向荊根秦擊去。

眼看著荊根秦就要命喪九泉，驀地傳來一聲沉喝道：「古里木，不得傷人！跟小輩交手，不嫌太失身分了嗎？有本事跟我天風大戰一場，不要拿後輩出氣！再說，是我在幕後三使荊根秦如此作的！」

項思龍本意也不想殺荊根秦，只是想教訓他一頓罷了，聞言把「天王鞭」隨手一抖，把荊根秦的身體拋飛向發聲處方向，喋喋一陣怪笑道：「天風你如此作來是什麼意思？忌憚荊堡主投靠了我嗎？還是想試探本座的身分？明人不做暗事，心裡有什麼疙瘩大可當面質問本座就是了，何必神神秘秘的呢？這樣做來，對你和我都沒有好處，會傷了和氣的！」

天風令主懷裡抱著已是昏迷過去的荊恨秦，縱身到了項思龍身前，緩緩把荊恨秦放下，目光仇恨的逼視著項思龍，冷冷道：「你和我以往的恩恩怨怨已是全部都溶入我們的賭注中去了，我命恨秦如此做來，可並不是為了跟你算舊帳的，只是我先前的確是有些懷疑你的身分，所以叫恨秦來試探了一下，現在基本也可以證實你就是古里木了，我也就可放下些心來了！我這般做只是為了顧全我魔教的大局，總護法可請多多見諒一二了！我們別過私仇，可也就是同門了，如果總護法暫刻能與我一樣別過私仇的話，我們也可合作的了。」

項思龍並不知曉天風令主說這話的虛實，有些戒備的疑問道：「我們合作？嘿，這話卻是從何談起？我們可並沒有什麼共同利益啊！怎麼合作？何況各自都瞭解對方是什麼樣的個性！一盤散沙，什麼事也做不成，我看還是各幹各的吧！再說我們要不了多少時日就可分出勝負，有一人就會下地獄去了，即便合作也沒有什麼價值，你還是省了這條心吧！」

天風令主毫不在意項思龍對他的數落，只冷冷的接著道：「怎麼沒有合作價值？我們此次去南沙群島乃是屬於私自主張，違抗了元首和教主的命令，一定會收到他們責罰的。嚴重的話，那後果更是不堪設想。但是你、我和副教主三人聯手的話，即便元首和教主對我們再怎麼憤怒，可一時之間也奈何我們不得，只好允許我們留下一起參與探寶行列了！接著情況再怎麼發展，也跟我們的合作無關！總護法不會拒絕我的建議吧？這可是我們的共同利益，彼此也無法從中搗什麼鬼，總護法大可放心就是！」

項思龍聞言心下大喜，知道自己已經獲得對方的完全信任了，要不天風令主絕不會對自己如此坦誠直率，但不知笑面書生搞了什麼鬼把戲，這麼快就掩過了天風令主和骷髏魔尊的耳目，使他們不再懷疑古里木不是他和「日月天帝」裝扮的？

心下想著，臉上卻還是裝出疑惑不定的沉思模樣，沉吟了片刻哈哈笑道：「好！本座完全同意令主的合作建議！但荊根秦這筆帳怎麼算呢？這小子可是在本座面前太過狂妄了點！」

天風令主聞言面色舒緩了些，冷冷道：「總護法方才一鞭已是廢了荊根秦的武功，他方才的過錯應該可以償還了吧！要是總護法還無法釋懷的話，那就找到我頭上來好了！」

項思龍臉上浮現一絲陰笑的道：「好！本座就陪令主過兩招！一來看看令主的『波羅神功』威力進展到底如何，二來也釋解一下令主對本座身分的懷疑！」

骷髏魔尊這時也飛身現出，聲音尷尬的道：「總護法就消消氣吧！嘿，天風的做法是太過分了點，但他也是出於為本教利益著想嘛！你不知道，在我們趕到火龍鎮不久，笑面書生突地派人傳來消息說，他和『日月天帝』教主要與元首和枯木真師教主決鬥，不想再小打鬧的跟我們交戰了，而要一戰定生死一戰定乾坤，並且下了戰書，誰勝了魔教就由誰接掌，並且擁有『聖火令』，輸者則要永遠臣服對方，還有說他已證實了『日月天帝』教主與他是父子關係，他們父子倆會共存亡同進退的與我們作戰。如不接受挑戰、他們將大開殺戒！唉，我們都心急如焚呢！

「因為笑面書生與『日月天帝』教主是父子關係這一點，元首也曾懷疑過，並且收到了鬼影修羅的傳說也如此說。依此看來，笑面書生所說『日月天帝』教主沒有死且重出江湖這事是真的呢？如『日月天帝』教主真重出江湖的話，那我們……」說到最後，骷髏魔尊語氣也是有些恐懼不已。

項思龍想不到日月天帝教主的威信如此之大，死去千年仍讓人聞之色變，看來自己是得好好的利用這點了！

笑面書生只一提到日月大帝，就讓天風令主和骷髏魔尊心神大亂，連得對自己的懷疑也淡了許多。不過也還比較鎮定，曉得利用荊無命這小子來試探自己一下，也算他們行事小心謹慎了！要不是自己，其他人一定會被他們此著試探出破綻來，那所定計劃可就泡湯了。

心下想著，臉色也假裝沉沉的道：「但不知他們會不會趁我們遠涉南沙群島之際來偷襲我們在西域和苗疆的分壇呢！」

天風令主搖頭接口道：「笑面書生的個性我摸得比較清楚，他雖狡詐無比，但他固執的不願降服元首，乃是因為他對『日月天帝』教主特別忠心，那麼他一定會很聽『日月天帝』教主的話的。然『日月天帝』教主狂傲的性格，當不會偷襲！他既已向元首和教主下了戰書，想來一定也會依約行事的！」

骷髏魔尊點了點頭道：「天風所說甚是！我與『日月天帝』教主共事了幾十年，也算甚解他的習性，當不會失言的！」

項思龍聞言心下暗笑道：「可惜重出江湖的是本少爺這冒牌的『日月天帝』，可不會跟你們守什麼信諾！只巴不得你們快些全都死翹翹呢！」

如此想來，也露出放心笑容道：「但願如此，等到了南沙群島，把此事稟告元首和教主，看他們怎麼應付了！嘿，我們又可找到一個脫罪的好藉口呢！對了，我已降服那騰翼把他放了！希望打退『日月天帝』教主和笑面書生後，能利用到他吧！」

骷髏魔尊淡笑道：「這事我們已經知道了！總護法可真有心計呢！」

項思龍瞪了他一眼道：「自私自利可是我古里木的個性之一，但我也有最痛恨的，就是對於背叛我的人，我絕對不會放過他的！」

骷髏魔尊聽得身軀微顫，不自然的陪笑道：「我可是完全效忠總護法的，總護法大可放心就是！」

對於骷髏魔尊的媚態，天風令主只冷哼一聲也沒有說什麼。項思龍大是滿意的哈哈大笑道：「副教主跟著我古里木不會錯的！異日本座坐上了元首之位，你就是本座的大功臣，只在我一人之下，萬萬人之上了，比之現在可是有天堂和地獄之別啊！」

骷髏魔尊連連道：「全仗總護法提攜！」

天風令主則面若寒霜，目中凶光直閃。

項思龍知曉「狗急跳牆」的道理，見把天風令主氣得差不多了，頓轉過話題道：「你們把人手都調來沒有？要是一切準備就緒的話，我待趁天未亮之前離開西域，免得被笑面書生發現我們的行蹤，那就不知他會搞什麼鬼了！任何事都做到萬無一失是好！」

項思龍這話是故意說給天風令主和骷髏魔尊聽的，因為他愈是顯得忠心魔教提防笑面書生，也就愈可讓二人相信自己身分。

骷髏魔尊面現難色道：「苗疆離西域也有一段路程，教徒趕來最快也要到晚上，今晨我們是無法去南沙群島的了！不過我和天風都已傳令下去安排好一切了！」

項思龍點了點頭道：「那我們明晚二更會合起程吧！對了，二位是否進堡中休息片刻，咱們也坐下來喝上兩杯呢！」

天風令主率先道：「總護法盛情，在下心領了！副教主願留下來就留下來吧！在下先行告退了！」

言罷再也不發一言，也不理項思龍和骷髏魔尊二人出言挽留，抱起荊恨秦的身子閃身沒入夜色之中。

骷髏魔尊不置可否的搖了搖頭，笑道：「那我就恭敬不如從命了！」說完招出隱藏在暗處的手下。

項思龍不見飛天銀狐，假裝問候道：「令徒的傷勢不嚴重吧？需不需本座幫忙為他療傷？」

骷髏魔尊乾笑道：「能在總護法的『滅情道』十二層功力的『紫氣天羅』一擊下得以不死，已是這不知天高地厚小子的造化了！他一身功力已廢，已經成為個活死人了！嘿，對於再也沒有利用價值的人，我也像總護法一樣是不會再重視他的了，哪用總護法再花力氣去救他呢？這小子也是他該死，誰叫他得罪總護法！」

項思龍也知那飛天銀狐是個廢人了，只想不到骷髏魔尊如此心狠，竟沒有出手救他，心下不禁有些惻然，但這也是飛天銀狐作惡多端罪有應得的可悲下場，誰叫他拜個沒有人性的師父呢？再說這傢伙死了，也算是為苗疆三娘出了一口氣，同時世上也少了一個禍患。

如此想來，心下又安然了些，這時目光不經意的落在荊恨秦那六名手下所遺馬匹的兩個麻袋子，心念一動，知道裡面裝的是兩個人，但不知是什麼人遭殃，當下喚過焚天邪神道：「去解開那兩個麻袋，看看裡面裝的是什麼東西！」

焚天邪神應命閃身至馬匹旁，骷髏魔尊這時大笑道：「嘿，總護法這下又有豔福可享了！麻袋裡面裝的乃是兩個大美人，其姿色比之仙仙姑娘可不知要美過多少倍呢！荊根秦那小子也是剛剛抓到她們，還沒有享用過！總護法可以大展雄風，一槍御三女了！」

花仙仙聽得骷髏魔尊這話哼了一聲，沉下俏臉嘟起小嘴向焚天邪神走去，邊幫忙著為他解開麻袋，邊氣呼呼的道：「我倒是要看看是兩個什麼樣的大美人，西域的美女可並不多！」

焚天邪神怪笑道：「啊！總護法的新馬子可醋勁大發呢！」

說著時已是率先從麻袋中拖出一女，「哇」的大叫一聲道：「果真是人間絕色啊！總護法，你過來……」

焚天邪神的話還未說完，花仙仙已是又驚又喜的大叫了起來道：「啊！是小姐！想不到連她也被荊根秦這淫賊給抓著了！」

荊軻早就被項思龍解開穴道，聞得花仙仙這驚鳴，老臉羞得通紅，也驚聲道：「是『鳳仙閣』的石慧芳？想不到這小子連她也敢強來！石慧芳可是當年中原七國三大名姬之一石素芳之女，石素芳一身柔骨功夫可謂天下一絕，她的後台也乃是當年七國之中的權貴人物，手下高手如雲，七國被秦吞亡後，他們也都隨石素芳隱居到了西域，並且據聞石素芳當年巧獲一本『涼天寶錄』，乃當年魯妙子的武學手記，憑仗之武學寶典，石素芳在西域創立了『鳳仙閣』，交由她女兒一手打理，她則在幕後操縱支持，在西域也算得上是個獨樹一幟的門派，小子是怎麼抓到石慧芳的呢？」

荊軻說這話時，項思龍心下也是一凜，他曾聽聞過韓信說石素芳當年與父親項少龍也有交情，且石慧芳有過非項少龍之子不嫁的誓言，再有就是孟姜女的女兒與石慧芳相交甚好，石素芳乃是孟姜女的表妹，只不知另一麻袋中的少女是不是孟姜女的女兒孟無痕。

心下暗驚的想來，當下也已掠到了花仙仙身邊，強壓心頭的焦急，假裝俯身察看花仙仙懷中少女的顏容，口中低聲對花仙仙道：「快看看另一麻袋中是不是你們小姐的朋友孟無痕！」

言罷，又放大聲音哈哈笑道：「果是國色天香！中原美女確是讓人見之傾心！荊恨秦這小子雖是狂妄了點，但如把這兩個美人事先送給我的話，本座也不會廢他武功的了！」

言語間，花仙仙已是拖出另一麻袋的少女，一看之下又是驚叫起來道：「是小姐的知交孟無痕！她……她不是個公子的麼？怎麼變成小姐了！」

焚天邪神聽了從驚豔中醒覺過來，失笑道：「可以用易容術女扮男裝的嘛！嗯，又是一個頂呱呱的大美人！總護法確是有豔福了！」

項思龍此時心中是又驚又喜，想不到果被自己猜中另一麻袋裝的是孟無痕，還幸得自己巧然之下救下了二女，要不被孟姜女知道孟無痕被荊恨秦糟蹋，她不為之瘋狂的找荊恨秦拚命才怪。

嘿，天風令主設計試探自己身分，想不到反幫了自己個大忙，讓自己找著了孟無痕，也算可向孟姜女有個交代了！不然自己可還真一時之間沒有空去那「鳳仙閣」找孟無痕呢！再說自己去了，也不是一找便著的。

了結了一樁心事，項思龍心情大悅，哈哈大笑聲中放眼細細的打量起二女來，卻見二女果是人間絕色，比之自己的眾位美妻嬌妾當真是有過之而無不及。

石慧芳身著一身鵝黃衣裙，襯托著她那光滑淡黃的膚色，再加上那張誘人圓臉和那朱紅的櫻桃小口，確是豔麗絕倫，讓人見之她那副嬌柔溫馴之態，真是會禁不住食指大動慾念頓起。

孟無痕則是給人又另一種感覺，一身素白衣裙配合著她那白若凝脂的肌膚，讓人見之覺如天女下凡，但她那張微微上翹的小嘴和臉上的率真笑意，卻又讓人覺著一種野性的魅力和天真活潑的爛漫。

項思龍見了心下也不禁再次泛起驚豔的感覺，二女一柔一野，人生能得此般二女相伴，可說是不枉作為男人了！荊恨秦這傢伙可真有眼光也會享受，只可惜他辛辛苦苦的獵物，現在卻是落入自己這色蟲淫魔古里木手中了！自己現在如要享受二女，當只是如囊中取物般容易，沒人膽敢阻止！

心下如此想著，卻倏又記起孟無痕可是孟姜女的女兒，那麼也就是自己的女兒了，自己這作為爹的又怎可落井下石打她主意呢？更何況自己答應過諸女儘量不在外面亂搞胡為！

還有就是苗疆三娘和石青青母女倆的荒唐事已是讓自己經受過一場風波的苦惱了，又怎可以再次重演「歷史」呢？

想到這裡，心下頓然清醒許多，色心盡斂，暗暗自責自己怎麼會動得這種歪心事，女人多了「是禍非福」啊！

斂神過來，色心雖去，但卻還是得表露出一副色急模樣來，「哇味！哇味！」大叫聲中，伸手在二女吹彈得破的俏臉上分別捏了一把。

花仙仙一臉不悅之色的暗瞪了項思龍一眼，又羞又愧又洩氣。是啊！自己的姿色哪能跟小姐和孟無痕比呢？

思龍見了她倆定是會對自己看不上眼的了！自己命苦，怎能幻想一輩子都跟著思龍呢？他若能恩寵自己一晚，已是自己福氣了！

心下悲苦的想著，花仙仙已是秀目淚意盈盈了！

項思龍見了心下煩燥之極，卻又倏地心念一動。自己何不與花仙仙胡搞一通，掩過骷髏魔尊和天風令主的耳目呢？要知道自己現在是色魔古里木，放著美人不搞，則可就破綻百出了！

何況花仙仙身世可憐，又已對自己有了情意，與她在一起後，最多自己負責任點娶了她唄！想來自己眾位老婆也會明白自己苦衷，接受她的！

如此想來，頓然拉過哭哭啼啼的花仙仙摟入懷中，吻去她臉上的淚漬道：「哎唉，我的小美人，不要哭嘛！是不是怕本座不要你失寵了啊！嘿，你放心吧！你雖沒有那兩個小美人般的姿色，但卻更具成熟迷人的風騷，本座最喜歡這等剛剛開苞的小騷貨了！好，今天就由你服侍本座，讓本座嘗嘗我小美人的床上功夫！」

花仙仙聞言破涕為笑，嬌羞不堪的在項思龍懷中，嬌軀如水蛇般的扭動著撒嬌，口中卻是大膽的道：「特使大人真的不會拋棄小女子啊！這……這太好了！仙仙會盡最大的能力服侍好特使大人的！」

說著竟是放浪形駭的拉過項思龍的手，往她高挺圓渾的酥胸摸去，口中發出低低的呻吟，秀目是春情氾濫。

像花仙仙這等剛經人事的少女對閨房之樂最是喜好，要不她也不會跟荊恨秦這等卑鄙小人在一起了，這有一大半原因就是由於房中之樂的吸引。

現在遇上項思龍這等讓她景仰傾心的男人，自是完全把自己向對方開放了，更何況她本是青樓婢女，對男女之事本也不那麼看得嚴肅，荒唐之事她可已是屢見不鮮。

還有自是自認識項思龍以來，她就一直在等待著項思龍對她的恩寵，尤其是今晚，以為一定可以與項思龍成就好事了，春情早就勃發，可一等再等讓她幾乎失望。這下項思龍親口說要與她大幹一場，頓時情慾如長江決堤般暴發出來，一時之間也顧不得還有旁人在側了！

其實在她心中像項思龍這等功成名就的少年英雄對女人也定是饑不擇食的，何況她還長得不醜呢！

項思龍被花仙仙纏上，心下暗暗叫苦，可又不能把她推開，反為了裝演好古里木，不得不比她更加色急，哈哈怪笑道：「哇咋！小騷貨比老子還色急啊！好，那我們就就地來大幹一場再說吧！」

說著伸手便撕花仙仙的衣裙，豐滿白皙的兩隻乳房已是如兩隻活蹦亂跳的小白兔破衣而出，充滿性的誘惑。

荊軻自是知道項思龍如此做來的苦衷，乾咳了一聲道：「天也快亮了，總護法要想快樂，也回堡後再慢慢享受吧！美人可多著呢！」

骷髏魔尊抬頭看了看天色，也怪笑道：「是啊總護法，回堡後再細細品味美人的滋味吧！那時可以肆無忌憚呢！」

項思龍正有苦說不出不知怎辦時，聞得二人之言，一把抱起花仙仙，低頭邊親吻著她的豐乳，邊借勢下台的喋喋淫笑道：「說得不錯，回堡去再玩個痛快！鐵塔護法，給我好好的看護著那兩個小美人！任何打她倆主意的人，一律殺無赦！」言罷，已是縱起身形向風雷堡方向馳去。

骷髏魔尊和荊軻、焚天邪神等頓即準備妥當後，隨尾跟去風雷堡。

項思龍此刻已是大為放下心來，進攻消滅阿沙拉元首他們的計畫已是愈來愈順利，自己也可以縱情縱慾享受一下的。

離開諸女已是許多天了，情慾的能量已是漲得滿滿的，是需要發洩一下的了。現代不是有關性知識的書上說，人雖不可縱慾，但抑制性慾卻也對身體沒有好處，最好是適度放縱情慾麼？反正自己現在也有閒暇，何不痛快的享受一番，讓身心都進入最佳狀況呢？

懷抱著春情氾濫成災如吃了春藥般發情的花仙仙，項思龍也是情慾高漲，身形如風馳電閃般飛至了風雷堡。不理堡中武士的詫異，抱著花仙仙奔向荊軻為自己安排的廂房，一腳踢開房門，把花仙仙拋飛入柔軟而寬大的華床上，揮手發出一股勁氣關了房門，再躍至床前，三下兩下盡去花仙仙身上的衣物。

不多一會，花仙仙白玉凝脂般吹彈得破的光滑嬌軀已是赤裸裸的顯現在了項思龍眼前，讓項思龍見了喉嚨裡也發出「咕嚕」「咕嚕」聲。

既然已經騎虎難下的荒唐過了，那就索性荒唐到底吧！反正也是身不由己，犧牲一點也只好勉強勉強了！

項思龍本是如他父親項少龍般生性風流之人，更何況在這男女之事更是隨便的古秦愈加放縱了其風流習性，眼下秀色當前，再也不理會那麼多了，撲身把花仙仙壓在體下，張口就在她全身上下親吻起來，一雙怪手也沒閑住，一隻手盡情揉捏著花仙仙的雙乳，一隻手在花仙仙的全身上下遊動著，花仙仙雙手八爪魚般在項思龍的虎背上用力抓著，口中發出動人心魄的浪叫聲。

項思龍慾火已是燒得如熔岩火山爆發，本想脫下身上衣物，但卻又想到自己可需要這身衣物作偽裝呢！再說「日月天帝」送給自己的「變色龍皮衣」也穿在身上，還有身上藏著許許多多不可外洩的東西，只得強忍這種衝動，粗氣喘喘的伸手去解褲子，不想花仙仙卻是伸手欲撕項思龍身上的衣物，只慌得項思龍忙按住她的雙手，忍住慾火附在她耳旁低聲道：「仙仙，不可脫去我身上的衣物，要不有可能會暴露我身分的！」花仙仙聞言一震，果也沒有再扯項思龍衣服。

項思龍已被花仙仙的浪態刺激得慾念高熾，腦海中頓時除了性激情外，混然忘卻了其他的一切，全副身心都投入到了「肉搏大戰」中去，口中邊粗氣喘喘。

二人這一戰足足進行了兩個多時辰，當項思龍滿面紅光的走出房門時，花仙仙則是賴在床上連動也不能動了，只赤身橫躺在床上，口中舒緩著氣息，臉上卻是露出一絲滿足的笑意，心中思忖著道：「這才是真正的男人啊！」

骷髏魔尊顯是在側偷看偷聽，聽項思龍出房時，這傢伙目中也是喘著粗氣，只是他臉上戴著骷髏面具，要不也定是一副色授魂迷的醜象吧！見得項思龍望著自己，骷髏魔尊乾笑道：「嘿，總護法也知道的，我那老二中看不中用，所以就偏好看看聽聽過過癮了！總護法方才與花仙仙姑娘的一戰真可謂驚天動地，稱得上是空前絕後了！看來總護法的『密宗合歡術』已是練得登峰造極了吧！小美人兒們可有福了！」

項思龍心下鄙視骷髏魔尊，嘴裡卻是怪笑道：「是小騷貨的吸引力太大，床上功夫也頂呱呱，激起了本座的性慾罷了！」

說這話時也暗暗僥倖自己與花仙仙作愛時沒有褪去衣物，要不可就要糟了！只想不到骷髏魔尊原來卻是個性無能，但苗疆三娘不是說骷髏魔尊當年曾想強暴她麼，難道骷髏魔尊也有替身？

項思龍想到這裡心下狂震。

這……如自己推測不錯的話，那麼眼前這骷髏魔尊到底是真是假呢？如果是假的話，那麼自己的計畫可就危險了！

目光如電的逼視著骷髏魔尊，似想一眼把他看穿似的。

骷髏魔尊微怔了一下，有些忐忑的道：「總護法，你……你怎麼啦？我有什麼不對勁的嗎？嘿，我也不是有意偷看你和仙仙姑娘好事的呢！只不過是無意中……一時好奇之下才偷看的！總護法不高興的話，我向你陪錯就是了！幹嘛死板著臉呢？」

項思龍似沒有聽見他的話似的，還是一瞬不瞬的盯著骷髏魔尊，且看得他心裡發毛，又囁嚅道：「總護法，你……你……」骷髏魔尊咽了老半天卻是沒有說出一句話來。

項思龍一直都在用精神控制術測探骷髏魔尊的內心世界，所以一直沒有作聲，這刻倏地冷聲沉喝道：「你不是骷髏魔尊副教主！說，閣下到底是什麼人？潛入我魔教到底是何居心？」

骷髏魔尊聞得項思龍這話，身軀頓然劇顫，聲音發抖道：「總護法，你……你這話是什麼意思？我……我不是骷髏魔尊還會是誰？你不要胡思亂想了！是不是氣恨我與天風一道懷疑過總護法的身分，所以想報復我啊？這……總護法也應該知道我的苦衷嘛！你是在跟我開玩笑吧？可我是受不住驚嚇的，總護法就不要再用那等目光看著我了吧！」

項思龍冷哼一聲道：「本座哪有得心情跟你開玩笑！快說，閣下到底是什麼人？否則可別怪本座心狠手辣了！」

言罷已是解下腰間的「天王鞭」，氣勢凶凶的注視著已是驚如寒蟬的骷髏魔尊，欲似把他一鞭給分屍了似的。

骷髏魔尊身體顫抖得愈加厲害，強作分辯地道：「總護法，你……你也不要太過分了！要知道我還是你上級呢！你用這等語氣跟我說話，可是已經犯了以下犯上之罪，論刑已是當罰，但念在你……」

骷髏魔尊的話還未說完，項思龍已是仰天一陣哈哈大笑的截口道：「閣下不要拖延時間了吧！是不是在等什麼救兵？哼，這裡可是風雷堡，只有進得來沒有出得去的，閣下還是死了這條心吧！快說出你是什麼人？有些什麼同黨？只要你如實交代，本座或許還會對你網開一面！否則，本座定叫你死無全屍！」

荊軻、焚天邪神等此時也都聞聲趕來，見得項思龍和骷髏魔尊的對恃之態，心下都詫異非常，不知到底發生了什麼事，讓他們衝突起來。

但項思龍既然如此做來，自是有他的道理吧！如此想來，二人也都站在一旁沒有作聲，以靜觀其變。他們二人既然都沒有出面干涉，其他諸人自是更加不敢吭聲了！連得骷髏魔尊的眾位手下也都只傻愣愣的沒有說一句話。

骷髏魔尊見得圍觀眾人的神態，心中的懼意更加的濃烈了，左看右看了眾人好一陣，最後走到焚天邪神面前抱著一絲希望為自己辯解道：「鐵塔護法，你來得正好！總護法說我是假冒的，你看我像嗎？嘿，咱們都相處了那麼多年了，如果連對方身分是真是假也分辨不出來，那還混什麼？」

焚天邪神心下一陣冷笑，面無表情的道：「總護法他練過精神感應術，他既然說你是個假冒的副教主，那想來也不會錯吧！閣下也不要再狡辯了！總護法的感應正確性，連元首也不會懷疑，我們自是信任他了！」

骷髏魔尊見失去他人支持，知道自己再怎麼辯護也是沒有用了，倏地身體一直，不再有懼色的哈哈大笑道：「總護法眼光確是銳利無比，精神感應術也是練得爐火純青！屬下地獄護法拜見總護法！」

言罷向項思龍深施了一禮後頓了頓，接著又道：「副教主和天風令主也的確是太過小心了點，所以荊恨秦那小子一關過後，又著屬下裝扮副教主以試探總護法是否可以識破屬下身分，以再一次證實總護法身分的真偽。現在沒事了，所有的疑慮隔閡都煙消雲散了！唉，說來大家懷疑總護法的身分也是事出有因，在副教主率領我們由苗疆趕來西域時，途中發現了總護法遺落的護心寶鏡，所以害怕總護法遭人暗算為敵人所利用，於是出此下策以試探總護法，還請總護法見諒。」

項思龍心下暗暗慶幸自己運氣還真不錯，若不是這什麼地獄護法來偷看自己與花仙仙，那還真沒有發覺眼前這骷髏魔尊是個冒牌貨！

看來當年欲強暴苗疆三娘的就是眼前這傢伙了！

他奶奶的，魔教的這些傢伙一個個都奸詐無比，自己今後可要愈加小心些！

心下警覺的想來，嘴裡卻是冷哼一聲道：「本座的確是途中遇到一幫傢伙的襲擊，但以本座的能耐，會對付不了幾個小毛賊嗎？你們也真是太過份了！到了南沙群島，本座一定要找元首來評評這個理，以還我一個公道！」

假骷髏魔尊此時已取去了頭上的骷髏面具，露出了一張蒼白如死人，鼠目大嘴寬耳朵高鼻子紅眼睛的面孔，一臉尷尬的道：「這個……總護法何必動那麼大的氣呢？大家也都是為了我們魔教安危著想嘛！嘿，副教主現在與天風令主虛與委蛇的相處在一起，他的心可是向著總護法的。他之所以不與天風令主撕破臉，還不是為了刺探情報，為總護法服務？

「據這兩天來副教主探得的情報說，天風令主在西域發展的勢力可遠不止一個『風雷堡』，最主要的是他與笑面書生那傢伙勾結上了意圖作反，所以他可是一個教中叛徒，總護法大可放心的輕易除去這個強硬對手了，到時元首之位還不是非你莫屬？屬下等可都還要全仗總護法提攜呢！」

項思龍聞得此言，心下大駭，想不到笑面書生竟與天風令主也有勾結，那麼他為什麼不告知自己這個情況呢？是為了免讓自己不至露出破綻來，還是他心裡有鬼還沒有與自己完全溝通？這……但願是前種情況吧！要不自己和地冥鬼府乃至中原或許都將陷入萬劫不復之境了！不過，以自己的主觀意念看來，笑面書生不告知自己此事，應該是出於對自己的好意，而並沒有存不良之心！

如此想來，心下還是忐忑不安，但表面上卻還是裝作大喜的道：「好！太好了！叛教者論罪當誅，只要除去了天風令主，本座的天下就可高枕無憂了！嗯，對了，你們拿到天風令主意圖叛教的證據沒有？」

地獄護法點了點頭道：「拿到了！昨晚副教主讓屬下作他替身，一來說是為了試探總護法的身分，其實也是為了取信天風令主找個好藉口監視他。果然，今晨副教主發現了天風令主偷放鴿信給笑面書生，副教主當即追蹤截下信鴿，便箋上的字跡乃是天風令主的，裡面的意思是說，已把我們誘離苗疆和西域，著他乘機攻取下這兩處分壇，再與他來個裡應外合總攻南沙群島，一舉殲滅我們魔教。哼，他的如意算盤果是打得精妙，但不想卻被我們識破了他的陰謀，我們可以預先擒制住他，讓他和笑面書生的計畫只是竹籃打水一場空罷了！」

項思龍想不到這天風令主傳與笑面書生的計畫與自己擬定的計畫一模一樣，這……不會這麼巧吧！此事看來大有文章呢，會不會是笑面書生所搞出來的鬼把戲呢？實則虛之，虛則實之，這些魔教的重量級魔頭一個個都疑心甚重狡詐無比，但卻又都頗是自傲，如是笑面書生擬施之計的話，那倒確是巧妙無比的計策呢！

當然最主要的是自己這古里木與天風令主有宿仇，這一點可以利用來致天風令主於死地了！那麼自己和笑面書生等約定的計畫也就不會被識穿，可以如期進行，殺敵人一個措手不及，人仰馬翻直至全軍覆沒了！更精彩的是敵方會因為天風令主而轉移對自己身分懷疑的關注，反相信自己是真正的古里木了！

哈，真是妙計，笑面書生這傢伙還真不愧為是個他媽的軍師！

想到這裡，項思龍心下大定，面色沉沉的道：「不怕一萬只怕萬一，如敵人真趁我們遠涉南海之際偷襲苗疆西域分壇，那可真就糟了呢！寧可信其有不可信其無，我看我們還是得重新部署一下，以防萬一！」

地獄護法哂道：「我們就是留下來也沒用，如『日月天帝』教主真的出關了的話，那我們留下來反只會徒送命而已，根本守不住分壇的！所以我們不若趁對方給我們魔教下戰書之際，擺出個空城計來，留下些老弱病殘的武士守城，虛張聲勢一下，而我們則率領精銳武士偷偷遠涉南海去。

「一來我們可以保住性命不用白白送死，二來我們可以去碰碰運氣，看能不能找到武庫寶藏的什麼東西。再說，即使笑面書生他們也遠涉南海對我們發動總攻，可他們乃疲兵之師沒有體力作戰，而我們則是高手如雲，又有元首和枯木真師扛著，怕什麼呢？是勝是敗，我們都可有退路，勝則繼續享受榮華富貴，敗則溜之大吉，日後再圖東山再起。

「總護法，我聽說的這些計畫怎麼樣？嘿，自私是自私了點，可是不為己天誅地滅，我們還是要以自身大局為重的！當然啦，屬下和副教主都是絕對忠心總護法的！」

項思龍心下大喜的暗忖道：「此計正如我意！嘿，老子還正不知怎麼說服你們去南海呢，想不到你卻主動提出來了，正是多謝多謝囉！」

心下雖喜，但面上卻是故作沉吟道：「這……我們如此做法，豈不是對元首不忠了？如被他知曉我們居心叵測，那可就大禍臨頭了！要知道我們這種做法也是另一種形式的叛教啊！元首對付叛徒的手段你也是知道的！」

地獄護法目中精芒一閃道：「欲成大事者，哪一個不是靠賭局取勝的？只要我們團結一心，當不會出什麼差錯，即便出事了，大不了豁出去真個叛教罷了，那樣一來，元首和教主將受內外夾攻的威脅，他們不會不作深思的！再說不管是勝是敗，元首和教主與『日月天帝』教主、笑面書生一戰，即便不死，也定會受重傷，那時他們也奈何不了我們！

「如若勝了呢，在元首和教主閉關養傷之際，我們可以大肆擴展勢力，待他們傷好時，我們已控制了大局，他們更動不了我們分毫，反是處處要看我們臉色行事；如若敗了，我們救教有功，『日月天帝』教主也定不會責罪我們，反為了利用我們維護魔教的混亂秩序定會重用我們，我們也是立於不敗之地啊！」

項思龍聞得地獄護法這一番沾沾自喜的分析，心下冷笑道：「做你的春秋大夢去吧！到時老子要你們這些魔頭一個個下地獄才是！嗯，這傢伙心機如此細密深沉，倒是要小心著他點！」如此想著，面上也露喜色的哈哈大笑道：「好！地獄護法的計畫當真是完美無缺！我們就這麼辦，進發南海！」

項思龍派焚天邪神嚴密監視那地獄護法，自己則隨荊軻去看望聽說已甦醒過來的石慧芳和孟無痕。

剛到得一排廂房的廊道，就遠遠傳來少女的叱喝聲道：「你們滾開！滾開啊！荊根秦那狗賊呢？他把我們抓來幹什麼？快放開我們！我們要出去！要殺了那淫賊！」

荊軻一臉尷尬的望了望項思龍，不自然的道：「特使大人準備怎麼處置這兩個少女？她們來歷可都非比常人呢！一個是『鳳仙閣』的主人石慧芳，一個是身懷當年孟姜女女俠『音波功』的孟無痕，可都是不好對付的角色呢！」

項思龍淡淡一笑道：「放心！待會我自有辦法哄好她們，使她們對我服服貼貼的。你只要為我看守，不讓任何人聽到我們的談話就是了！」

荊軻目中露出懷疑，口中卻是笑道：「好的！特使大人泡小妞的功夫自是天下一絕！看仙仙姑娘對你的迷戀和熱情就可知道了！」

項思龍不置可否的笑笑道：「哪裡！平平常常而已！」

二人說著時，已是到得了關押二女的廂房門日，門外已站著十多名又氣又惱又無奈神情甚是狼狽的武士，見得項思龍和荊軻過來，均都肅容向二人躬身行禮問安。項思龍揮手示意眾武士免禮，問道：「到底發生什麼事了？是你們沒有保護好兩位小姐嗎？怎麼這麼吵？」

其中一武士惶聲站出來道：「稟特使大人，這……是兩位小姐醒來後，就大發脾氣的硬要往外闖，我們自是不許，她們便對我們大打出手，我們又不便還手，所以……屋中的六個婢女也被她們折騰得……還有……層內的東西什物都被她們砸了扔得滿地都是，連座也被她們給掀了，我們……正拿她們沒辦法呢！」

項思龍聽了心下不禁失笑，這兩位小姐的脾氣看來可真大啊！口中卻是叫好道：「本座就喜歡這種帶刺的花兒！好，你們隨荊堡主在外守護著吧！待本座進去打發她們！」

言罷，舉步向廂房內走去，剛得進屋內兩三步，就有連環飛物劈頭劈腦的擊來，其中一個甜美而又潑辣的嬌聲傳來道：「你是誰，快去叫荊根秦那狗賊過來，他把我們抓到風雷堡來到底是何居心，有本事不要用一些卑鄙的陰謀詭計來陷害我們，大可跟本小姐大戰三百回合就是！那樣我們也輸得心服口服！」

項思龍運功震碎擊來的飛物，哈哈大笑道：「兩個小美人脾氣還真不小呢！找荊恨秦那小子嗎？他已被本座給廢了武功和他老二，成為一個廢人，再也不能作惡了！兩位小美人，本座為你們出了這口惡氣，你們準備怎樣謝我啊？」

說著時，目中落在那一旁嬌軀直抖的六個美貌婢女身上，冷聲喝道：「你們給本座退出去吧！別礙著本座好事！」

六女聞言頓即快步走出廂房，黃衣少女石慧芳和白衣少女孟無痕目光詫異的直視著項思龍，手中還分拿著一什物準備再襲項思龍，白衣少女孟無痕柳眉一揚道：「你是誰，真廢了荊恨秦那狗賊的武功？不是吹牛皮說大話吧？荊恨秦這小賊看起來是個小白臉，但他一身武功可是深藏不露，高絕無比呢！還有他身邊的六個灰衣武士個個武功都是厲害非常，憑閣下一人之力，能打得過他們七人嗎？嗯，你也身在風雷堡，定是與小販蛇鼠一窩，不用騙我們了！快滾！去叫荊恨秦那小賊來！不要以為我們不殺不反抗之人，惹火了也會大開殺戒的！」言罷，手中木塊已是匝聲擲出，向項思龍快如閃電的擊來，看來這小妮子是真發怒了，但也是看在項思龍絲紋不動就輕輕鬆鬆的震碎了她們所擲之物，知道對方不是個簡單人物份上，所以下重手想試試項思龍。

項思龍微微一笑，還是不慌不忙不緊不慢，待得木塊飛至身前一尺來遠二女都驚呼叫出時，才哈哈大笑聲中運功化氣，口中吐出一口罡氣向已近在咫尺的木塊噴去，只聽得「啪！」的一聲輕微炸裂聲，木塊已是被項思龍口中吐出的罡氣震為粉末，飄飛一地。

二女見了都目瞪口呆的望著項思龍，過得了好一片刻，孟無痕才「哇」的一聲驚呼叫出道：「藏功於氣！這等境界我娘也沒有練至！閣下到底是什麼人？怎麼也懂得音波功？你與風雷堡到底有什麼關係？」

項思龍被二女各俱風姿的美色給迷得心神禁不住為之一蕩，聞得孟無痕質問才嚇了一跳似的斂回神來，不自然的道：「這……嘿，本座乃西方魔教的總護法古里木，音波功麼卻是不懂的了，風雷堡呢則是我西方魔教的下屬分壇，姑娘問了我這麼多，還未請教二位芳名呢？」

這下輪得黃衣少女石慧芳臉色大變道：「什麼？閣下是西方魔教的人？怪不得荊恨秦那狗賊武功怪異絕倫，原來風雷堡乃是魔教的賊窩！哼，你們這些魔頭是不是又想打我中原的主意？我看別癡心妄想了！我們中原地大物博，人傑地靈，人才輩出，怎會容忍爾等進犯我中原呢？就是前秦上將軍項少龍和新近出道的項思龍已是夠把你們趕逐出中原去了！你們還是死了這條心吧！把我們抓來，也不要打什麼壞主意，我們寧死也不會被你們這些狗賊污辱和向你們屈服的！」

第五章　玉女多情

項思龍聽了心下暗暗叫「好」，石慧芳又已接著道：「痕妹，我們跟魔頭拚了吧！是生是死也算是為我中原出一份薄力了！只可惜我們卻無法把項少龍將軍利用烏鼠向我們傳來的他還未死請求救援的消息轉告給項思龍少俠了！唉，也不知我娘他們會不會把項少龍上將軍救出來？希望他老人家福大命大吉人天相吧！」

項思龍聞得這話，忘卻了掩裝身分的歡呼脫口道：「什麼？爹他……項將軍還活著？這……這太好了！」

話剛說完，才覺自己失言，當下頓又板起面孔沉聲喝道：「你們想跟本座交手是吧？快放馬過來啊！本座讓你們十招！」

二女卻是美目直直的盯著項思龍，似想一眼把他的五臟六腑都給看穿了似的，呆怔了好一片刻，石慧芳才出音低聲道：「你……你是項少龍上將的兒子？這……你怎麼入了魔教了？」

項思龍知道自己已穿梆了。這下可再也不能裝什麼古里木對她們大喝大喊淫聲謾罵了，要不她們發起小姐脾氣來大呼小叫，那自己掩裝的身分可就要被揭穿，所有的對敵計畫也都要泡湯了！

面色尷尬的苦笑道：「小姐，我……我告知你們這內中的詳細情況，你們可不要慌亂，今後還是要不動聲色的與我應付可以嗎？」

二女似感覺了這內中隱情的重要性，都面色緊張沉重的點了點頭。

項思龍想著早晚都要告知二女這內中實情，以方便彼此之間更好的緊密合作的，當下從誤入日月天帝練功密室說起，直說到自己此番裝扮成古里木預備一舉殲滅西方魔教，才舒緩了口氣道：「二位姑娘這下應該知道我的苦衷了吧？唉，我也是身不由己才裝出對你們的色急模樣的，還望二位姑娘多多見諒了！」

石慧芳俏臉在不勝緊張感慨中聞得項思龍這話浮起兩方紅潮來，垂首低聲道：「項少俠哪裡話來？應該是我們二人感謝你的救命之恩呢！對了，項少俠現下分不開身來，卻是如何去救你爹呢？」

項思龍也是面露又急又喜的神色來，歎了口氣道：「只好希望天佑父親，還能沒事吧！無論如何也要先解決了西方魔教我才有閑分身去救他！但我會把這消息分派給我的屬下去辦的！但願我能救出他吧！」

石慧芳點了點頭，目射無限敬服和柔情的望著項思龍道：「項少俠能以大事為重，伯父當也不會怪你的，何況你也盡力了！對了，不知我和痕妹能有什麼地方可以幫你忙否？」

項思龍為難的道：「這……主要是要委屈你們幫助我偽裝身分了！這古里木他生性好色，所以……唉，我也知道這樣會讓你們很難堪的，但我也想不出什麼辦法來補救這個破綻了，像二位姑娘這般天仙似的美人，古里木這等人不色授魂迷才怪呢！」

石慧芳誤會了項思龍的意思，以為他這話是要自己和孟無痕捨身成全他，臉色緋紅的嗔了項思龍一眼，音如蚊蚋的道：「慧芳是曾有過非項少龍上將軍兒子不嫁的誓言，項少俠既然適合這條件，那……那慧芳自就是你的人了！可痕妹她……我卻不知道她願不願意了！」

項思龍見自己無意似要惹上了桃花劫，渾身頓忙不自在的道：「我不會對二位怎樣無禮，只要你們配合我一下做做樣子就行了！」

石慧芳臉色劇變，又羞又窘的突地落下淚來。

一個姑娘家向一個大男人說出那麼一番話來，已不知是需要多大的勇氣了，可不想卻遭到了對方的拒絕，這怎不叫人傷心無地自容呢？

即便石慧芳身出青樓，但她出污泥而不染，至今仍是守身如玉，能對項思龍說出那麼一番話並不是她放浪形骸，而是她深受她母親石素芳深愛項少龍的影響，所以下了誓言非項少龍後人不嫁，項思龍正好適合條件，又頗有俠義風範，也聽聞得有關他的許多英雄事蹟，見他危險之際，心中的少女愛意頓即湧發，不想卻是自己會錯了人家的意思。

石慧芳愈想愈傷心，禁不住抽泣出聲來。這下可慌得項思龍不知所措了，他也知道自己方才之言太不講情面不顧及人家面子了點，可他確是怕再惹情關啊！要知道孟無痕可是孟姜女的女兒呢！而孟姜女卻又已是自己妾室，這少女可碰不得啊！苗疆三娘和石青青已是讓自己大大頭痛了一次了，這次可不想重蹈覆轍！

一臉苦色的左右為難時，一直沉默不語的看著項思龍似在想什麼心事的孟無痕驀地開口指著項思龍道：「你這個呆木瓜，也不知我娘那等冰清玉潔的心是怎麼被你給偷去的？這麼不疼女人的心！還不快去哄哄我慧芳姐？她可是對你一見鍾情，一往情深呢！」

說著把項思龍推向正哭哭啼啼的石慧芳，而她自己面上卻是一臉的迷惘失落之色，且似有著深深的傷感和無奈。

項思龍被孟無痕推到了石慧芳身邊，唯唯諾諾的道：「好了，石姑娘，是我說錯話了，是我不對，你不要哭了吧！嘿，我……我也不是有意傷害你的呢！只是我……我已妻妾成群，不想毀了你一生青春罷了！更何況像我這等漂流江湖的人，家無定家，人無安全，是配不上石姑娘這等人間絕色的！」

石慧芳的抽泣聲放低了些，孟無痕在旁敲了一記項思龍的頭道：「既是人間絕色，我表姐又對你情有獨鍾，那你就娶了她唄！何必充什麼正人君子呢？連我娘也泡，還不是大色鬼啊？」

項思龍尷尬的道：「可……唉，我是真的不想拖累石姑娘啊！」

石慧芳卻是低聲笑道：「夫妻本是同林鳥，說什麼拖累不拖累的呢？妾身只要能跟著項少俠，什麼苦也受得了的！只怕是項少俠妻美妾嬌，看不上眼妾身這等平庸姿色罷了！」

項思龍見石慧芳還是這麼大膽，心下大呼「辣皮子媽媽啊！」口中卻是哽哽道：「這……那裡會呢！石姑娘國色天香，能娶著她乃是男人的福氣呢！在下對石姑娘見之亦也禁不住為之動心呢！就如孟姑娘那話，我可不是正人君子乃是個大色鬼，只是媒妁之事在下還得通過家中眾位夫人理事會的通過，我才可以……所以我不想拖累姑娘或許空等一場罷了！嘿，我家中的眾夫人中可有兩隻母老虎兼醋罎子呢！」

項思龍見自己避無可避，決定以大事為重，先穩住石慧芳，而後怎樣那也就待消滅阿沙拉元首他們以後再說了！反正如實在沒得辦法也就只好娶了她了，像她這般的美女，娶過來自己也是不吃虧的！要不她為之分心開來，那可就有可能會被骷髏魔尊他們看出什麼破綻來了！

如此想來也便說出上面那番以退為進的話。

石慧芳抬頭飛快的瞟了項思龍一眼，幽幽的道：「愛情是應該可以經受得住任何考驗的，項少俠就放心好了，慧芳願意無怨無悔的等你，哪怕是等到頭髮都白了，我也絕不會有半句怨言的！」

孟無痕接口道：「你哪知道女孩兒家的心啊？認定了一個自己喜歡的男人，就會無怨無悔至死不渝的去愛他一輩子！哪像你們男人呢？見一個愛一個，三妻四妾也是理所當然似的！哼，為何我們女人就不能亂來呢？否則就會被世人罵作是不守婦道的賤人！這世上真是有點不公平！」

孟無痕的這番話在現代來說已是普遍皆知的道理了，但是在那古代呢，卻無異於是石破驚天之語，想來她也是受了她母親孟姜女的薰陶，所以會有這等衝破古代的思想拘束，意圖男女平等的想法的吧！但不知她會不會像她母親一樣，有了男人後就會把這種思想淡忘呢？

項思龍心下怪怪的想著，石慧芳已是叱責孟無痕道：「痕妹怎麼會有這等稀奇古怪的想法呢？上古時代遺留下來的德規，我們還是不能違抗的，否則，那這天下豈還不要亂套？我們作為女人的，理應遵守婦道，要是隨便亂來，那還成何體統？今後不許再亂說胡說了！」

孟無痕遭責，似甚感委屈和不服，氣呼呼的嘟起小嘴，但卻也真沒有再說什麼了，只目光似怨似恨的瞪了項思龍一眼。

項思龍只看得心中一緊，這女妮子莫不也對自己動了春心？這可大是妙了！自己對她可是不能用拖延之計，因為若是一旦被她給纏上，那自己可就大禍臨頭了，要知道她可是孟姜女的女兒，眾位夫人已是寬容了自己苗疆三娘和石青青母女倆一次，這次若又與孟姜女的女兒玩出火來。就是眾位夫人不說什麼，自己也有些不好意思了。

心中又焦又急的想著，當下頓忙為孟無痕辯護道：「孟姑娘說得不錯，男女平等應是人類追求的目標，只有打破了這些陳舊思想，人類的文明才能得以真正的體現出來，因為這樣才能調動整個人類的積極性，讓女人也為人類的進步一份力量，俗話說『人多力量大』，把人類的另一半女人也解放出來，那麼人類社會進程的步伐就會快得多了。只是要有這一天，卻也是需要隨著人類思想的整體進化才能實現的吧！孟姑娘能說出方才那番話來，證明她的思想是大膽的勇敢的，已經超越時代了，人類總有一天會實現男女平等的！」

孟無痕是心裡想到什麼就隨口說出什麼，想不到卻引發了項思龍這一番對這古代人來說頗具新鮮性和吸引力的話來，只覺心潮一陣湧動，猶如找到了知音般雙目泛光的歡呼道：「說得太好了！項少俠要是去做個思想家亦或政治家那可真是人類之福了！嘿，怪不得能泡上我娘的呢！原來也確實有點斤兩，你這一套新鮮思想最合我娘的脾胃了！」

石慧芳卻是有些醋意的打趣道：「我看不止合表姑的脾胃了，痕妹也喜歡項少俠的這一套新鮮理論嘛！會不會也被項少俠給泡上呢？」

孟無痕俏臉一紅，嬌羞的嗔罵道：「表姐，你亂說個什麼嗎？我……我與他可是……這個你要叫項少俠表姑父呢！我又怎可……你不要開這個玩笑嘛！」

孟無痕嬌羞之態讓得項思龍在旁見了只覺一陣心亂神迷色授魂與，禁不住呼吸也為之粗重起來，雙目直勾勾的看著她，只讓得孟無痕芳心大亂的低下頭去，玉指不安的擰扭著衣角，模樣兒可愛動人極了。

石慧芳見得二人神態，心中更是酸酸的，一臉淒苦模樣，教人見了禁不住會大起憐愛之心，也確實是一個不可多得的尤物。

項思龍左右為難之下，都是被二女迷得慾念勃起了。

就在這時，房外傳來荊軻的聲音道：「特使大人，大事不好了！石慧芳的母親率領大批人馬找上我們風雷堡要人來了！我們現在該怎麼辦？」

項思龍心下叫「糟」，石慧芳和孟無痕卻是大喜的叫了起來，前者興奮道；

「想不到娘這麼快就找到我們在風雷堡了，只不知她救出項伯父來沒有？」

孟無痕卻是嬉笑道：「項少俠，這下你可要拜見丈母娘了！」

項思龍聞言，連忙匆匆與二女道：「待會與石伯母相見時，多有得罪之處還望見諒了！為了對付西方魔教，在下不得不掩裝身分！也需要你們才能助石伯母她們避過此次劫難，因為以古里木的個性，他當會大開殺戒的！二位也不要露出什麼破綻來，要把我當作真是古里木般的看待，這樣才可以演得逼真瞞過魔教那些魔頭的眼睛！我想你們都是聰明人，應該明白我的意思吧！多有得罪了！」

言罷不待二女反應過來，已是出指點了她們穴道，邊伸手把她們搞得衣衫不整的模樣，邊怒聲喝道：「他奶奶的，本座正玩得盡興之時，什麼人膽敢來擾亂啊！丈母娘嗎？倒是要看看長得怎麼樣，來個一箭三雕就太好了！」

說完低聲向又驚又怒的二女道：「再次請二位姑娘見諒了！權當我所說的話都是放屁好了！唉，魔教的那些魔頭，一個個都奸詐精明無比，稍有不慎就會被他們看出倪端來，在下為了大局不得不小心點！」

見二女臉色緩和了些，卻又浮些嬌羞之色來，項思龍心下叫苦的接著又道：「二位姑娘，請你們配合些吧！一切都要鎮定自然！待消滅西方魔教之後，我答應你們每人一個條件，無論什麼我都照做不誤，以彌補你們今天的損失，這總可以了吧！我項思龍說話從來是說一不二的，你們放心就是，我不會反悔的，可以用人格擔保！」

二女抿嘴神秘一笑，孟無痕道：「這話可是你自動說的，我們可沒逼你！好，你想怎麼樣就怎麼樣吧！我們盡力配合你就是！」

石慧芳也正色道：「項少俠乃是為了我們中原安危著想，無奈之下做出的事，我們也不會怪罪你的，你就大膽施為吧！我和痕妹早就做好了心理準備，只是故意作弄你一下罷了，想不到卻也被嚇著了！」

項思龍聞言大是放下心來，驀地抱起二女嬌軀，一手一人，喋喋怪笑中衝出廂房，見荊軻就在不遠處，頓時大喝道：「荊堡主，對方有多少人馬？現在情況怎麼樣了？沒有交上手吧！嘿，要是誰傷著了我丈母娘那他可就死定了！」

荊軻見得其懷中二女對他的溫馴之態，不禁當真甚是敬服項思龍泡妞的功夫，臉上露出景仰羡慕神色，但口中卻還是恭聲答道：「對方約有三百來人馬，已到了我們風雷堡東門叫陣，我們因沒有總護法的命令，所以沒敢與對方交手。鐵塔護法和地獄護法他們現在都到東門城樓去了！」

項思龍問得此情，心下大是鬆了口氣，親了石慧芳一口道：「小美人，你娘找你來了！嘿，但不知她是否也與你一樣長得這麼漂亮呢？想來應該是差不到哪裡去吧！聽說你們『鳳仙閣』在西域遠近聞名，美女定也不少啦！但不知床上功夫是否都與仙仙一般的叫人欲死欲仙？」

石慧芳不用假裝也失聲驚叫道：「仙仙？花仙仙？這賤婢不是被荊根秦那狗賊給勾搭上了麼？特使大人怎麼也與她有一腿了？」

項思龍嘿嘿怪笑道：「那騷娘子床上功夫不錯，本應挺滿意的！嘿，還沒品嘗過你們二位小美人的滋味，當然還不知道你們貨色了！好了，我們不要說這麼多了，還是去看看你娘他們吧！可別讓我的屬下傷著大美人了，本座會心疼的呢！」言罷，轉向在一旁看得怔怔愣愣的荊軻道：「荊堡主，帶路！」

幾個起落，二人已到得了風雷堡東門城樓。

此時已是日中時分，溫和的陽光灑照在身上，給人一種舒適的感覺。

焚天邪神和地獄護法一人面無表情一人面含殺氣的望著風雷堡護城河外一群黑壓壓的人馬，在他們身後還跟著些守堡的衛土和地冥鬼府的武士以及地獄護法所屬的十名武士，人數也有一百左右。

項思龍登上城樓時，地獄護法見著他就頓忙走上前來憤恨的道：「總算你來得正好，對面那婆娘叫罵了好一陣了，我們出手幹掉他們吧！免得擾人清靜！」

項思龍搖了搖頭嘿嘿笑道：「不戰而屈人之兵乃兵法之上乘，地獄護法明白我的意思嗎？」

地獄護法沉吟了片刻，忽地似有所悟的看了一眼項思龍懷中的石慧芳、孟無痕二女怪笑道：「總護法的意思是說利用這兩個小美人要脅對方使他們降歸我們，那麼我們一來不要費什麼力氣就收服了這麼一批人馬，二來總護法也就可以來個老少一箭雙雕了！哈，此法甚好！還是總護法英明！鳳仙閣美女如雲，總護法到時還請多多關照一下屬下了！嘿，這下可有得美女享受了！」

項思龍心下暗罵了聲「享受你娘去吧！」嘴裡卻還是淫聲道：「本座有好處自是忘不了分地獄護法一份的！好，讓本座來與對方對話吧！」

說完，懷抱二女飛身上了城樓上的烽火台，極目向堡外的人馬望去。

卻見對方有將近三分之一是女性，個個都是貌美如花，其中也不乏神態妖冶者，其他二百餘名男性武士，有四五十個中年老者，其餘均是三十左右的壯青年，均都手持刀劍箭矢。眾人之中最讓項思龍為之心動的就是一個三十幾許貌似石慧芳甚是中年女性迷人風姿的少婦。她正橫眉怒目的衝著己方喝罵道：「荊根秦，我們鳳仙閣與你們風雷堡毫無怨仇，你兒子把我女兒和侄女抓走，這是什麼意思？快放了她們，我們就當作沒發生什麼事似的還是井水不犯河水！若是她們二人少了一根頭髮，我石素芳拚了性命也會跟你們拚上的！

「哼，不要以為你們聯絡勾結上了西方魔教就當是有了靠山，我石素芳可也不是好欺負的！以為我會怕了你嗎？哼，告訴你也無妨，我們鳳仙閣也乃是西域一直以來神秘莫測的『日月神教』的一處分壇，日月神教的勢力想來你們也暗中有過打聽，若是我們反目成仇了，我會不惜一切代價也要請求教主助我鏟平你們風雷堡的！

「荊根秦你可是要想明白了！還有，你的真實身分也別以為沒人知曉，我開鳳仙閣本就是用來收集情報的，所以許多別人不知曉的秘密事我都能知道，因為男人上了床是最守不住口的。如果我把你的真實身分和你的野心告知了西方魔教中人，他們還會作你的靠山嗎？再有就是秦王朝也不會放過你的了！」

項思龍喋喋一陣怪笑道：「好！說得好！原來石夫人還有這麼大的本事，那利用價值也定不小了！我們就來作個談判吧！只要石夫人投靠我西方魔教，那我古里木就放了你女兒和侄女。哇，她們現在可都還是完整之身，夫人不必驚慌的！不過你若是不加入我們西方魔教的話，那麼想來以夫人的情報手段，當也會聽說過我古里木的個性吧！我給你一盞茶時間作考慮，如若還沒有結果的話，那兩位姑娘可就……我古里木不會輕易放過這等中原美女的！」

美貌少婦石素芳聞得此言俏臉色變道：「什麼？閣下乃是西方魔教的古里木總護法？想不到連閣下這等重量級魔頭也遠涉重洋趕來我們西域了，是不是懷有什麼陰謀？」

項思龍淡淡道：「什麼陰謀不陰謀對夫人來說已是不重要了，還是想著我們的談判吧！想其他的幹什麼呢？只白白浪費了時間而已！」

石素芳柳眉一揚道：「你古里木又怎麼樣？哼，以為本夫人不知道你們這些魔教狗賊的不良居心嗎？還不是看我們中原現在天下大亂，想乘機而入進犯中原？別做你的什麼春秋大夢了！你們的陰謀永遠無法得逞的！我們中原人傑地靈能人異士無數，又怎會讓你們踏入中原半步呢？要是項少龍上將軍在的話，他不殺你們一個狗血噴頭才怪！你們還是死了這條心吧！」

項思龍真想向對方說出自己的真正身分，可為了大局著想，還是只得強壓這種衝動。他奶奶的，裝扮古里木已是讓老子負出了「慘重」的代價了，到時一定得多殺幾個魔教兔崽子，以討回這個公道！

心下為自己寬慰的憤恨想來，嘴上卻還是不溫不火的道：「罵吧！石夫人你痛快的罵吧！本座不會動氣的！哼，要知道我們將會是親戚，本座要叫你丈母娘呢！」說著，伸出怪手向石慧芳胸前堅挺誘人的雙乳探摸過去。

石素芳見了怒恨得大喝起來道：「住手！古里木，你給我住手！你這個禽獸不如的傢伙，不要動我女兒和侄女！」

項思龍不緊不慢的冷笑道：「我是個禽獸不如的傢伙！嘿，如果夫人不儘快作出決定的話，本座將不止幹掉你女兒和侄女，連你本座也不會放過的！看你還是那麼豐滿，據聞當年又是七國三大名姬之一，床上功夫定是出類拔萃了！」

石素芳玉臉一紅，怒喝道：「古里木，不要淫言淫語了！好，我答應你，只要你放過我女兒和侄女，我答應歸降你們魔教！不過，有一個條件，就是我們來大戰一場，如果你勝了，我當決不食言的歸降；但是如果你敗了，那我們就一切恩怨從此一筆勾銷，並且立誓從今往後永不相犯，你看怎麼樣？」

項思龍還未答話，旁邊的地獄護法就已哈哈大笑道：「憑你這騷娘們還不配我們總護法出手，還是讓在下來與你過招吧！」

言罷，就欲飛身下城，項思龍心下大急，口中冷喝道：「人家是向本座叫陣，地獄護法還是在一旁觀戰為本座吶喊助威吧！看本座怎樣戲耍我未來岳母大人！」

地獄護法聞言只得大是失望的恭聲應「是」退了回去，淡淡道：「總護法屆時可要精彩的戲耍那騷娘們一下，以懲罰她方才的謾罵！」

項思龍心下罵了聲：「老子屆時不親手殺了你這奸狡惡毒的傢伙才怪！」心下如此想著，口中卻是哈哈大笑一聲道：「沒問題，好戲在後面呢。」

第六章　遠涉南海

大笑聲中，項思龍已把二女交給了焚天邪神看護，飛身向城下掠去，口中高喊道：「給我看護好小美人，待本座打發了岳母大人的脾氣後，再來與小美人溫存！」

說著時，腰間天王鞭已是在空中取到手中，飛身至石素芳前十多米遠處落實，怪笑道：「岳母大人，請賜教吧！為表敬意，小婿禮讓三招！」

石素芳氣得臉色煞白，但卻憑她多年的修為和對敵經驗也知對方如此做來，只是想激起自己心浮氣燥罷了，這樣一來會使自己武功大打折扣，發揮不出十足的威力，那也可就讓對方奸計得逞了！哼，自己可不會上他這個當了。

作了兩下深呼吸，石素芳稍稍平定了一下自己燥動的情緒，冷冷道：「先放了我女兒和侄女！這樣才算公平！否則我擔心著她們安危，會讓我功力發揮不出全部威力，這樣你也勝之不武吧！再說我也信不過你古里木，怕你出爾反爾！」說到這裡，頓了頓接著又道：「你把她們放了，也不用擔心我們會逃。我石素芳雖不是什麼武林泰斗，可也說一是一說二是二，以人格擔保我絕不會失言！再說，如果我敗了，你們要想擒殺我們還不是舉手之勞嗎？要知道風雷堡可是你們的勢力範圍！」

項思龍故作沉吟狀的道：「好，就依你之言！但如此一來，我們還是進堡比鬥吧！這樣彼此都可以放心對方了，才最是公平！嘿，說來我古里木是奸詐惡毒，但我們西方卻重武士道精神，願賭服輸，本座當不會出爾反爾的，這點夫人你就放心好了！」

石素芳暗罵了聲「奸詐狗賊」，但現在主動權全在對方手中，自己也沒有多大的選擇，轉身向身後的眾人掃視了一遍，見無一人面有懼色，心下一陣激動，也沒對眾人說什麼，只咬了咬牙，又轉身向項思龍點了點頭冷冷道：「好吧！我同意你這條件！叫你的屬下打開城堡大門讓我們進堡去吧！」

項思龍聞言心下苦笑的點了點頭，知道對方恨極自己這古里木，可這也是沒得辦法的事情，小不忍則亂大謀嘛！為了剷除西方魔教，自己也是不得不受些委屈裝裝惡人的了！

揮手向城樓上的荊軻沉聲道：「荊堡主，吩咐下去，大開城門，讓我岳母大人進堡！還有叫膳房準備豐盛的午宴，本座要為我岳母大人一行接風洗塵！」

荊軻領命退下，不大一會，城堡大門就已大開，且放了吊橋以供眾人渡過護城河。

項思龍在前向石素芳作了個請的姿勢道：「岳母大人，請先行吧！」

石素芳又氣又惱又無奈的暗哼了聲忖道：「現在讓你威風一陣，待會本夫人就是拚了這條老命也要殺掉你這魔頭，以洩我受辱之恨！」一言不發的率先領著眾人進了風雷堡。

項思龍臉上高深莫測的望著城樓上的地獄護法詭秘一笑，讓人猜不透他心裡到底在想些什麼。

比武校場準備好了，是一處面積足有千來平方之大的練兵空地，四周都站有武士防守，圍觀者都站在場外，校場中央則東西兩側各有一個兵器架，刀槍劍戈應有盡有，以供比鬥之人任意選取。

焚天邪神和地獄護法等也都已從城樓上走了下來，項思龍著前者把二女放回石素芳身邊。石素芳大是欣喜的把神情木訥的二女摟在懷中，語音哽咽的道：「都是娘太過粗心大意了，才使你們遭荊根秦那狗賊所擒，讓你們受委屈！都是娘不好！現在沒事了！不用怕了！」說到這裡頓了頓接著又道：「你們還沒有受到他們欺負吧？」

不待二女答話，項思龍就已哂然接口道：「放心吧！本座說過了她們還沒事！不過只是現在！待會麼？嘿嘿，那可就不一定了！本座還想著來個一箭三雕呢！」說罷，目光色瞇瞇的毫無忌憚上下打量著石素芳成熟迷人的身段。

石素芳把二女交給手下諸女照看道：「古里木，不要盡逞口舌之利了！我們手底下來見個真章吧！本夫人今天要讓你領教一下中原武學的厲害！」

言罷，人影一閃躍入空場之中，手按劍柄，在溫和日光下，寶相莊嚴，冷冷道：「古里木，放馬過來吧！讓本夫人見識一下你們西方武學的精奧所在！」

項思龍緩緩步入石素芳對面五六尺遠處站定，冷傲道：「中原武學雖是博大精深，但時至今日卻已早高手凋零了！本座還沒對當今任何一個中原高手放在眼裡！夫人既然這麼求敗心切，我就達成你的意願，出手吧！」

石素芳胸中怒火已是忍至極限，當下再也不說什麼，「鏗」的一聲長劍出鞘，千萬道強芒在日光下更顯耀眼，森寒劍氣已是快若電光火石向項思龍席捲而去。

項思龍乃是高手中的頂尖高手，也在江湖中與眾多高手交招過，對敵經驗可說是老到之極，只從石素芳拔劍的手法和這簡單的一招攻擊，便已知對方武功的確是有些斤兩，也不敢托大，狂喝一聲，把道魔神功運至十層功力，退步急閃險險才避過了對方的森密殺著，口中故意驚呼道：「哇咪，一見面就是殺招，本座可是你的未來女婿呢！手下留情些嘛！」

石素芳面若寒冷，全身衣袂飄飛，身體在空中一陣急旋，劍芒再漲，向項思龍再次疾攻過去，端的是勁氣剛柔並濟，劍招精妙狠辣。

濃烈森寒的劍氣，立時瀰漫全場，並且殺機盈空。

卻見石素芳身前幻出重重劍影，這些劍影在她後續招式的揮動下再突地凝成一道道螺旋狀的劍氣劍芒向項思龍襲擊而去。

項思龍首次露出凝重神色，知道自己再也無法輕鬆閃避對方的這招殺著了，當下身形騰空而起，哈哈大笑聲中運用學自孟姜女的音波功原理，把功力凝注於聲波之中，形成貫注了真氣的罡氣聲波向對方擊來的劍氣劍芒硬接過去。

「波！波！波！」一陣勁息相碰炸裂聲響起，石素芳的攻勢再次被瓦解。

石素芳見自己兩招自認為精妙無比的必殺之招都被對方並不還手的輕易破解，心下又急又驚又怒，嬌叱一聲，身形斜飛而起，人隨劍走，萬千劍芒，似怒潮巨浪般向項思龍擊去，竟是一派完全不顧自身的亡命打法。

項思龍哈哈一笑，右手衣袖揮去，發出一道剛猛真氣，「蓬」的一聲掃在石素芳劍芒的外面處，意圖阻止她的攻勢。

不想石素芳毫不退身，竟又再催功力冒險逼進，似欲非致項思龍於死地不可。

項思龍見狀心下苦惱，可又不能讓自己落敗，只得也再增功力，把道魔神功增至十二層，同時運用上古里木「滅情道」中的內功心法，使自身功力轉化成如古里木「滅情道」般的剛猛純陽內力。

「轟！」勁氣交擊，電光火石間，石素芳向項思龍刺了十六劍，項思龍亦也回應了十六記袖勁。二人乍合倏分，石素芳身形暴飛，面色略顯蒼白，雙目驚駭的瞪視著項思龍，似想不到對方竟然還能如此輕易破解自己此招似的。

胸口如受雷擊，差點噴血，幸好她巧獲魯妙子的武學寶錄，近些年來勤習上乘內功，功底也算深厚，猛運真氣，勉強化去對方真勁，但也已踉蹌的退了兩步。

石素芳這邊的人見了無不為之駭然失色。

項思龍尚未出招還手，石素芳已落在下風，這場比鬥不再打已是可分出勝負。

項思龍也並沒有乘勢追擊，只負於身後，邪笑道：「三招已過，本座現在就要出手了！但憑夫人那一點微薄之技，想跟我古某人相鬥，差得太遠了！夫人三思吧！若還要逞強出手，本座可也就不會再『客氣了』！」

石素芳胸口不斷起伏，俏臉陣紅陣白，到這刻才知道西方魔教對中原虎視眈眈，縱橫西域、苗疆數百年，可也確有真才實學。

不過若要她就此認輸，卻又如何肯甘心？

要知道此戰關涉到的並不只她一人，而是整個鳳仙閣，如果自己輸了，眾人將要遭對方使喚不說，更主要的是肯定將遭對方凌辱。

石素芳猛吸一口氣，讓體內受震動的內力暫刻平穩下來，手中長劍再次一抖，口中嬌喝道：「少說廢話！咱們還未分勝負呢！」

項思龍虎目神光電閃手緩之伸向腰間的天王鞭把處，霎時間，全場圍觀眾人均感溫和的太陽光似突地寒冰起來，森寒的殺氣，瀰漫全場。

眾人都見過項思龍巧妙閃避石素芳三招雷霆之擊的功夫，此刻見他出手在即，不由都儘量往外退開，讓出空間，以免殃及魚池。

項思龍一步一步的逼進石素芳，雙目神光如電，外衣無風自動，飄拂作響，威勢竟是遠勝對手，宛若自信能無敵於天下，不可一世。

石素芳毫然不慎，嘴角浮起一絲詭笑，手中長劍已隨意而動，化作一道長虹，一股凌厲無比的劍氣，頓向項思龍擊去。

項思龍嘴角亦也掛著一抹森寒陰笑，在石素芳長劍即將近身不過尺許時，驀地仰天長笑，手中天王鞭亦也應笑出手。

兩股無形無聲的劍氣鞭芒，在劍鞭相觸前，絞擊在一起，接著才傳來硬挨後一下的激響雲鳴。

項思龍倏地飄退，握鞭而立，臉上閒逸如常，仍含陰笑。

石素芳站立不穩，身形向後連退兩步，始才站定，但她只冷哼一聲，猛提一口真氣，瞬刹間氣勁回復過來，一聲不響的又向項思龍發動猛攻。

魯妙子的「天煞劍法」專講氣勢，置諸死地而後生，勝敗決於數招之內。這刻石素芳動了肝火，出手威勢有增無減。

項思龍注目而視，仰天長笑道：「好劍法！想不到我古里木甫抵中原，便遇得如此中原高手，且是個嬌嬌娘們，領教了！」

話音才落，身形倏飛，天王鞭已是如天羅地網般在他手勁揮動下鋪開漫天鞭影，向石素芳襲捲而去。

「嗤！嗤！嗤！」勁氣相觸聲不絕於耳，石素芳的身形受項思龍鞭影所阻，稍慢了些，但她卻咬牙強行逼進，連衣裙被鞭影勁氣劃裂，露出了她若隱若現的無限春色也顧不得，似欲與項思龍同歸於盡。

項思龍見狀心神一凜，可正為對方的這種拚命打法苦惱不堪。

他可以說已是招招留情了，每招雖看似威猛無比，但勁氣在與石素芳劍氣相接時，總都暗用巧勁化撤去了功力，要不石素芳哪還能再有氣力作戰，不躺倒在地上才怪。項思龍為此可已是使得自己暗暗吃了不少虧了，好在他功力深厚，可以化解人體內勁。可石素芳如此不識好歹，這可卻叫他怎麼是好呢？出手傷了她，亂子可定會更大了，不出手傷她，她卻又死纏硬拚著，連性命也不顧。

唉，還是出手制住對方吧！這般打法可也不是個辦法！就是自己不還手攻擊石素芳，她最後也會累得虛脫不起了！

心下想著，項思龍只得收內勁，身形虛晃，閃開對方亡命攻擊，厲聲喝罵道：「臭婆娘，你不要命了！本座已看在兩個小美人面子上，對你處處留手，如果你再不知死活，可也別怪本座辣手無情了！」

要知凡以硬攻為主的招數，最是耗損真氣不說，也不能中途有任何停竭，務必一氣呵成，不成功便成仁。

石素芳此時心無旁騖，劍勢「涮！涮！涮！」連環劈出，一劍接一劍，端的是快捷無倫威猛非常，每一劍所取的角度都絕不相同，力道忽輕忽重，任誰身當其峰，都會生出難以招架的感覺。

但可惜她碰上的是項思龍這等前無古人後無來者的罕世高手，任她攻勢怎樣威猛快捷，均都被項思龍長鞭疾運，一一化解。

眾人都目不暇接的盯著打鬥二人，風雷堡的人自是興高采烈，在旁哄然嘩叫，石素芳那邊的人則是心神緊張面含忐忑驚駭。

石素芳招式被破，檀口粗氣連喘，一臉不可置信之色的望著項思龍，嬌軀搖搖欲倒，是再也沒有力氣出手招呼項思龍。

項思龍嘿嘿怪笑一聲道：「有本事再來打啊！臭娘們！累得本座也快有點不支了！若不是看在你姿色不錯，老子再把你分屍了！」

石素芳內息已是不調，見自己敗亡在即，想起將遭欺凌的石慧芳和孟無痕二女，更是氣息難提，「嘩」的一口鮮血噴嘴而出。

項思龍剛站她對面不足一米來遠處，頓被噴了個鮮血淋頭。

正待出口大罵時，卻倏見石素芳的嬌軀就要向後倒去，顧不得再罵，身形一閃，摟抱住石素芳欲倒身形，口中大叫掩飾道：「哇味！大美人，只氣了你這麼兩句就受不了！嘿，你可不能這麼快就死去啊！本座還沒有享受過你呢！看你細皮嫩肉豐滿苗條的，幹起來定然帶勁！」

說著時已揮掌運氣向石素芳後背中樞穴抵氣，把功力緩緩輸入對方體內，同時運功傳音道：「石伯母，你不要驚慌，我是項思龍，項少龍是我父親！我這般作來可是有苦衷的！為了消滅西方魔教我不得不多有得罪了！還請你能配合小侄瞞過魔教這些兔崽子的耳目！」

石素芳聞言顯是情緒激動異常，但卻幸好還沒有失聲驚呼，可見薑還是老的辣，沉得住氣，再加上她傷勢作掩飾，所以旁人還以為只是她傷勢過重，受不住項思龍內力「進補」而已。

得到石素芳暗示諒解後，項思龍心下大定，頓即把內源不絕的輸入對方體內，不消盞茶工夫，石素芳面色已轉紅潤，氣息也已平緩，項思龍才收功起身，讓石素芳自行調息。

鳳仙閣的武士，包括石素芳和孟無痕之內，都被風雷堡的武士阻攔住了，正情緒燥動的與風雷堡武士推推聳聳著。

地獄護法此時則走向了項思龍，豎起大拇指　道：「精彩！總護法戲耍那婆娘的一戰有驚無險，的確是精彩極了！」

項思龍面色一沉的冷冷的道：「咱們要以大事為重，收降這批人馬之後，剛好可以用他們來作炮灰，抵擋笑面書生他們！嘿，當然美女可是要拿去享用了！待會少不了分你幾個的！」

地獄護法連連點頭淫笑道：「多謝總護法關照了！」

項思龍轉過話題道：「你與鐵塔護法一起去看看副教主和天風令主趕來沒有！本座愈在這西域多待一天，就愈感一天的不安，還是快些趕去南海與元首他們會合是好！」

地獄護法似不欲離去，目光色瞇瞇的投向鳳仙閣的諸女，還是焚天邪神在一旁再次催促才悻悻而走。

石素芳此時已是調息完畢，站身而起，目也不看項思龍一眼，只向燥動的眾屬下大聲道：「願賭服輸，我敗了，大家亦也就從此歸須魔教，聽命於古里木這狗賊，不要再吵了！」

石素芳這陣大喝果有威信，眾鳳仙閣的人馬頓然全都愕容肅嚴，怔怔的望向臉無表情的石素芳，似不知她此話是真是假！

石素芳目中激情一閃即逝的掃向眾屬下，語音悲沉的道：「是我毀了鳳仙閣，我是罪人，一切的罪過都由我負責！但是大家今後務必絕對服從古里木這狗賊的命令，如有違令者——斬！」

項思龍哈哈大笑道：「好！不愧為中原的巾幗英雄，一言九鼎，本座喜歡！鳳仙閣的兄弟姐妹們聽著，我古里木雖為一代魔頭，但凡對我忠心不渝的人，本座定然不會虧待的，你們大可放心就是！」

石素芳略有異色的望向項思龍，冷冷道：「不用你貓哭耗子假慈悲了！我們歸順你，可要有約在先，就是你們絕對不許打我女兒和侄女的主意！否則，我們寧死也不向你投降！」

項思龍怪笑道：「沒關係！沒關係！本座依你之言不動兩位小美人就是！可……夫人沒說不可動你啊！是不是……」

石素芳俏臉一紅，怒殺道：「不得淫言淫語！我們只聽你命令幫你做惡事，可沒說要受你們欺凌！」

項思龍頓又連連陪笑道：「好！好！不淫言淫語！不欺凌！夫人說怎樣就怎樣好了！」

言罷，轉向荊軻道：「荊堡主，快吩咐下去，擺午宴迎接石夫人加盟我們西方魔教！要隆重點，石夫人可是本座入中原後的第一大收穫！」

荊軻領命，恭聲請安後退了下去。

項思龍請石素芳和石慧芳、孟無痕三女到室中詳談，著地冥鬼府十多名武士安置鳳仙閣人馬，又著十多名地冥鬼府武和金轎四使為自己防哨。

在不知情者眼中看來，項思龍是色急不可耐了，但不想他約三女卻是另有內情。當然，項思龍敢約三女密談，也正是因為他人不知自己底細，而認為自己乃是凶殘冷酷深沉好色的古里木了。

到得荊軻告知的密室坐定，石素芳已是急不可耐的問項思龍道：「你真的是項少龍將軍的兒子項思龍？但你怎麼入魔教？這到底是怎麼回事？」

項思龍一臉尷尬苦色，石慧芳已接口道：「娘，項大哥這樣做乃是有苦衷的！你可不要對他方才的過激言行放在心上啊！」

孟無痕附和道：「是啊！項大……少俠混入魔教乃是為了把魔教一網打盡，他可是煞費心事才初有成效的呢！姑姑可不要責怪他了！」

石素芳見自己女兒和侄女都掙搶著為項思龍說好話，目光戒警而又詫異的望了二女一眼，最後落在項思龍身上緊盯著他道：「你……沒有對芳兒和痕兒怎麼樣吧？江湖傳聞你泡妞的功夫可也天下無雙，連五毒門的門主苗疆三娘也被你這小子給泡上手了！還有我表姐……你可不要動兩小的歪主意！」

項思龍又是還未答話，二女就已幾乎同聲為項思龍辯護道：「沒……沒有啊！項大哥沒有把我們怎麼樣，還幸得他救了我們呢！」

說著二人當下你一言我一語繪聲繪色的把項思龍巧救下她們的經過說了出來，當然對於在廂房裡項思龍戲嘻二女的情形只略略提過。

石素芳臉上神色稍稍舒緩了些，忽地低頭見著自己衣衫不整，玉臂和大腿乃至酥胸都有大片面積裸露無遺，俏臉不由一紅，橫目瞪了項思龍一眼，冷聲道：「小子，脫下你的衣衫來給我！哼，明知是自家人，出手還是那麼重，還這麼的……下流！真是像透了你那死鬼父親，演戲也這麼的投入逼真！」

項思龍乾笑兩聲，當真也脫了外衣，給石素芳披上後，不自然的道：「這衣衫可是我裝扮古里木的家當呢！石伯母就暫披一會，待時我著婢女給你取來新衣換上，還請石伯母把這衣衫還給我，要不我……」

項思龍的話還未說完，石素芳已咳了他一眼恨聲道：「誰希罕這古里木的髒衣服了？要不是沒衣服換，我才不穿這傢伙衣裳呢！」

項思龍大笑，突地轉過話題道：「對了，石伯母不是去尋找我爹項少龍了嗎？情況怎麼樣？有沒有他的消息？」

石素芳聞言，玉容黯然地搖頭又點頭道：「根據你爹傳資訊的位置，我們找是找到了，只可惜那是一個絕地，乃是一處萬年寒潭，這……我們也沒有辦法沒有能力施救他！你爹著發現他傳書的人找你幫忙，我正愁不知怎麼找你呢，想不到竟在這裡讓我們碰頭了！」

項思龍心下既是一沉又是一喜，想著自己身吸萬年寒冰床也毫然無恙，那萬年寒潭就自也可以沉受得住了，只可惜自己現在脫不開身。但父親既然身陷沙眼也吉人天相的沒事，想來再捱過一段時日也應該是沒問題的吧！或許他陷身的真是傳聞中的樓蘭古國呢！如此的話，那他就是有驚無險，說不定反會因禍得福，有得什麼奇遇了。

項思龍心下自我安慰的想著，又轉口道：「伯母又是怎樣知曉，兩位小姐陷身風雷堡的呢？這可是無意中的巧事啊！要不是天風令主為了試探我，兩位小姐也就不會在風雷堡了！」

石素芳大詫道：「不是你派人通知我的嗎？奇怪，那是誰給我傳書的呢？」

項思龍想起了笑面書生，可能是這傢伙搞的鬼，也只有他才有如此的神通。當下把自己的猜測說了出來，同時也簡述了一下笑面書生已改邪歸正之事。

石素芳聽了不勝唏噓的慨歎了一口氣，又把敬服的目光投向項思龍道：「思龍真像你父親當年一樣有本事，連笑面書生這等大魔頭也被你給馴服了！嘿，要是你們父子二人聯手起來，這世上還有什麼事你們會辦不到呢？」

項思龍心下苦笑，口中卻是歉虛道：「哪裡！晚輩也只是湊巧收服笑面書生而已！說來卻還多虧孟姜女呢！全靠她我才巧入日月天帝的練功密室，得日月天帝傳輸千年功力且授予聖火令，才讓笑面書生折服的！」

石素芳大為好奇：「這又是怎麼回事？傳言日月天帝不是死去多年了嗎？」

項思龍解釋道：「日月天帝的確是因閉關練功走火入魔，使得肉軀乍毀，但他元神卻僥倖沒死，所以晚輩遇得的是他的元神！」

說著又把自己與苗疆三娘在神女峰比武較技，不想卻驚動了神女石像內的孟姜女，自己為了替苗疆三娘去除蠱毒，無奈之下施展「合體解毒大法」，不想卻又無意間開啟了日月天帝練功密室的機關，直至連闖數關才見得日月天帝，在闖關過程中與二女產生感情，最後為了能消化日月天帝轉輸的功力，自己三人發生關係等等事情說了一遍。

石素芳和石慧芳、孟無痕三女均都聽得既緊張又害羞，孟無痕更是譁然道：「與娘一起在那神女石像內生活了十幾年，我們仍是什麼也沒發現，想不到項大哥一進石像就發現了這大秘密，這可也正應了『機緣由天定，福候有緣人』這句話了！對了，我娘她現在還好嗎？」

項思龍笑笑道：「她現在在地冥鬼府，應該還好吧！」

石素芳倏地正色道：「思龍如今要我們怎麼幫你呢？能為抵抗西方魔教出一份力，卻是我們義不容辭的事呢！思龍你儘管吩咐就是，任何事情我們都會依命執行的，哪怕就算是要我們死也不會皺一下眉頭，我鳳仙閣裡訓練出來的武士，可還都是硬漢子！」

項思龍聞得此言也斂回心神，但卻沉吟了一陣有些尷尬的道：「這個……需要伯母等幫忙的事說是簡單也簡單，說是困難也困難，並且也有一定的危險，就是需要伯母等幫忙掩飾我的身分，至少要在我把天風令主和骷髏魔尊引至南沙群島前，我的身分都最好是不被識穿。你們也知道我說這話的意思吧！」

石素芳玉臉一紅道：「你的意思是叫我們與你一起裝作縱慾，以掩過他人的耳目，不致對你生疑是嗎？」

項思龍不好意思的點了點頭道：「此法是讓你們受委屈了，可是我……我不會亂來的，只需裝裝樣子就行了！」

石素芳一臉寒意，目光直直的逼視著項思龍道：「哼，裝裝樣子？誰知你會不會像你爹一樣風流啊！勾引良家女孩的功夫又高明，我才不放心二小跟你在一起呢！你要做樣子啊，找我好了！」

項思龍和石慧芳、孟無痕三人聽得面面相覷。

這是什麼話嘛？怕項思龍勾引女人，自己卻允許項思龍勾引！

難不成石素芳竟也對項思龍動了情意？

見三人怪異神情，石素芳哂道：「怎麼啦？我說錯話了嗎？我可是個花叢老手，一生中有大半生都是在青樓場上打滾的，自有本事應付思龍這色鬼啦！大不了被他占了便宜，這卻也沒什麼，反正我是風月場中過日子的！」

石素芳的話讓得項思龍等人倒是沉默了起來。

石素芳忽地嬌笑道：「跟你們開玩笑的啦！總之思龍想怎麼樣就依他意思怎麼樣好了，為了對付魔教，付出一些代價也只好忍受的了！」

項思龍鬆了口氣乾笑道：「大家隨機應變就是！應該沒什麼大問題的！」

當項思龍和石素芳等三女商量妥一切出得密室，天色已是黃昏了。

三女不用假裝也已都是一臉春意，因為三人在密室中已與項思龍集體親熱一番了，當然只是做到適可而止，並沒有彼此深入。

項思龍也是滿面春風，荊軻見了悄悄打趣道：「少主，搞定那三個騷娘們了！感覺不錯吧！鳳仙閣的妞都有一套絕頂床上功夫！」

項思龍心下是對荊軻這拍馬屁的話大起反感，這傢伙似乎真認為自己如古里木般是個色魔了呢！看他一副色瞇瞇的樣，這些年來在魔教中過著醉生夢死的生活，多多少少還是腐蝕了他的英雄氣概！

心下如此想著，嘴裡卻還是隨口應付道：「的確是不錯！唉，可也累死人呢！這些女人一個個如狼似虎，甚難餵飽的！」

說罷，轉過話題嚴肅道：「你可不要縱情聲色，要知道色字頭上一把刀，我們欲成大事，務必萬事皆都小心為妙！對了，骷髏魔尊他們有什麼消息傳來沒有？咱們可拖不得，早一日抵達南海咱們就多一層勝算。」

荊軻老臉一紅的點頭受教道：「嘿，屬下可也是個陽萎患者呢！自從恨秦他娘難產死去後，我就再也無法行那男女之事了！只是見少主此道功大異於常人，想向你請教有沒有方法可治此病罷了，並沒有什麼別的意思的。恨秦已是個廢人，即便死了我也不覺可惜。可我荊家六代單傳，我不想在我這代絕了後，做個罪人啊！所以……想來少主也明白我的話意吧！我可並不是對什麼姑娘動了心的！」

項思龍聽得荊軻的這番解釋，不想是自己誤解了他，不禁大起同情之心尷尬道：「嘿，是我誤會了荊堡主呢！嗯，這個陽萎病麼，我想想看，應該是有得辦法治療的！待收服了西方魔教後，我再細細為你治療吧！」

荊軻為這怪病已是苦惱了近二十年，也不知想了多少方法醫治，但均告無效。本是對之失望，但近日見項思龍連御四女，且一次就是好幾個時辰，尤其是與花仙仙的那場大戰，他可一直在旁聽著，所以抱著碰碰運氣的心情問問項思龍，看他有什麼辦法治自己這種怪病不，不想這一問竟是肯定回答，心下自是大喜過望，頓忙向項思龍深施一禮道：「那可拜託少主費心了！」

項思龍連道：「哪裡！哪裡！舉手之勞而已！」

口中如此說著，心下卻是怪怪的想道：「一個男人失去了性功能，可也確是一大災難。荊軻熬過了近二十年來，也算是他定力過人了！要是自己失卻了此道功能，那可真是受不了！嗯，陽萎病對這古代人來說雖是一個大絕症，可自己卻是個具有現代文明的超人，在現代時也曾看到過有關治療此病的一些醫書，卻是難不倒自己的吧！」

心下正如此怪怪想著，忽地聽得焚天邪神的聲音傳來道：「總護法，副教主和天風令主他們趕來了，總共約有二千餘人！」

項思龍聞言斂回心神，大喜道：「好！快讓他們進堡！本座正等得他們有些不耐煩了呢！」

言罷接著又放低聲音對焚天邪神道：「你去保護鳳仙閣的人！如沒有我的命令，絕不允許任何人去碰她們！」

焚天邪神領命退下，荊軻則與項思龍去東門迎接骷髏魔尊和天風令主等人。

城門已是大開，骷髏魔尊和天風令主正領頭帶著眾屬下魚貫而入。

項思龍遠遠就衝骷髏魔尊道：「副教主可是差點連本座也瞞過了，讓地獄護法作你的替身來試探本座，這筆帳可記著了。不過你也大有收穫。可以功過相補了！」說著時目光冷冷的斜視了天風令主一眼。

骷髏魔尊嘿嘿乾笑兩聲道：「我也是為了小心為是嘛！對總護法多有不是之處，還請見諒一二了！嘿，聽說總護法收降了鳳仙閣，那可恭喜你了！」

項思龍淡淡道：「小事一樁！對了，你們人手可都安排好了？各處分壇也需留些人馬鎮守呢！要不被敵人偷襲，那我們可也罪大了！」

天風令主這時突地開口道：「總護法就不要多慮了吧！我們自會辦好自己份內的事的！對了，荊堡主，令郎已不幸身亡，還請你節哀順便！」

荊軻聞得此信息，一臉的悲痛神色，但卻只把怨毒的目光投向了天風令主。

都是這傢伙把兒子教成那般的，一切的禍源皆因他而起，少主雖一掌震碎了恨秦的心脈，但只是廢了他一身武功而並不至死，一定是這傢伙見恨秦再無利用價值了所以就殺了他，並且告知自己此事以用來打擊自己，使自己恨上少主，但只可惜你們智者千慮也有一失，那就是沒能試探少主的身分真偽，只此一點已經註定你們魔教將要被滅亡了！這也算是上天對你們這些作惡多端的魔頭的一個懲罰吧！天理報應必有循環！

項思龍心下也是覺著一陣惻然，荊恨秦的死可以說自己也有一份責任，只不知會否因此而讓自己和荊軻產生隔閡呢？想來應該不會的吧，以荊軻的精明當會想到這可能是對方的離間計的！再說他本也為一介千古傳名的英雄，對於那樣的一個兒子之死也不會那麼痛惜的吧！

果然荊軻只冷然一笑道：「多謝天風令主為恨秦送葬了！嘿，對於那樣一個大逆不道的畜生，我才不會悲痛呢！那只會浪費我的感情！」

天風令主聽得老臉一紅道：「嘿，荊軻可也看得真開呢！跟了新主人就連兒子的性命也看得無所謂了！倒有點放下屠刀立地成佛的味道呢！是不是你的新主人是什麼得道高僧啊？」

項思龍面色一變，森寒道：「天風這話說來是什麼意思？是不是還不相信本座的身分啊？哼，你們也一而再、再而三的試探過本座，本座都沒有說什麼話了，現在還要出言毀謗我，當我是不存在的嗎，若想報私仇，咱們隨時隨地可以打上一場，看看是誰厲害！」

地獄護法見二人僵態，頓上得前來勸解道：「二位何必現刻爭吵起來呢？現在大家彼此都要同乘一條船了呢，應該齊心協力才是！好了，總護法，你也不要動氣了！大人不計小人過嘛！何必跟些小人一般見識呢？上肝火會傷身的啊！」

項思龍面色舒緩了些，哈哈笑道：「說得好！說得好！不必與小人一般見識！」言罷，轉過話題對骷髏魔尊道：「副教主探聽得了笑面書生他們那邊的消息？可得提防著對方把勢力滲透入我們內部啊！那對我們可就有致命打擊呢！所以大家提防本座，本座也沒有在意，可就怕有的喊抓賊的人實乃是在做賊，大家還是小心為是啊！」

天風令主聽得這話，臉上神色頓然白一陣紅一陣的，聲音有些不自然的道：「總護法有話就直說吧，不要指桑罵槐的！我天風行得正坐得穩，可也不怕他人污蔑的！說話要有證憑實據才行！」

項思龍嘿嘿笑道：「瞎子吃湯圓，心中有數！沒做虧心事，不怕鬼叫門！本座又沒有說你，天風令主何必那麼緊張呢？莫非真做了什麼虧心事不成？」

骷髏魔尊見天風令主胸部急劇起伏，臉色甚是難看，心下冷笑，卻也還是打圓場道：「二位有什麼話現在都不要爭了，待到了阿沙拉元首面前再說，由他作個公斷吧！現在爭起來只會傷了和氣，讓我們自亂陣腳呢！」

項思龍聳聳肩攤了攤手哂道：「既然副教主出面說話了，我也就不再多說了！嗯，副教主苗疆那邊可也安排了人手把守？不要把全部的人手都撤走了，那對我們可也是一大威脅呢！失了分壇，其罪可也不少啊！」

骷髏魔尊笑笑道：「飛天銀狐死了，他的人馬也已全部歸我統屬，留下那麼些人，再留下十多個愛慕虛榮的傢伙領屬，讓他們作擋箭牌就是了！」

項思龍嘿嘿大笑道：「與本座想法一樣！真是高明！嘿，本座收降了鳳仙閣的人馬，帶走幾個供享受的美人，留下其他的人作炮灰！」

地獄護法在旁接口大拍馬屁道：「這就叫英雄所見略同嘛！總護法和副教主可都是人中之龍，龍中之王，自是高見一致了！」

項思龍笑罵道：「你這傢伙就會拍馬屁！不過本座喜歡！哈，人中之龍，龍中之王！終有一天，本座將會讓天下均在我手掌之中的！」

天風令主嗤笑道：「可不要把幻想描述得太美了！到頭來到底誰成誰敗還不知曉呢！你還是想想現實，我們準備何時進發南海吧！」

項思龍需要的就是對方主動提出南下之事，這樣會顯得自己身分更加真實，聞言沉吟了片刻道：「此番南下，需要經過中原的內地，我們是從陸路還是水路走呢？最好是不需驚動中原裡的人士的！要不讓對方起了防範之心，那我們可就給打進中原的計畫增加麻煩了！」

骷髏魔尊「嗯」了聲點了點頭道：「如此我們就走水路好了！一來我們的人馬皆都精通水性，不怕有敵來犯，二來也可讓我們省些力氣，到了南海還有力氣參於探寶，同時也可增加我們的行速。」

地獄護法應和道：「副教主說得不錯，我們應走水路。這樣可以直通南沙群島，反正我們也是需乘船去那裡的！」

項思龍皺眉道：「可我們現在到哪裡去弄那麼多船隻來呢？幾千人馬，可也不是一兩艘船可以乘下的！」

荊軻這時插口道：「我們魔教在西域東海碼頭可也有船隊，只要吩咐船隊杜絕一切營運，集中起來，也應可乘下三四千人馬了！」

項思龍聽了大喜道：「這太好了！你馬上著人去辦此事，把所有的船隻都集中起來。還有，著船隊不要在東海碼頭停靠，而另妥它處停靠，我們要儘量避免讓笑面書生他們知道我們主力都已南下了！」

骷髏魔尊也道：「總護法之言極是，荊堡主可要小心辦理此事了！不然鐵塔護法和地獄護法一起前去辦理此事吧！」

天風令主望向身後的火龍真人道：「大家都為之出力，又怎可少了我呢？火龍真人，你領幾個屬下也跟著去幫幫忙吧！人多好辦事呢！」

項思龍見各人都勾心鬥角。心下愈喜，如此自己才好利用這點保護自己嘛！魔教內部愈亂才對自己克敵制勝愈有好處。

心下如此想著，口中卻是冷冷道：「天風似乎不大信任我和副教主呢，是怕我們從中搗鬼害你嗎？嘿，這個我可不敢！因為無論怎麼說，你都是元首的親兄弟，如沒有抓著你的把柄，可是借我天膽也不敢把你怎麼樣啊！」

天風令主冷哼了一聲，沒有回頂，似默認了項思龍的話。

骷髏魔尊嘿嘿乾笑道：「大家也不用相互猜忌了，現在我們是『同舟共濟』，自是做什麼事情都得齊心協力了！天風既然出於一片『誠意』，我們還是讓火龍真人跟去吧！人多力量大嘛！」

項思龍聽得出骷髏魔尊話音中對天風令主的諷刺，見自己離間之語起了效用，心下默喜，頓然附和道：「不錯！即便火龍真人是個陪客，可也終可起到些作作威勢的效果的！荊堡主你們去吧！早去早回！大家可都等著你們的回音呢！今晚三更前我們要登船出發！」

荊軻等人躬身領命而去，內府中忽地傳來了花仙仙的驚叫聲。

天風令主嘴角浮起一絲陰笑，項思龍卻是心下倏地一沉。

這時又傳來了武士的喊喝：「有刺客！有刺客！」

項思龍面色陰沉的一掃天風令主，身形已是向內府馳去。

骷髏魔尊和地獄護法等則是一臉驚詫不解之色，也飛身跟緊。

第七章　事出有變

當項思龍趕到眾武士圍觀處時，眼前的景象讓得他整個人都給呆住，只覺心中熊熊燒起一股濃烈殺機。

卻見花仙仙已倒在了血泊之中，胸前的鮮血還在汩汩的流著，臉上卻是掛著一絲幸福之感未過卻又滿是恐懼的怪異笑意。

是什麼人下的毒手？風雷堡可謂高手雲集的銅牆鐵壁，是什麼外人可以潛進來呢？只有是堡中內部的人下的毒手了！

項思龍在這古代裡還從來沒有眼睜睜的看著敵人在自己的眼皮底下刺殺自己的朋友和親人，心中的悲痛和憤怒自是無法用言語描述。

到底是什麼人下手殺了花仙仙呢？一般的人是絕對不敢這麼明目張膽的與自己作對的！

花仙仙更無什麼深仇大恨的人，即便有，她現在是自己這冒牌特使的女人，也沒有人敢不看看自己的面子殺死她啊！

自己的身分可也沒有被揭穿，對方殺死花仙仙又明擺著是在跟自己作對，那麼就只有天風令主了！骷髏魔尊他們還不至於要跟自己作對！

他奶奶的，這傢伙真的是活膩了！如被我抓著把柄，不管那麼多，現在就把他給幹掉算了！裝扮這個古里木，自己肚子裡可是窩的氣都快漲爆了！大不了跟那些魔教兔崽子火併一場唄！憑己方的實力可也並不一定會敗給那勞什子的阿沙拉元首！

項思龍雙目噴火的猛地轉身狠狠的盯著正迎面走來面色如常的天風令主，一字一字的道：「這事是不是你派人幹的？有本事真槍真刀的來跟老子拚命就是了，何必背地裡陰險的來這一招殺老子的女人呢？」

天風令主面不改色的冷冷道：「總護法說話可要講證據，不要胡亂猜測啊！嘿，我們已有賭約，一切的恩怨在不久的將來就都可了結了，我何必多此一舉來為自己惹麻煩呢？更何況風雷堡高手雲集，就是借我一百個膽子，也不敢在總護法的手底下作惡啊！」

項思龍無計可施的冷哼一聲，咬牙切齒道：「天風，你不要這麼囂張！如被本座抓著刺客，招供出是由你主使，我不把你五馬分屍才怪！到時元首也罩不了你！本座可以先殺了你再稟告元首內情！」

天風令主身體微微顫了顫，但卻還是不惱不溫的道：「總護法大可封堡搜索啊！如抓著刺客真招出是由我主使的，不用總護法親自動手，我也會自動了結生命了！但是如果沒有此事，總護法卻也要還我一個公道才是！我也已經受你污辱夠了！」

項思龍哈哈一陣大笑道：「好！夠坦誠！風雷堡乃是你一手設計建造的，內中一定有機關密道，只要你交出風雷堡的構造圖讓我派人去搜，如不能搜出刺客，本座就還你一個公道自行了斷夠了吧！但如搜出了刺客，你可也要記得你方才所說的話自盡啊！拿出設計圖來吧！」

天風令主這下臉色禁不住變了數變，雙手一攤道：「設計圖已經在風雷堡建造好後就遺失了！荊堡主那裡不知還存有否？要的話，等他回來後再問問他好了！」

項思龍臉色鐵青的道：「天風，你不要這麼囂張！金轎四使，替本座好好的看住天風，不要讓他耍什麼花招！副教主就作個見證人陪我一起去搜堡吧！」

骷髏魔尊亦也看出了天風令主大有問題，心下一突，感覺一種危機湧上心頭，當下點了點頭道：「好！我就隨總護法搜一下！」

言罷，又轉向也跟了來的地獄護法道：「你跟荊堡主他們辦事去啊，也跟來幹什麼？嗯，著荊堡主和鐵塔護法等小心些，不要粗心大意讓敵人發現行蹤了！」

地獄護法赧然一笑，領命退去。這刻追緝刺客的武士趕了回來，身躬向項思龍行禮道：「稟總護法，刺客潛入後花園時突地不見了蹤影！」

項思龍輕輕點了點頭著眾武士退下，又望向臉色焦急，忐忑不安的天風令主，淡淡對骷髏魔尊道：「副教主，那我們就去後花園看看吧！」

骷髏魔尊道：「好吧！刺客在後花園不見應該就藏躲在附近。對了，有沒有武士對整座後花園進行封鎖？」

追緝刺客的眾武士中一人站身而出恭聲道：「稟副教主，已經派人封鎖了！

連得整座風雷堡現在都已進入戒警狀態之中，應沒有人可以輕易逃出，」

項思龍大為滿意的道：「做得好！待擒到刺客，你們全部重重有賞！」

眾武士面露喜色的躬身拜謝。

正待項思龍滿懷傷感的與骷髏魔尊欲去後花園時，石素芳忽地不知從何處竄出，走到項思龍身前，一臉冷色道：「不用去搜了，刺客已經由地下秘道回到地面混入堡中武士裡去了！我可以認出他們來，因為他們也想來刺殺我們，但不想卻被我們發覺，所以匆匆溜逃，但不想慌亂中卻有幾人被我扯下了蒙面黑巾，看清了面目，所以我可以認出他們，並且已經發現了他們的蹤跡。總護法若想知曉是哪幾個人，那我們就來作個交易好了，只要你答應自此以後絕對不搔憂我們，我就帶你去認人！」

項思龍聽得興奮非常，脫口而出道：「好！我答應你！江山和美人比起來，還是江山才最為重要點，反正有江山後，日後要找美人還不是如囊中取物？」

骷髏魔尊大笑道：「說得不錯！江山才最重要，美人可以再找！」

天風令主卻是面色蒼白，呼吸急喘，強作鎮定的道：「婦人之見，我們怎可以聽信呢?堡中那麼多的高手都擒不到刺客，難道這位石夫人就偏偏有這個本事嗎？我看大家還是去後花園搜搜好了，免得浪費時間！」

項思龍冷笑道：「寧可信其有不可信其無，我們可以來個雙管齊下的嘛！」

說到這裡，頓了頓接著又道：「副教主，我們還是召集全堡上下包括你和天風帶來的武士來給石夫人察看一番吧！」

骷髏魔尊點了點頭道：「這沒關係，只要能搜出刺客來就是！」

天風令主卻突地喋喋怪笑道：「想不到我天風聰明一世卻也糊塗一時，栽在了一個婦人手中！哼，不錯，花仙仙是我派人殺的！石素芳幾人沒死是她們命大福大！我殺她們有兩個目的，一是你古里木看上的女人被我所殺，我可以感受到一種復仇的痛快；二是殺了她們想用來轉移你們對我的懷疑，沒有心事來理會我與笑面書生勾結之事。反正豎橫我都是註定要敗在你古里木手上，能多讓你痛苦一些，我就感覺到一種復仇的興奮！

「再說，我也可以賭上一把的，我的武力是比不上你們，但這風雷堡卻是由我設計構造的，我大可以憑藉其內中的機關跟你們拚了，即便不能取勝，但重創你們卻是不成問題的！哈哈哈，你們還是準備等著受死吧！」

言罷，卻聽得一陣「轟轟」之聲，天風令主的身體倏地降入地底。

骷髏魔尊臉色大變道：「天風，你竟然膽敢公然叛教，可也別怪我不講情面的要與你作對了！憑你的那麼點實力，是不配跟我們鬥的，還是束手就擒吧！這樣我們可以把你交由元首發落，你或許還有一線生機，元首有可能看在兄弟情份上赦免你一死的！你想想吧！要是你做抵抗的話，我和總護法皆可把你就地正法！」

天風令主的聲音虛虛實實的傳來道：「哼，副教主你不要煞費心機來威脅我了吧！當我與笑面書生勾結的那一天，我就已經考慮過會有今天的後果了，但成與敗與否都要賭上一把才知道對不對？我只要想到我一心只想著去對付古里木時，你卻黃雀在後發現了我與笑面書生勾結的秘密，從那刻起，我便決定殺了你們了，反正不成功便成仁，我已別無選擇了！

「倘幸我冒險成功，除掉了你們這撥人馬，對元首他們來說可也是一個較大的打擊，一沒了你們作抗擊笑面書生的後盾，二失了苗疆、西域兩處分壇使他們除了南沙群島之外，在中原再無落腳之處。如用火攻來圍剿南沙群島，那麼元首他們也死定了！笑面書生和我近些年來在西域發現了一種奇怪的黑油，可以燃燒，屆時我們用大量船隻運輸這種黑油到南海，倒入海水周圍往元首他們，那時他們即便有通天本事也逃脫不了了！哈，你們說這計策妙不妙？」

骷髏魔尊又驚又駭的大喝道：「妙你娘個鳥啊！天風，你們的奸計不會得逞的！哼，要除去我和總護法可沒那麼容易！」

說著又轉向項思龍惶急的道：「總護法，我們快撤出風雷堡，趕去東海碼頭上船即刻起程南下吧！要是真被他們的奸計得逞，那……那我們整個西方魔教，可就完了！」

項思龍尚未答話，天風令主就又已喋喋怪笑道：「上船南下？嘿，陸上南下也不行了呢！笑面書生已早與我約定好，我主內，他主外，現在整個西域的海擊兩路交通控制權已全在我們的手上，就是連一隻蒼蠅我看都別想飛出西域，你們就死了想溜的這條心吧！」

項思龍也不知道笑面書生在搞什麼鬼，什麼事情也不與自己商量一下就做，讓得自己也是莫名其妙的！這傢伙不會是連自己也想一併除掉吧！不過，想來應是不會，他要除去自己大可以用人質來要脅啊！何必這麼大費周折的呢？他還是想利用自己來離間魔教內部關係，而又集中他們的力量，想來個突然襲擊，把這些魔教兔崽子一網打盡罷了！

但……他也不能自作主張改掉自己所定的計畫啊！他奶奶的，弄得現在這個樣子還怎麼去南沙群島釣大魚啊？殺死幾隻小魚小蟲來的有個鳥用！老子需要的是一舉殲滅魔教！

真不知這笑面書生在玩什麼把戲？不過惹火了老子，可是連他也一併列入被殲滅的敵人名單之列！

項思龍甚是惱火的想著，禁不住破口大罵起來道：「他媽的，好你個天風，想趕盡殺絕啊？不過，我古里木可也不是紙紮的！兄弟們，殺！把天風的手下殺的一個不留！有人抓住了他，賞美女十個黃金百兩！不論死活，都是如此！」

話音剛落，一時間殺喊聲頓起。

項思龍心中只覺滿是殺氣與怒火，驀地大喝一聲，身形沖天而起，手中天王鞭貫注十層以上的不死神功功力，猛的劈出，不論是好是壞向那幫魔教教徒擊去。

「轟！轟！轟！」一陣驚天動地的勁氣炸裂聲沖天而響，慘叫聲伴隨著血肉橫飛的無數肢體構成一幅殘忍的畫面。

項思龍都快要殺紅了眼，「天殺三式」一招招用天王鞭揮掃而出，鞭影揮過之處都無一生還者。

骷髏魔尊見得項思龍的殺人手法都禁不住一陣陣心悸，也顧不得細察項思龍的武功招式，施展骷髏杖加入戰團。

整個風雷堡都陷入一片混亂的驚恐和廝殺之中，沒有人敢與項思龍對抗，他的身形所過之處，眾人避之唯恐不及。

項思龍整個的身心都陷入一種瘋狂之中，歇斯底里的高喊道：「天風！你給老子滾出來！要不，我把整個天風堡翻過來也要把你碎屍萬段！哼，你還不知道本座是誰吧？好，那我就告訴你——本座乃是『日月天帝』教主！」

喝喊聲中功力一震，脫去古里木的這層偽裝，露出日月天帝的裝束，左手執「聖火令」，右手拔出「碧玉斷魂劍」，喋喋厲笑道：「叛我者死！今天就讓你們這幫叛徒見識見識本座閉關千年新練成的『陰陽五行神功』吧！」

言罷，再次大喝一聲道：「天殺三式第三式天毀地滅！」

喝叫聲中「聖火令」和「斷魂劍」已是同時揮出，一紅一綠兩道光氣如若電閃雷霹般劃過風雷堡，所過之處無論建築物還是人畜都一一給炸得粉碎。

已有不少武士給嚇得拋了手中武器，跪倒地上向項思龍朝拜起來，口中顫聲高喊道：「教主神功！天下無敵！教主仙福，永寧萬世！恭喜教主出關，賀喜教主重出江湖統領魔教！」

連得骷髏魔尊亦也是給驚駭怔呆得愣在了當場。

不消片刻間，所有的魔教教徒都已向項思龍跪拜起來。

項思龍想不到會起到這種效果，但他最主要的還是想殺天風令主，當下運起「天聽神功」察聽地底情況，驀地喋喋冷笑道：「天風，你還是出來吧！要不憑本座的功夫，即使是鋼鐵保護，也可以把你給震得形神俱滅的！」

項思龍這話音剛落，天風已是驚叫一聲「教主饒命」，轟轟聲中啟動機關現出身來，軀體顫抖著，語不成聲的向項思龍求饒道：「教……教主……饒命！我……我可是與笑面書生軍師一道效忠你的，可並沒有背叛你啊！骷髏魔尊他才是屈膝求榮的叛徒！教主，你要殺也應該是殺他才對啊！雖然阿沙拉是我兄長，但我……卻是如與他沒有了兄弟情份一樣，教主不要記放心上啊！」

項思龍冷哼一聲，一字一字的道：「那誰叫你殺本教主心愛的女人了？是笑面書生嗎？哼，這傢伙對本教主也不是很忠心呢！」

天風令主聲音都快要成哭腔的道：「軍師也沒有背叛你！他之所以沒有告知

你他想在西域除掉一切與我們作對的魔頭，想來乃是因為他不想讓對方識破他的計畫率先溜走呢！那時他可還沒有做出充分準備呢！」

項思龍恨聲道：「哼，我是教主還是他是教主？只有我向他發佈命令的份，而沒有他自作主張的份！他這般不與本教主打個招呼就發動他的行動計畫，根本就是沒把本教主放在眼裡！這筆帳以後找他算！天風，你殺了仙仙，還是納命補償吧！」

言罷，不待對方作任何辯護和反抗，左手「聖火令」已是「嗤」的一聲揮出一道破空光芒，若火龍般向天風令主擊襲過去。

天風令主已被項思龍嚇破了膽，一時之間哪反應得過來反擊抵抗，只聽得「啊」的一聲慘叫，天風令主已被「聖火令」揮出的無堅不摧的光罡給劈成了兩半，但無一絲血跡噴出，只過行片刻，突地「轟」的一聲爆炸，天風令主兩半的屍體已被蘊藏的罡氣給炸得成為了一道青煙，消失無蹤。

骷髏魔尊看得這種慘景，雙目瞳孔放大，失魂落魄的呆望著項思龍，臉上什麼表情也沒有了。

石素芳和石慧芳、孟無痕見人都有些英雄主義的思想，見了項思龍這等殘忍手段雖覺有些惻然，但卻心下均都對項思龍方才所表現的酷象敬服仰慕不得了！

項思龍殺了天風令主後，心下的怒氣頓然消了一大半，見著眼前眾人不是駭然就是呆愣的模樣，一時也不知怎麼處置了。

望了骷髏魔尊一眼，想著多殺幾個魔教高手，己方就少幾個強硬敵手，當下又把矛頭指向了他，冷聲喝道：「骷髏魔尊，你背叛了本教主，想怎麼死說吧！我可以了結你最後的這個心願！」

骷髏魔尊聞得項思龍的這話驚回心神，身軀劇抖的顫聲道：「教主，當年我也是被逼的啊！阿沙拉元首與枯木真師叛教，控制了大局，屬下無奈之下才走錯路的！請教主恕罪，屬下願意今後永不背叛教主，誓死效忠教主，教主就饒過屬下吧！」

項思龍冷哼一聲道：「誰知道你這話是真是假！如果你有誠意再次效忠本教，那就替本座殺光天風的手下！」

骷髏魔尊似看到了一線生機，長長的吸了口氣，定了定紊亂的心神恭聲道：「是！屬下謹遵教主令諭！」

言畢，果真身形一展，向天風令主手下那幫已棄械投降的教徒衝殺過去，手中骷髏魔杖口中噴出一股股煙霧，不消片刻，三百多人已是全部紛紛倒下，身體不消一刻已是化成了一堆堆血水。如僥倖逃過煙霧的，也被骷髏魔尊的高厚功力所震死！

對於這些殺人手法，連項思龍都不覺惻然，如此不到半個時辰的功夫，幾百人就已被誅殺殆盡，如用來屠殺中原人士，那豈不要死傷無數？

這骷髏魔尊還是不讓他活著的好！要不，他手下還有那麼多的骷髏鬼，一個個都是不怕死的傢伙，對付起來也棘手得很！

嗯，還是除去了他，再消滅那幫骷髏鬼是好！

殺機一起，項思龍臉上倒浮現出一絲笑意。

骷髏魔尊不自覺的向後退了幾步，啞聲道：「教主，你可說過願意收留下我的，又怎麼可以出爾反爾呢？你乃堂堂一教之主，不可言而無信啊！」

項思龍嘿嘿冷笑道：「言而無信？哼，這叫作兵不厭詐！骷髏魔尊，打起幾份精神準備接招吧！本教主給你一個機會，就是如果你能抵擋我十招，我就饒你不死；如果能抵擋我十五招，你就可保住五成武功；如果能擋我二十招呢，你就可保住你現在的副教主之位，可以繼續享受你現在所擁有的一切榮華富貴！」

骷髏魔尊想起以天風令主的能耐，在項思龍手下也沒走過一招之敵就形神俱亡，魂飛九天，自己定也擋不過對方十招了，當下嚇得面無人色的道：「教主，屬下遠遠不是你的敵手，哪敢跟你過招呢！求教主還是饒過屬下一條狗命吧！便是給教主作牛作馬，屬下也不想死啊！」

項思龍鄙夷的「呸」了聲道：「如此貪生怕死之徒，又豈配作我『日月天帝』的手下？我需要的是忠心不二不畏生死的勇士，不是膽小如鼠的沒用東西！拿起你的兵器，振作起精神吧！死也要死得轟轟烈烈啊！」

骷髏魔尊哀叫二聲，忽地恢復常色喋喋怪笑道：「既然是毫無生機的希望，那屬下也只好跟你拚了！骷髏鬼，擺『骷髏大陣』！」

骷髏魔尊的一千多手下中有百十人應聲站了扭來，「喔！」的一陣哄叫聲中，百十多人已是擺開了一陣勢，把項思龍包圍在中心！

項思龍早就想真正的施展一下自己自練成不死神功和日月天帝的畢生武學，以及月氏光球的美女武功後，自己的武功到底高到何種程度了。但一直都沒有機會施展，現刻見得骷髏魔尊擺開的陣勢，心中不驚反喜，大喝一聲道：「好！就拿你們這幫叛徒來試刀吧！」

喝聲剛落，身形已如龍捲風般的沖天而起，再橫倒過來，如一個急劇旋轉的飛蝶似的光芒四射，向眾骷髏鬼攻擊而去。

項思龍已把體內的各種真氣都運行到了極致，感官以倍數增強，雖在身體急旋中，但卻也可清楚的感到眾骷髏鬼的有一招有一式的攻擊方向和力度，以及骷髏魔尊那緊張而又恐懼的心跳聲。

「噹!噹!噹！」「轟轟轟！」

刀劍交擊聲和勁氣炸裂聲，隨著項思龍身形的下墜而同時響起。項思龍悶哼一聲，感覺眾骷髏鬼似乎給形成了一道無形壓力，如若干重浪湧的勁力震得他整個都給彈上空，呼吸也是為之一緊。

眾骷髏鬼亦不好受，被項思龍「斷魂劍」、「聖火令」傳出的無堅不摧的強猛勁力給掃中了三分之一的人，這些骷髏鬼頓然身體和元神全都在爆炸聲中化為空氣。

項思龍一招之下雖重創「骷髏大陣」，但他卻也在太過托大之下吸入了眾骷髏鬼噴出的青煙，使得他功力不繼，不能一舉擊殺全部的骷髏鬼，並且使得自己也負了些內傷。

猛提一口咳氣，把吸入體內的毒氣用功力封住，納入身體隱穴，使毒氣不至擴散，雙目神光如電的一掃已是亂了陣腳的眾骷髏再次大罵一聲，「聖火令」和「斷魂劍」又是同時施去，這次使的卻是學自月氏光球美女所使的自命名為「月氏劍法」的招式。

骷髏魔尊已被項思龍方才一擊之威嚇掉了都快半條命，但他卻也是個狡詐無比的魔頭，項思龍負了內傷，他自是也看得出來，再見得項思龍這似是跳舞似的有氣無力般的招式，以為項思龍已再無多大反抗之力，當下仰天一陣哈哈大笑道：「日月天帝，想不到你今天卻也會栽在我骷髏魔尊手上吧！殺了你，得了你的『聖火令』和『碧玉斷魂劍』，魔教就唯我骷髏魔尊獨領風騷了！哈哈哈！」

說著時，嘴裡加快了念咒語控制眾骷髏鬼的速度，雙目卻是露出笑意，一瞬不瞬的看著項思龍，似想目睹他臨死的慘狀。

項思龍心中一陣冷笑，使出「月氏劍法」中的乃是最具殺傷威力最凌厲的一式「君臨天下」，起先似是在翩翩起舞，但不消片刻，卻倏見項思龍的身形化作了光彩，與他手中的兵刃之光融合為一，如通了靈性的光罡電光四射，才只眨眼功夫，所有的骷髏鬼就都已凝然不動！

項思龍收身而立，嘴角含一絲陰冷森寒笑意的望著茫然不知發生了什麼事的骷髏魔尊，慢條斯理的道：「想統領魔教，憑你的這點道行還不夠資格！阿沙拉元首麼，也只是被他乘虛而入罷了！本教主現在要血償血還，為我們魔教不服你們的教徒被殺的怨魂討回個公道！骷髏魔尊，現在輪到你了，準備受死吧！」

話音剛落，「轟」的一聲驚天巨響，眾骷髏鬼全都被項思龍侵入他們體內的罡氣炸得形神俱亡，血肉橫飛。

骷髏魔尊驚駭得小便都禁不住失禁了，雙腿一軟，「撲通」一聲向項思龍跪下顫聲道：「教主，饒了我吧！我……我自廢武功，從此退隱江湖永不出世！怎麼樣！教主！我自廢武功啊！」

說著，舉起骷髏杖向自己肩井琵琶骨擊去，但只擊到半過，杖勢倏地一轉，骷髏杖口中射出十根細若牛毛的毒針，並且竄出了兩條四眼怪蛇，吐著血紅長信向項思龍攻擊而來。

項思龍早就料到骷髏魔尊會作殊死抵抗，不會真個捨得自廢武功，所以在他舉杖的一剎那間，手中的一劍一令已是凝功作勢待發，在他杖勢一轉時，也已揮劍發令向骷髏魔尊擊去，但不想他卻發出如此陰毒的暗器，頓然狂喝一聲，增強了功力，同時施展「分身掠影」的身法以射避對方的飛針和四眼蛇。

「轟！」的一聲爆炸聲，兩隻四眼蛇和骷髏魔尊的軀體全部炸得粉碎，骷髏魔尊的元神卻還未一時完全斷氣，虛弱的獰笑道：「你收服不了魔教的，中原亦在元首的掌握之中！當元首找到南沙群島的武庫，得到裡面的歷代『日月神教』教主的『元神金丹』食後，也便是你和中原末日的來臨了！」

元神金丹？當真有那麼大的威力？

項思龍心神劇震，看著骷髏魔尊的元神逐漸消化為空氣。

這傢伙當真是可怕的敵手，但可惜的是他遇上的是自己。

只不知阿沙拉元首和枯木真師以及四大邪神武功又怎麼樣呢？

憑自己的能力可以擊敗並殺死他們嗎？

還有「元神金丹」！自己一定得趕去南海，阻止他們發掘武庫！

無論如何，寧可信其有不可信其無，要是那勞什子的「元神金丹」真有什麼讓人功力突飛猛進的功能，被阿沙拉元首得了去，那可真是中原之災了！

人將要死，其言也真！骷髏魔尊臨死前說的話或許是真的呢！

項思龍心下憂心忡忡的想著，歎了口氣，抬頭看著一片狼藉的風雷堡，地上死屍無數，到處都是肢體飛肉，讓人見之慘不忍睹。

唉，都是笑面書生這傢伙把自己逼成這個樣子的！如殺人魔王一個！要不，自己現在已和骷髏魔尊和天風令主他們還在把酒暢談吧！

不過，遲早都是要有這場有若屠殺的血戰的！

自己今後要走的這般在血雨腥風中生活的日子還長著呢！

倒是自己現在該如何收拾這副爛攤子呢？

項思龍心下既是惻然，又是苦惱的默思著。

其他的人包括石素芳和石慧芳、孟無痕幾人在內無不被項思龍的殺人手法給驚呆了，沒有一個人敢率先吭聲的。

幾百人，都是被變成碎屍啊！舉天下之間有幾人有這般的凶殘？

項思龍見得眾人神態，也知道他們被自己給嚇呆了，但自己可也是有著說不出的苦衷的，一來因為為裝扮古里木，所以用「煉魂轉體大法」來控制那假古里木的精神意念，不想不知不覺的也受了這意念裡對天風令主仇恨的成份，再加上天風令主確實是不討項思龍歡喜，又殺了花仙仙，使得他魔性不覺大發，大開殺戒起來；二來乃是因為這些魔教兔崽子一個個都練有元神不死術，如不把他們分屍，他們元神有可能不死，再轉入他人體內出來作惡，那可就大為不妙了，所以他不得不狠下心腸來。

定了定心神，斂回思想，向石素芳淡淡的道：「石夫人是否感覺本教主手段太過毒辣？其實這些人作惡多端乃是死有餘辜！再說，不下如此重手，他們的元神就消亡不了！本教主也沒得辦法了！」

石素芳不自然的笑笑道：「教主神威，天下無敵！這些叛賊自該有如此下場的了！只是我卻不懂你是總護法，又怎變成『日月天帝』教主了？」

項思龍見石素芳配合得如此好。心下大是欣慰，哈哈大笑道：「這就叫作兵不厭詐！本教主為了查探阿沙拉元首他們的動靜，所以暫且用古里木來掩飾一下身分，但不想天風令主這傢伙膽敢殺我女人，又如此囂張，本教主忍耐有限，所以暴露出身分來了！不過，收穫也已不小了，知道了阿沙拉他們原來在動我外祖父繼業的武庫！哼，他們簡直是癡心妄想！本教主一定要趕去阻止他們！」

石素芳點了點頭道：「教主是應南下！但是眼前這些人怎麼處置？」

項思龍隨口道：「就由石夫人全權處置他們是了！」

二人正對答時，孟無痕突地叫了起來道：「荊堡主他們回來了！」

項思龍轉身望去，卻果見荊軻和地獄護法、焚天邪神、火龍真人幾人灰頭土臉的趕了回頭，見得堡中的殘亂景象，都滿臉的驚駭莫名之色，只有焚天邪神一人面含笑意，似是知道了些內中的情況，往項思龍走去道：「稟教主，軍師把一切都處置妥當了，整個西域今天發生的一切事情，絕沒有一人可以洩傳出去！軍師說來不及向你稟報他的計畫有變，還望教主見諒！」

項思龍正對笑面書生窩了一肚子的怨氣，聞言心下寬然了些，但卻還是大為光火的道：「什麼？改變計畫也不告知我一聲，他還有沒有把我這教主放在眼裡啊？哼，我非要他馬上來向我解釋清楚！」

項思龍話音剛落。笑面書生惶急的聲音傳來道，「義父，你不要動怒麼！我得到了所傳來的計畫後，為時確也認為可行，但我卻從天風令主傳書中得知他已懷疑了你的身分，為了消除義父身陷困境的危險，所以孩兒不得不臨時改變計畫，決定在西域就殺了天風令主和骷髏魔尊他們，但這也卻需要義父把苗疆的骷髏魔尊勢力引到西域來，如果告知了義父計畫，那麼你反有可能露出破綻來讓骷髏魔尊和天風令主生疑，若讓他們逃去了苗疆，那我們就對他們莫之奈何了！為了拖延時間佈置一切殲敵計畫，所以我策劃了離間天風令主和骷髏魔尊的一幕，故意讓他們發生隔離，這樣義父向他們大開殺戒時他們也就不會聯手起來了！至於花仙仙的死，卻是我所始料難及的，義父要責怪我就大罵我一通吧！」

話音甫落，笑面書生已是領著十幾個無敵死士和謝東、高進、龍武等飛身躍進了風雷堡，走到項思龍身前，深深向他揖了一禮道：「義父，我還有個補救之法，就是把我『日月神教』的幾位大美女送給你，你看怎麼樣？嘿，這幾個美女你也認識的！」說著，望了石素芳和石慧芳一眼。

石素芳似明白笑面書生的話音，面露驚駭之色的望向笑面書生道：「你……你就是我們神秘莫測的教主？」

笑面書生微笑著點了點頭道：「是的！想不到吧？西域真正的第一大教卻是個魔教的教徒作教主？」

石素芳證實了心中想法，一時給驚呆住了！

項思龍這時虎目一瞪的望著笑面書生沉聲道：「我還怕你這傢伙背叛我呢！哼，下次再不要擅自行動了！這樣會搞亂全局呢！」

笑面書生苦臉受教，訕訕道：「是！今後任何行動都跟義父相商好了再去辦就是！嗯，義父，現在西域、苗疆都在我們的掌握之中了，我們大可以細想對策，準備對阿沙拉元首他們一網打盡吧！」

說著時，目光不經意的落在了地獄護法和火龍真人身上。

此二人面上已是驚駭得蒼白如紙，尤其是地獄護法，目光如死人般的直盯著項思龍，真個人猶如被點中了穴道般，動也不動。

項思龍皺眉道：「你還是著人打發了眼前的這種亂狀吧！該殺的人一律殺掉，不可有得絲毫的惜才之心！老子一朝被蛇咬十年怕見蛇了，還是對他們斬草除根的好！」

笑面書生淡然一笑道：「這些都是小事一樁了！殺人的手段我可比義父高明得多了，不會讓他們痛苦的！」

項思龍心神一凜道：「可也不要把他們拿去練訓什麼無敵死士之類的！一律要把他們毀得形神俱亡才是！」

笑面書生苦笑道：「義父還是有些不信任我啊！」

項思龍冷冷道：「不是不信任你，只是你這傢伙太過讓人放心不下了！還是提醒警告你一下是好！」

笑面書生連聲道：「那是那是！」

說著又轉過話題道：「義父對石夫人母女倆是否還有興趣呢？讓她們填花仙仙之失好了！」

項思龍想起花仙仙死時的笑容，心下一陣悵然刺痛。

這妮子確實是對自己動了情意的，明知自己是在利用她才與她歡好，可她卻還是那麼的無怨無悔！

是自己負了她！對她只是有慾無情，不想卻害了她……要是自己不與她相好，花仙仙本就可以不死的！都是自己害了她！

心下悲痛的想來，淡淡的搖了搖頭道：「自從你娘死後，我已是不想再闖情關了！飛雪的一片好意我心領了！」

說著這話時，目光不敢與石素芳母女對視，低垂著頭也轉過話題道：「我們原先的克敵計畫已經被打亂了，現在應該怎麼辦呢？」

笑面書生聞言肅容道：「還是按原計劃進行！義父繼續以古里木的身分南下，但這次卻是『逃』！可以這樣假設，古里木來到西域，西域一片慌亂，『日月天帝』教主真的重出江湖，與笑面書生聯手向天風令主他們展開了攻勢！古里木見機避往苗疆，夥同骷髏魔尊率領高手趕往西域相助天風令主，但不想對方實力太強，天風令主和骷髏魔尊二人雙雙陣亡，兵敗如山倒，眾屬下死傷無數。

「古里木見機臨陣逃脫，趕往南海彙報前線情況。阿沙拉元首聞信驚駭非常，可又查不出古里木任何破綻，用人之計也便沒有與古里木計較其臨陣脫逃之罪。古里木轉危為安後，暗下裡施法把笑面書生偷運至的黑油拿到島上覓處埋藏，待時機成熟，笑面書生虛裝聲勢向阿沙拉元首他們叫陣，古里木乘亂逃離海島，笑面書生點燃黑油，黑油困住海島，運海又有笑面書生的人馬守擊，島上黑油遇火爆炸，阿沙拉元首他們全部無一倖免的死翹翹！義父認為怎麼樣？」

項思龍沉吟道：「此計行是行得通，只是太過殘忍了些！要知道島上還有不少可教之才呢！再有就是武庫寶藏全部石沉大海了！」

笑面書生雙目神光閃閃道：「無毒不丈夫，對付惡人魔頭就應以毒攻毒，不可有婦人之仁的！更何況這幫魔頭意圖對我中原不軌！」

項思龍搔了搔頭道：「話是這麼說，可你爹遺言給我，著我不可對魔教趕盡殺絕的啊！如此做來可讓得他老人家於心不安呢！」

項思龍說這話時，一聲聲慘厲的慘叫聲傳來，顯是笑面書生派出的劊子手在對魔教的那些魔頭大開殺戒了。

笑面書生嘿嘿笑道：「義父不是留下了我笑面書生來繼承魔教的香火麼？也沒有辜負我爹的遺言呢！」

項思龍歎了一口氣，沉重的道：「但願我的選擇不會有錯！飛雪，我要你答應我自消滅了阿沙拉元首他們後，你一定得安守本份的發揚光大西方魔教，永世不得侵犯中原，只能成為交流中西文化和武學的橋樑，而不能成為戰爭的製造橋樑！還有，再也不要去研製那些邪惡武學和殺人工具，要好好的對待天鋒！」

笑面書生面色一沉道：「飛雪謹遵義父教誨！定當對這番話永銘於心的！」

言罷，既興奮又不自然的道：「我也想不到義父的武功高到如此境地，連天風令主和骷髏魔尊以及一百多個骷髏鬼也不是你幾招之敵，想來阿沙拉元首任是武功進層怎麼強大，也定敵不過義父的吧！嘿，若是早知義父武功通天徹地的話，我也不會拿天鋒……差點做出那等傷盡天良的事來了！」

項思龍既是欣慰又是擔心的笑了笑，忽地上官蓮的聲音遙遙傳來道：「思龍！思龍！告訴你一個既好又壞的消息，你義弟劉邦被秦將章邯打敗，逃亡到西域找你來了！」

第八章　久別重逢

項思龍聽得上官蓮這話，心下既是狂震又是狂喜。

與劉邦一別至今已是快有兩年了，也不知他現今是風采依然，還是變得飽經風霜成熟穩重多了呢？

自己在這兩年來，對劉邦可不知是有多麼的牽腸掛肚了！

這不但是因為劉邦是自己同父異母的兄弟的關係，更主要是因為劉邦是中國歷史的希望，是肩負這古代使命的中心。

還好他雖是常打敗仗，但卻總是吉人天相沒有生命危險！

或許他的這份幸運真的是因為他是真命天子的緣故吧！

但不知蕭何、樊噲、周勃、夏侯嬰等他們也都跟在劉邦身邊沒有？還有岳父管中邪以及岳父張良他們是否也都跟來了西域沒有？

項思龍一時之間想起了自己在這古代所結識的許多親人和朋友，不知他們是否也隨劉邦敗逃到西域來了呢？他們有沒有被衝散呢？

無論他們當中哪一個如出了什麼事情，對項思龍來說都是一大打擊！

但願所有人都平安無事吧！自己派了地冥鬼府那麼多的高手去扶助保護劉氏，同時也命他們保護自己的這些親人朋友不受傷害了，以他們的武功，應該是可以勝任此事的吧！更何況劉邦身邊也有他所收羅的一些能人異士相助呢？

如此想著，項思龍強抑內心頓然間湧生的各種情緒，也刻即大叫回上官蓮的話道：「姥姥，你說的是真的麼？真的是我義弟他們來西域了？」

項思龍的話音剛落，上官蓮的聲音愈來愈近道：「當然是真的！不過只你義弟劉邦和四大鬼魅使者來到了西域，並沒見其他人！」

項思龍聽得心下倏地一沉，一種不祥之感襲上心頭。

什麼？只劉邦和四大鬼魅使者趕來了西域？這……那其他人呢？是衝散了還是……項思龍的心頭只覺一片混亂模糊焦急之極。

不會有事的！應該是不會有事的！蕭何、張良他們可都是歷史上有記載的人物啊！如果他們出了什麼事，那這古代的歷史豈不全完！

一定是他們衝散了！這古代的歷史如果沒有自己和父親左右，應該是不會有什麼出入的！鎮定點吧！待會問問劉邦就可知道事情到底怎麼樣了！

項思龍心如浪急濤，再也顧不得理會什麼殲魔計畫了，只轉身向笑面書生簡短的說了聲道：「一切按你的計畫行事！這裡交給你打理了！我會去伏龍谷找你商量殲敵詳細計畫的！現在有急事，我走了！」

焚天邪神和金轎四使以及石素芳、石慧芳、孟無痕幾人在項思龍話剛說完，意欲縱身時幾乎是同聲道：「教主，等等我們啊！」

項思龍的肺都快急炸了，聞言只得住了身形，一臉不耐煩之色道：「這……你們先跟著軍師吧！過不了多長時間我會去找你們的！」

孟無痕俏臉紅紅的道：「我想隨你去見見我娘啊！有好幾個月我沒跟娘見面了呢！你讓我跟你去好不好？」

項思龍無奈的點了點頭時，石素芳也跟著笑笑道：「已是有多年來未跟表姐見面了，我也想去見見她呢！項少俠讓我和慧芳也去見見表姐可以嗎？」

項思龍頭大如牛的大聲道：「好！要跟我去地冥鬼府的都跟著來吧！唉，我都被你們鬧得頭痛了！」

上官蓮和孤獨驚鳴這時已飛身至了風雷堡，落在了項思龍身側，見得堡內一片狼籍之象，上官蓮臉色一變道：「這……發生什麼事了？怎麼……像個人間地獄似的？爆發了世界大戰嗎？」

項思龍長舒緩了一口氣，壓下急著想見劉邦的衝動淡然道：「沒什麼！殺了些魔教兔崽子而已！對了姥姥，你們怎麼知道風雷堡已被我們控制的呢？」

孤獨驚鳴這下搶先道：「笑面書生通知我們的，他早在昨天就告知我們風雷堡已落在你小子手上了！這老小子辦事挺有能力的，不到一天的時間封鎖了整個西域海陸兩路交通，又挑了魔教在西域的所有據點，我們也便信了他的話了！這不，現在果然攻下風雷堡了！」

項思龍斜望了笑面書生一眼，又望向上官蓮道：「姥姥，劉邦他們現在是否在地冥鬼府？他有沒有受傷？你問沒問他有關他失敗的事？」

上官蓮微微一笑，倏又拉長下臉道：「你就只知道問你那兄弟劉邦的事情，難道他就比一切都重要嗎？哼，你那劉邦兄弟一副玩世不恭的模樣，他似乎對什麼也都沒放在心上呢！我們問他什麼他也只是避而不答，吊兒郎當的，卻還說要成就什麼大業，我看只苦了思龍你了！若他能成什麼大器，也全是思龍你一手造就他的！也真不知你為何對他如此看重！打我一認識你，你第一句話就說要保護你這兄弟劉邦的安全，你值得嗎？能有作為的我還可以接受你對他這麼好，可……唉，我也不想了，你自己去見見他再向他瞭解情況吧！

「他兵敗也是四大鬼魅使者告訴我們的，聽說是奉楚懷王之命，緝拿一個叫瘟神任橫行的人，不小心遇上章邯的人馬，所以隊伍被衝散逃亡到西域來的。

「這瘟神任橫行據聞是殺了楚懷王的一個愛妾，所以楚懷王下令誰緝拿此人可封王封侯，你這兄弟見利起心，所以自告奮勇的向楚懷王請命領了這樁差事，可誰知這瘟神一身橫練鐵布衫功夫可說是刀槍不入無人能敵，劉邦追蹤此人一月有餘，仍是無什麼收穫，但是手下兵將傷亡不少！

「他向楚懷王請命三個月保證擒下這任橫行，而且立下了軍令狀，現在已經是過了快兩個月了，他此次前來西域，看來是想向你求救呢！思龍你現在打算怎麼辦呢？」

項思龍皺眉苦笑道：「姥姥，你也不要太小看我義弟了，他能領導起義，至今發展成為頗具規模的義軍隊伍，也已經證明他是個有才能的人呢！無論怎樣我是不會讓他敗垮下去的，所以我一定要去助他擒住那瘟神任橫行，不過這事也待消滅阿沙拉元首他們再說吧！」

上官蓮無奈的搖頭又點頭道：「唉，你這小子啊就是這麼不服輸！不過你能還想著從破西方魔教的大局為重，也算沒有被心中的焦急衝昏頭腦吧！好了，我也知道你心急火燎的想見你那義弟劉邦了，那我們快去地冥鬼府吧！」

上官蓮說這話時，目中滿是憤怒和仇恨的橫瞪了項思龍身旁不遠處的笑面書生一眼，只把笑面書生看得老臉通紅，目光不敢與上官蓮對視。

項思龍看出了此中的不對勁來，怕得上官蓮與笑面書生再起衝突，那事情可也就有些麻煩了，現在是抵抗阿沙拉元首他們的關鍵時刻，最是不能起內哄，而需要團結一致的共同對敵，否則那就不戰自亂其戰必敗了。

乾咳了兩聲，正當項思龍準備開口發話緩解緊張氣氛時，上官蓮已率先開口道：「思龍你不用擔心，現在我是不會找他笑面書生算帳的，待解決了西方魔教的事情，我可是不會放過他了！一定要他還我師父天山龍女一個公道！」

笑面書生自是不敢開口說什麼，要不他可就要自討苦吃了。

項思龍則是不置可否的笑了笑道：「以後的事情以後再說吧！好了姥姥，我還要急著見劉邦瞭解情況呢！要知道你的好幾個孫媳婦還是跟他在一起的，也不知道她們現今的情形怎麼樣了，快回去問問我義弟劉邦吧！」

項思龍這話果然轉移了上官蓮的注意力，老臉浮起焦急之色道：「你怎麼不早說呢？快回地冥鬼府！對了，你那幾個媳婦都有了身孕沒有？」

項思龍聞得此言訕訕道：「這個……我卻是也不知道呢！」

上官蓮笑罵道：「你小子什麼都不知道，可見你冷落你這幾個娘子多長時間了！小心著她們去勾引野男人給你戴綠帽子！」

項思龍劍眉一揚道：「她們敢！可小心看我把她們給休了！」

上官蓮哼了聲道：「這世道也真不公平，就只允許你們男人在外頭去花天酒地尋花問柳，而我們女人呢卻是需要嚴守婦道，否則就被世人寫作是淫娃蕩婦！」

項思龍搔頭道：「這……兩位爺爺對姥姥你可是忠心耿耿至情不渝啊！」

項思龍這話似觸起了上官蓮的心思，沉默了一陣，喃喃道：「也不知那兩個老鬼他們現今怎麼樣了！我們離開通天島已經是有好幾個月了，卻是對他們一點情況也不知曉！唉，可也怪想……」

說到這裡，上官蓮老臉一紅，沒有再說下去了。

項思龍嘿嘿笑了兩聲，突地正色道：「待平定了西方魔教之後，姥姥可以去把爺爺和阿毛他們全部接到地冥鬼府來嘛！那時再無什麼內憂外患，大家也就可平平靜靜安安樂樂的相處在一起了！」

上官蓮聽得臉色舒緩了些，嘴角也浮起了些許笑意，但語氣卻是幽幽的道：「只是思龍你……卻還是不能與大家相聚在一起！」

項思龍聽了一陣默然，心下也不禁是黯然神傷。

是啊！自己在這古代的命運已經是交付由歷史支配了，歷史不平靜下來，自己也就無法功成身退，隱居下來享受那無憂無慮的世外桃源生活。

或許這也可叫作是「人在江湖身不由己」吧！

搖頭苦笑了一下，項思龍舒緩了一口氣，輕輕道：「走吧！」

言罷身形一閃，也不再多說什麼，已是飛身躍出風雷堡。

地冥鬼府已是歷歷在目了，項思龍的心情是愈來愈緊張忐忑。

上官蓮和孤獨驚鳴幾人也都是默然無語的緊跟在項思龍身後。

在地冥鬼府大門前有十多個身影正在焦燥不安的邊踱步邊仰首張望著。

對方似已發現了項思龍等人，一個既熟悉又陌生的聲音傳入項思龍耳中大聲道：「項大哥，是你回來了嗎？我是劉邦啊！」

項思龍聽得心神一顫，一種異樣的激動感覺頓然湧上心頭。

自己終日擔憂的劉邦終於出現在眼前了！只不知他比之先前為人處事是否成熟多了呢！

還有他的天命之相是否讓他身俱皇者霸氣了呢？

心下如此想著時，項思龍已是加速了身形。

劉邦的容貌終於落入眼簾，卻見他身著一套青色長袍，臉上滿是風塵之色，莊肅是莊肅了許多，但卻還是一副輕浮的氣質，讓得項思龍見了又好氣又感親切。

劉邦是自己同父異母的兄弟嘛！自己和父親均是風流的人，他自也會有這種個性了！更何況劉邦自小身受的教育不嚴深獲父母溺愛呢！自是有些輕浮公子的樣子的啦，自小養成的習慣，又豈是一朝一夕說改就改的呢？

項思龍怪怪想著，對面的劉邦已是一臉驚喜之色，「哇咋」一聲衝撲向項思龍，雙手一把緊抱住他，口中邊大叫道：「大哥，你的武功好棒的嘛！十多丈的距離，我剛只一個呼吸就到了！哈，這下我可有救了！」

項思龍抱著劉邦，心中百感交集。

劉邦還是沒有變，那麼一副玩世不恭的模樣！

但這樣一個看似平凡的人，卻是風雲中國歷史的漢高祖！

對於劉邦的發跡和成功，堪稱是中國古代最大的政治傳奇，數千年來，不知激起了多少凡夫俗子出人頭地的欲望……

他是一個公認的地痞無賴，一度遊手好閒，混跡於茶房酒肆，結交的大多是些鬥雞走狗之徒，四處惹事生非，人見人恨。

但他後來卻也是一個精明的政治領袖，是一個神秘色彩的帝王，出身寒微，卻能夠在亂世爭雄中獨佔鰲頭，經過短短數年的時間，便一舉推翻強大的秦王朝，擊敗了強勁的對手項羽，開創了大漢江山四百六十九年的事業。

誰想得到呢？像劉邦這樣的人也會成為一代帝王！

或許劉邦的發跡掘起正如姥姥上官蓮所說的那樣，是因自己對他的幫助吧！

但是自己如果沒有來到這古代呢？劉邦還可以成漢高祖嗎？

項思龍心下古古怪怪的想著，劉邦已是感覺出他的失態，詫異的脫開項思龍的懷抱道：「項大哥，你怎麼啦？見到我不高興嗎？嘿，我是個常敗將軍，可我已經盡了力了！怎奈秦軍太猛，所以我……」

劉邦的話還未說完，也已經趕至的上官蓮截往他的話急促道：「喂，小子！你項大哥的幾個媳婦可都怎麼樣了？她們都有沒有懷孕啊？」

劉邦被上官蓮的突然插口，氣恨得一愣之後破口大罵道：「老太婆，我跟我項大哥說話呢！你插個什麼啊？告訴你，你如再囉嗦……」

項思龍只待劉邦的話說了一半，就已沉聲喝止道：「邦弟，不得無禮！她可是大哥的姥姥呢！你怎可用這等語氣口吻對姥姥說話呢？是不是沒把我這大哥放在眼裡了？快點向她老人家陪禮！」

劉邦被項思龍斥責得一臉苦瓜之色，頓忙陪笑道：「小弟怎敢呢？嘿，說真的，在這離開大哥南征北戰將近兩年時間裡，我和幾位兄弟以及張良先生等都不知對大哥你是怎樣的牽腸掛肚呢！可雖知大哥你在西域，一來卻因軍中繁忙，所以脫不開身來看望你，但大家的心裡可都是十分的想著你啊！」

言罷，又轉向上官蓮，雙膝一屈，向她連叩了幾個響頭，臉上肅容道：「姥姥，邦兒適才不知是您老人家，所以出言不遜，還望您老多多見諒邦兒方才不是！」

上官蓮本被劉邦的話氣得火氣大漲，見得項思龍為自己斥責劉邦，心中的怒氣已是消去了一大半，現刻又見劉邦如此恭恭敬敬的向自己陪禮認錯，更是適然，但臉上卻還是冷冰冰的道：「算了！小子，起來吧！要不是看在思龍對你這小子向來特別掛念的份上，老身可決饒不了你！嗯。你還沒回答我的問題呢！站起來回答吧！可得給我說詳細點，你項大哥的幾個媳婦現在都怎麼樣了？」

劉邦目光感激的望了項思龍一眼後，依上官蓮之言站了起，隨手拍了拍身上的衣衫，又恢復了那玩世不恭的語氣和態度，笑嘻嘻的再次向上官蓮躬身行了一禮道：「謝謝姥姥的不罪之恩！嘿，說來要是我那幾個嫂子出了什麼差錯，我又怎還有得臉面來見大哥呢？她們現在都安然無恙，跟著蕭大哥和張良軍師他們呢！呂姿和劉秀雲兩位嫂子都已有了身孕，可因時常惦記著大哥，所以都消瘦了許多，不過她們都還安啦！姥姥和大哥放心就是！」

項思龍聞得此言，緊提的心終於鬆懈了些下來。

劉邦雖是被迫逃亡到西域，但他的主力部隊還沒有敗，那麼他就還有東山再起的機會！

看來這小子雖吊兒郎當的，在大事上卻還有點心機。

只不知酈食其，灌嬰如傅寬、雍齒、劉仲等，是否已與劉邦會合了？

想來劉邦既已見過劉秀雲，那麼酈食其和灌嬰定已投入他軍中了吧！

項思龍心下正如此怪怪想著時，劉邦忽地歎了一口氣，接著又道：「唉，說來這次是差一點擒下那瘟神任橫行的，誰知半路上殺出了個叫田霸的傢伙把他給救了，累得我幾位兄長樊噲、夏侯嬰、周勃和岳父管中邪都受了重傷，真是偷雞不著反蝕一把米，晦氣透了！不過，現在有得項大哥出馬，別說是一個任橫行一個田霸，就是十個百個也不用放在心上的了！嘿，這次是被楚懷王封定了！」

項思龍見得劉邦美滋滋的說著，不置可否的笑了笑，心下卻也為那任橫行和田霸的武功而暗自驚異，連樊噲、夏侯嬰、周勃、管中邪四大高手也敵不過這二人，看來他們武功也確是不同凡響了，但不知卻是何方高手呢？

心下想著，口中頓即也問道：「你幾位兄長和岳父他們的傷勢現在怎麼樣？他們現在的處境還安全嗎？嗯，那任橫行和田霸是何來歷的人？」

劉邦搔了搔頭笑道：「樊噲和岳父他們傷勢雖是嚴重，但他們幾人體質較好，武功又高，那一點傷勢還要不了他們的命的了！至於安全方面呢，應該是沒有問題，現在幾人都被我安排在一處叫怡春院的青樓裡，又派有六大鬼魅使者相護，一般人想也想不到的，怡春院的鴇母和一眾姑娘都已被我下重金收買了，想來也不會出賣他們的呢！除非是不想要命了，六大鬼魅使者可不好惹！」

說到這裡，忽地皺了皺眉苦臉道：「說起那任橫行和田霸可都是大有來頭的人物，他們二人都是秦二世胡亥這狗賊所訓練的秘密超級殺手，乃是秦始皇留給胡亥的私人財產，連趙高、曹秋道等也不知道，這次胡亥派他們二人出馬刺殺楚懷王，看來胡亥也感到他秦王朝的危機了！」

項思龍心下一震，想不到胡亥也是個挺有心機的人物，看來歷史記載他只是個受趙高控制的傀儡這說法，是與史實大有出入的了！

自己要助劉邦天下，第一要著就是讓胡亥死掉，那麼劉邦基業穩定下來的時候也就不遠了！胡亥一死，秦始皇弟弟子嬰被趙高扶上台，可子嬰卻機謀殺了趙高，向劉邦投降，那時也就是秦王朝徹底覆滅的時候了！

但是胡亥卻又是被趙高設計殺死的，要除胡亥，還得好好利用趙高！

項思龍不動聲色的如此想著，又問劉邦道：「那麼你去擒殺任橫行一事又到底是怎麼樣的呢？給我詳細的說出其中的內情！」

劉邦一臉尷尬道：「這事卻說來話長呢！」

原來自項思龍北下去救管中邪一直未歸後，劉邦心急如焚，也曾派大批人馬去尋找他們，可屢次皆被項羽派來的人給擊得狼狽而回，絲毫沒有成績。

劉邦沒有得項思龍在旁，就如沒有了前進的動力，甚是灰心喪氣，感覺自己一點前途也沒有了，幸得有蕭何這個智囊人物從旁邊勸解為他打氣，才能沒至解散隊伍的境地，可他卻也再毫無信心和勇氣去壯大隊伍，向秦軍發動進攻了！

這樣低調了一月有餘，管中邪突地回到豐沛縣城，雖是愁眉苦臉，但卻告知劉邦等說項思龍沒事，過一段時日後他自會回來與劉邦會合的，且說項思龍叫他努力抗秦，做出一番驚天動地的事業，項思龍會在暗中助劉邦他們的。

管中邪帶回的消息有如一劑強心劑，使得劉邦眾人信心大增，一鼓作氣下竟也被他們攻下了豐邑，隊伍也發展至了四五千人。

劉邦攻下豐邑城後不多久，項思龍派遣的鬼魅四使等人就也趕到了豐邑，劉邦見得四人的高明武功後心下狂喜得不禁咋舌，同時也相信了項思龍暗中相助他。

信心滿懷之下，劉邦以沛城和豐邑這兩座小城為根基，指揮著這支幾千人馬的小小隊伍向秦王朝的勢力發起了勇猛的進攻。首先北向進攻胡陵、方與，取得成功，並且張良這位影響劉邦一生的謀臣在劉邦攻下胡陵時投靠了劉邦。

劉邦得張良之助後更是如魚得水，勝績連連。

劉邦的掘起漸漸的引起了秦王朝的關注，於是命泗水郡監御史平智軍圍攻豐邑，企圖一舉殲滅劉邦這支剛剛興起的起義隊伍。

劉邦在張良的指導下利用豐邑城池的堅固易守難攻的地理優勢，發揮義軍同仇敵愾的高昂士氣，奮力迎擊秦軍，大獲全勝。

此時酈食其、雍齒、劉仲兩隊人相繼來投靠劉邦，因這些人都是項思龍推薦至軍中的，所以劉邦對他們都十分重用，打敗泗水郡監御史平的進攻後，劉邦命雍齒據守豐邑，自己率領大軍乘勝北上，以迅猛的攻勢一舉拿下了薛城，接著，又回擊亢父，再南下方與，將這一地區的秦軍掃蕩淨盡。

可就在劉邦決定再向秦軍反動進擊時，反秦義軍內部發生火併。

陳勝派出的略取魏地的周市，利用雍齒這傢伙的凶殘善變本性，策動他反叛劉邦，將豐邑的地盤和義軍轉歸魏國。

劉邦見後院起火，心下又氣又憤，也暗責項思龍的薦人不當，當下督促主力猛攻雍齒，以期奪下豐邑，結果未能奏效。

劉邦氣憤交加，只得拖得生病的身體撤兵，返回沛城休整。

這一次的打擊對劉邦很大，劉邦很長一段時間沒有再次發兵作戰。

他的軍隊也因此實力大大消弱，後來在張良等人的悉心勸解下，就率軍依附了剛剛興起的楚國後裔景駒，參與了西進之攻，與眾路義軍合力，也被他苦戰三日，不僅克下了碭城，還收編了五千人馬，實力大為增強。接著又攻克下了下邑。

項梁和項羽的義軍也發展迅速，自取下了會稽郡後，迅速攻佔了吳中各縣，成為江南最大的反秦義軍，項梁也被陳勝拜封了上柱國。

後來項梁尋找到楚懷王孫心，立他為義軍盟主，仍號楚懷王。

劉邦義軍也被編入了盟軍之列，因他勢力較小，所以沒被重用，反是項梁在盟軍之中威信甚高，成為實質的盟軍之主。

劉邦憂鬱不得志，情緒又給低落下來，但他的內心卻也在極力尋找表現自己的辦法，剛好楚懷王的一名寵妾被任橫行刺殺，下重賞請將出馬擒殺任橫行。

劉邦思忖著自己手下有十八鬼魅使者相助，又有樊噲、周勃、夏侯嬰和岳父管中邪一眾高手在則，為了請功發達，於是向楚懷王立了軍令狀，擔保在三個月內擒下任橫行，但誰知事與願違，那任橫行確實是不好對付。

任橫行乃是當年秦始皇親征趙國在一雪山名叫血狼谷的地方所救下的一名孩童。當秦始皇率軍至趙國雪山時，忽見得雪地血跡斑斑，狼屍遍野。野狼死狀甚慘，不是被斷頭折腰，就是裂口而死。

秦始皇手下一名大將見狀駭然之下，恭聲向秦始皇作出自己的推測道：「大王，狼群定是被猛獸所殺，可能是大熊之類的猛獸！」

秦始皇點了點頭道：「嗯，這猛獸甚是厲害，竟能撕殺過百野狼！」

正說著時，突地眾人前面山坡上有狼吠之聲傳來，聲音甚是淒慘。

秦始皇皺眉道：「我們前去看看，到底是什麼猛獸在與狼群搏鬥！」

言罷率先向前頭山坡馳去，眾將兵頓然慌忙追隨。

沿途狼屍遍地，死了足有三百多尺！

秦始皇心下惶惑之下，舉目向已可觸目的狼群望去。

卻見一名約八九歲的孩童，混身浴血，正力敵著最後的二十來隻狼群，在他身邊不遠處，有一隻已是躺倒的野熊，咕咕流著鮮血，顯是活不成了。

男孩全身上下均是傷痕，但他卻是目中射出悲痛仇恨之光的全力與狼群搏鬥著，但他顯已瀕臨力竭，已是被四五頭狼咬住了身上的幾處部位。

秦始皇見狀，目中向男孩投出疑惑和欣賞的目光。

小小年紀，竟能力敵百數隻狼群，看來此子非同凡人，是個可造之才，我此時正值用人之際，何不救下他，把他訓練成自己的一員猛將？

心下想來，已是拔劍縱身飛起，施出九天神功向狼群劈去。

「轟轟轟」一連陣勁氣炸裂之聲，狼群被秦始皇的九天神功罡氣炸得肢飛體解，慘叫連連，死亡殆盡。

男孩此時已是筋疲力盡，傷重垂危，卻是危機一解，踉蹌著撲倒在野熊身上哇哇大哭起來，全然不理自己的救命恩人秦始皇。

秦始皇掠身至男孩身邊，見得他對野熊的悲狀，心下頓然明白了些這男孩天生神力，獨力撕殺狼群的原因。

看來這男孩乃是這死去的野熊養大的，難怪他全身上下充滿野性的暴力了！

這樣的孩童如被自己收羅，正好可利用他得天獨厚的神力，可把他訓練成自己的超級殺手。他對世事一竅不通，又生性凶殘，自己授他以武力，輸他以自己的專制獨裁思想，還怕他不對自己服服貼貼？

哈，可真是天降人才於我也！

秦始皇心下狂喜的想著，當下走到那已哭得有氣無力奄奄一息的男孩身邊，舉掌緩緩向他體內輸入一股柔和的內力，為他運功療傷。

男孩被秦始皇救下後，因其靈智未開，所以在秦始皇的嚴格訓練下成為了秦始皇手下的一個秘密皇牌殺手，並且被秦始皇取名為任橫行，練的是秦始皇得自的一本「橫練金剛身」的內外兼修的功夫。

修練「橫練金剛身」必須有超強的筋骨，鋼鐵般堅強的意志，能夠抵受絕極苦痛的人，任橫行正好適合了這一條件，所以被秦始皇量才施教，授以這種橫練的外家功夫，練至最高境界後，全身上下可以刀劍不入，除非是干將莫邪等至寶古劍才可傷他，否則就為不死之身，任你多高功夫多深內力，也只能傷他而殺不死他，想想修練這種「橫練金剛身」時，練至最後一階段，需經受十匹高壯健馬，將四肢和頭部盡力拉住而絲毫無樣的訓練，這怪功夫的威力可想而至。但它也有其弱點，就是修練此功需要開罩門，乃修練者全身最弱的部位，也即「橫練金剛身」的唯一破綻所在。於是秦始皇為任橫行特製了一雙黃金鑄造的靴子，使他成為真正的刀槍不入的高手。

秦始皇有了任橫行相助，更加如虎添翼，歷時九年就平定六國統一天下，成為歷史上第一代始皇帝。自秦始皇死後，任橫行也便成為了胡亥的皇牌秘密殺手，但胡亥知自己根基不穩，所以甚少動用他，這次用來刺殺楚懷王，乃是因為他自感到了義軍的威脅，但誰知奸計還是沒有得逞，只刺死了楚懷王的一名愛妾。

說來楚懷王得以大難不死卻也純屬偶然，那晚任橫行潛入皇宮刺殺楚懷王，楚懷王剛好與愛妾歡娛作樂完畢到屏風後小解去了，那名愛妾則睡在龍床之上成了代宰羔羊，待任橫行發覺殺錯人時，已是為時已晚，大批高手已是在楚懷王的呼救下趕來護駕，任橫行力殺二百多名高手，力竭之下只得負命逃亡。

自此楚懷王派了大批大內高手日夜守護著他，使得任橫行再也無從下手，並且楚懷王虛驚一場下，為了免除禍患，於是下令賞擒殺任橫行者。

劉邦接下此令後，於是率領了樊噲、周勃、夏侯嬰、管中邪和四大鬼魅使者和百十多名精兵北上擒殺任橫行，因他知道此行是兵貴精而不在多，所以留下張良、蕭何等留守豐邑，沒有大張聲勢。

劉邦把眾人分散開來，約定好了聯合方式，分成四組搜尋任橫行的下落。

這一日，劉邦和鬼魅四使到了東郡城。

東郡城並不大，已被義軍秦嘉的隊伍控制，劉邦幾人趕至東郡城時，全城上下正處於一片緊張的戒備之中。

劉邦心下大感詫異之下，於是留心聽周圍人的談話，想從中打聽一些城中情況異常的緣由來，但卻一無所獲，城中的人都甚少開口說話。

劉邦心下納悶，可又不想洩露身分，也沒有去向城中的義軍探聽消息。

正當他有些心急的在城中四下轉悠時，突地一陣吵鬧聲吸引了他。

劉邦當即聞聲趕去，卻見一兇神惡煞的大漢正一手提著一個十四五歲一身乞丐模樣的瘦小少年，口中獰笑著，在他身邊還有一個一臉奸詐模樣的師爺和五六個張牙舞爪的家將，正衝著圍觀的眾人口中高喊道：「走開！看你個鳥蛋啊！我八寶賭坊辦事，你們不要在旁礙手礙腳的！」

圍觀眾人見得幾個壯漢兇神惡煞的霸道模樣，都只得敢怒不敢言的譁然而散，其中有膽大的也只是小聲咒罵道：「八寶賭坊，太不像話了！義軍解放了東郡城，卻也不來管一管，還算是義軍麼？」

另有一個附和道：「兄台知道什麼，那八寶賭坊乃是丁公的親戚季布開的，自古以來官官相護，他又怎麼會管呢？只會一個鼻孔出氣罷了！」

先前那人又罵了聲道：「惡狗！只會狗仗人勢！」

旁邊有膽小的低聲勸解道：「兄弟，不要發脾氣了！人家財大勢大，又有靠山，我們還是少說話吧，免得惹禍上身！」

議論紛紛中，圍觀眾人緩緩散去，幾個八寶賭坊的家將則趁亂在人群之中，向幾個頗具姿色的少女大施手中之淫，往她們胸部臂部亂抓亂摸，口中更是淫笑道：「哈哈！好豐滿啊！挺有彈性的！摸起來好過癮喔！」

劉邦在一旁看得義憤填膺，真想挺身而出，去教訓這幾個惡狗一番，可又想著自己身負任務，不宜洩露身分，當下只得強忍心中怒火，對幾人怒目而視。

那師爺見得劉邦與眾不同，仍靜立站在旁邊、看著自己幾人，鼻息裡冷哼一聲，本待出言喝斥，但看得劉邦的一副悠閒姿態，在他身後又有幾個竹笠遮面的怪怪人物，也知道劉邦不是什麼好惹人物，剛到嘴邊的話又只得咽了回去，轉過身來朝著那壯漢手中提著的乞丐少年從袖中取出一束帛布張了開來，大聲叫喝道：「盧綰，花名大鼻，東郡城人，無業流氓，酒色之徒，前後共欠八寶賭坊銀兩連本帶息一百五十六兩！」

念罷，收起帛布，走到乞丐少年身前，探頭好笑著道：「沙皮狗張敖，請問大鼻哥現在身在何處？」

那師爺話音剛落，手提著乞丐少年的大漢又粗聲粗氣的接著大喝道：「給老子說老實話！若有一字謊言，回頭老子打爛你的卵蛋！」

說著，握起有若大鐵錘的拳頭，在乞丐少年眼前晃了晃。

乞丐少年一臉驚惶之色，口中結結巴巴的大叫道：「媽呀！像瘟神……不，任大俠一樣凶！我說實話就是了！」

乞丐少年這話讓得劉邦聞之心神一動，頓忙細耳凝聽。

那大漢站直身形，仰天一陣哈哈大笑後又破口大罵道：「放屁！任橫行是老幾？他來會會我大水牛，管叫他爬在地上哭爹喊娘！」

那師爺聽得大漢這話，嚇得面色發白的四處張望了一下，低聲對那大漢道：「你不要命了！任橫行連殺義軍一千多人，現在聽說正往我東郡城走來，被他聽到這話，你可是死定了！」

那大漢一臉不服的正待出言反駁，師爺又轉過話題對乞丐少年冷冷的道：「沙皮狗，不要囉唆其他的了！快說盧綰現在在哪裡？」

乞丐少年一臉苦色的陪笑道：「現在這時間……盧綰只會在三個地方，一是妓院，二是酒鋪，三是澡堂，但絕不會在家中的！」

那師爺嘿嘿一陣怪笑道：「哈哈哈，絕不會在家中，就絕對在家中！你看老子聰明嗎？」說著伸出一根手指戳了一下乞丐少年的頭。

提著乞丐少年的大漢哈哈陪笑道：「周師爺天縱英才，聰明絕頂啊！」

說畢，又臉色一變的衝乞丐少年狠狠道：「若盧綰在家裡，你的卵蛋就非爆不可！」

言罷，手臂一伸，口中大喝了聲「滾吧！」把乞丐少年扔向地面。

「碰！」的一聲，乞丐少年跌在地上，發出一聲「哎喲」的呻吟。

幾個八寶賭坊的走狗見了發出一陣開心的轟然大笑。

那師爺傲慢地望了劉邦幾人一眼，又衝著一眾大漢大聲道：「兄弟們，去找盧綰那傢伙討帳去！」

不多時一行人揚長而去，乞丐少年待幾個惡狗走遠後，才從地上爬了起來，伸手揉了揉身上跌痛的地方，口中咧嘴哼著低聲道：「盧綰哥遲早都會回家的，若被周師爺他們逮住那可就糟了！得想個辦法助綰哥一馬！」

口中邊說著邊站了起來，抬頭見得劉邦正望著自己，訕訕的笑了笑，先是慢慢走了一會，不多時便拔腿奔跑起來。

在乞丐少年剛走不久，劉邦正思忖著跟著而去時，一陣馬蹄聲急促傳來，舉目望去，卻見十多個粗野大漢正策馬向自己方向奔來，其中一人指著跑沒多遠的乞丐少年的身影衝另一名一臉橫肉，身上多處刀疤的漢子道：「大哥，那不是沙皮狗嗎？這傢伙與盧綰是好兄弟，咱們跟著他，或許可以找著盧綰呢！」

刀疤漢子虎目一瞪道：「跟什麼跟呀！抓住他帶我們去找盧綰不就得了？」

言罷，加快馬速向乞丐少年追去，口中大喝道：「沙皮狗，給老子站住！」

乞丐少年聞得喝聲，回頭一看，口中大呼道：「我的媽呀！又有人找綰哥麻煩了！怎麼跑得過馬呢？阿媽該多生兩條腿給我啊！」

邊說著雙腿還是拚命奔跑。

刀痕漢子大怒，口中喝了聲道：「奶奶的，想溜！」

說著自腰間解下長鞭，「啪」的一揚向已不多遠的乞丐少年雙腿劈去。

「啊喲！」一聲慘叫，可憐乞丐少年被刀痕漢子長鞭揚上了半空，如脫線風箏般的「噗通」一聲跌落地上。

刀疤漢子口中獰笑一聲道：「現在還怎麼跑？」

言畢，鞭勢一收，把乞丐少年拋到了馬背上，一把抓住他的胸口，拔出一把明晃晃的短刀對準乞丐少年的胯下，大吼道：「說！盧綰這狗賊現在在哪兒？」

乞丐少年嚇得咋舌道：「這位大哥，可……可別閹我的卵蛋，我媽還叫我靠它為我張家繼承香火呢！」

刀疤漢子怪笑一聲，把短刀一揚，對乞丐少年的眼睛道：「我對你的卵蛋沒什麼興趣！但你如不說實話，卻會要你變成獨眼狗！」

乞丐少年見對方要來真的了，嚇得頓忙道：「大爺不要！盧綰他……他現在應該在『回春堂』的澡堂裡！」

刀疤漢子一把拋飛乞丐少年，氣恨道：「這臭小子騙了我野狼的銀子，倒挺會享受的！兄弟們，去『回春堂』找盧綰這狗賊！」

一眾馬賊模樣的大漢又策馬橫衝直撞而去。

劉邦見得此訊，心下不禁對盧綰這人生出興趣來，要知道他本也是沛縣的一地痞流氓，花天酒地，與一眾無賴兄弟鬧得沛縣雞飛狗跳的人物，現見得這兩夥凶人都在找盧綰，不禁大起「志同道合」之感。

自豐沛起義以來，劉邦就因得自己身為眾多將領士兵的頭領，漸收放縱形骸，一直沒有輕鬆過了，又因得戰事繁忙，也沒得時間放縱輕鬆，這刻被這盧綰勾起放縱本性，心下不禁蠢蠢欲動。

難得有機會不用再理軍情，現在正好有三個月的時間，何不趁機逍遙快活一陣子呢？再說那乞丐少年似知曉不少有關任橫行的情況，自己就結識他打聽一下也可的嘛！自己身邊有這麼多高手在，區區一個任橫行又算什麼呢？只要找著了他，還不是手到擒來？

還有，說不定那盧綰也是個可用之才，自己結識了他，可能又會多一名大將呢！自己現在正值成事之際，將才自是多多益善為好。

心如此想來，當即有了主意，向那乞丐少年走去，伸出手來拉起那乞丐少年，口中溫和的道：「在下劉龍，適才見得兄弟被兩撥人馬欺負，不知是為何事？兄弟能否見告一二呢？」

乞丐少年戒備的望了劉邦一眼，臉上的肌肉因身上的傷痛而扭曲抖動著，毫不領情的推開劉邦的手道：「我被人欺負關你什麼事啊！走開啦！我還要趕著去『回春堂』通知我綰哥，有人找他麻煩呢！」

劉邦碰了個釘子，心下有氣，口中卻還是笑道：「我或許能幫上你的忙呢！讓我隨你一起去見你兄弟好嗎？」

乞丐少年口中嗤笑了聲道：「無事獻殷勤，非奸即盜，是不是聽得我綰哥在東郡城的大名，想投靠他嗎？幫忙？瞧你這瘦小樣子行麼？」

劉邦聞言向身後的一鬼魅使者使了個眼色，伸手搭住他的手掌，示意他把功力輸到自己身上，再哈哈一陣大笑，伸出另一手往地上的一塊足有二三十斤重的大石頭拍去，只聽得「轟」的一聲，石頭被炸得粉碎。

乞丐少年看得瞠目結舌的怔愣了好一陣子才回過神來，面露喜色的頓忙向劉邦下拜道：「劉龍大哥，小弟沙皮狗張敖有眼不識泰山，不知大哥原來是個深藏不露的高手，方才言語多有得罪之處，還請……見諒了！」

劉邦裝作真是高手的拍了拍手，又拉起乞丐少年沙皮狗張敖不以為然的道：「沒關係！咱自家兄弟不打不相識嘛！我們還是快趕去『回春堂』看看吧！」

第九章　志同道合

沙皮狗張敖這刻對劉邦的態度判若兩人，恭敬異常，同時整個人似來了精神似的，連身上傷痛也忘了。深深鞠了一躬應「是」後站直身子，雄糾糾氣昂昂的仰首闊步在前領路，臉上滿是得意之色的向著旁邊詫異的望著劉邦的眾人做著怪臉，似是在誇耀的道：「看什麼看！這一掌擊碎石的人是我沙皮狗的兄弟！以後看你們誰還敢看不起我欺負我沙皮狗？」

劉邦先是被眾人看得有些不好意思了，又怕洩露身分，所以儘量低垂著頭，但過得一會不由得被沙皮狗誘起頑性，伸手一把拉住一鬼魅使者的手，同時另一手拉住沙皮狗一隻手，衝這名鬼魅使者眨了眨眼道：「咱們走快些吧！要不被那刀疤漢子他們率先找到了盧綰兄弟，可就糟了！」

眾鬼魅使者因都是受項思龍和上官蓮等的命令來保護劉邦，所以對他言聽計從甚是忠心，從不過問劉邦做任何事情，只知服從他的命令好好保護他就是。再說項思龍打敗西門無敵為地冥鬼府報了百年深仇的事已傳到了眾鬼魅使者的耳中，心中對項思龍生出敬意和感激之下，所以對劉邦也愈加忠心，以報答項思龍不負他的重托。

聞得劉邦之言，這名鬼魅使者微微一笑，知他心意，當即運起功力輸到劉邦身上，劉邦頓即全身充滿了內勁，哈哈一陣大笑揚起沙皮狗，施展身形，在沙皮狗的指引下，不理旁人驚駭向「回春堂」飛奔而去。沙皮狗只覺整個如風般的往前直奔，身旁的所有物體都迅速向右退去，一時之間沒理會過來，嚇得哇哇大叫，但只過得片刻就平定下情緒，睜大雙目的望著劉邦，驚喜問道：「這……這就是傳聞中的輕功！」

劉邦悠悠道：「不錯！乃是輕功中的上乘身法『流星趕月』！」

沙皮狗「哇嚇」一聲大叫，用崇拜的目光望著劉邦道：「還是輕功中的上乘身法啊！嘿，這下可不怕那八寶賭坊的大水牛和野狼那幫馬賊了！劉龍大哥武功這麼高，有你罩著，誰還敢欺負我沙皮狗呢，大哥，有機會你幫我去教訓他們好不好？這兩個惡霸在東郡城是霸道呢！一夥經常欺壓良民百姓，鬧得不少人家破人亡妻離子散的；一夥經常打家劫舍，鬧得人們都提心吊膽沒有寧日的。

「盧綰哥為了打抱不平，所以才去八寶賭坊大鬧了一場，欠了他們的銀兩；野狼那眾馬賊呢，盧綰大哥則用石頭當兵器賣給他們，騙了他們的不義之財。因為如此，這兩夥人才都要找盧綰大哥，若被他們抓住了，盧綰大哥定活不成了！他現在可是身無分文，騙來的銀子不是送給一些窮人了，就是拿去送給怡春院的春夏秋冬四香了，現在哪有銀子還債呢？劉龍大哥，你可要幫幫綰哥啊！」

劉邦先被沙皮狗幾句馬屁拍得爽歪歪的，又覺得盧綰這人大合自己脾性，也是個地痞流氓，但所作的事是行俠仗義之舉，不禁大起惺惺相惜之意，恨不得即刻見盧綰與他結識，當下拍了拍胸膛道：「兄弟放心，有大哥我在，幾個小角色還沒放在眼裡！」

沙皮狗頓忙附和道：「那是！大哥你神功蓋世，幾個小毛毛賊又豈會放在眼裡呢？對付他們只要你幾個手下出馬就是了！」說著，望了一眼劉邦身邊四個神態恭敬的鬼魅使者。

沙皮狗此語正合劉邦心意，但自己可是只有吹牛皮的功夫，真打實鬥麼，以自己的三兩下身手可就不行了，要打架自是得靠四鬼魅使者了！

心下如此想著，口中卻還是大大咧咧的道：「當然啦！對付幾個小角色，由我其中任意一個手下出手就是了！要是我出手，一根指頭他們也吃不消！」

劉邦正自吹自擂時，沙皮狗突地道：「劉大哥，回春堂到了！」

劉邦聞容斂氣收住身形，舉目望去，卻見一座頗為豪華的府第落入眼前，「回春堂」三字赫然入目。

眼睛滑溜溜的一轉，衝著鬼魅四使道：「你們在外頭給我守護著沙皮狗兄弟，沒有我的命令，不允許私自與人交手！」

鬼魅四使答聲應「是」後，劉邦接著又道：「我現在進回春堂去找盧綰兄弟，隨便洗個澡，你們在外頭看著，馬賊來了發聲通知我！」

言罷，也不待鬼魅四使和沙皮狗發話，邁著方步，挺著胸脯，大大咧咧的往回春堂大門走去。

兩個守門大漢攔住了劉邦，輕蔑的看了他的破衣爛衫一眼，又望了望不遠處的沙皮狗一眼，淡淡的道：「招子放亮點！可看清楚了這裡是什麼地方！沒錢可不要在這裡來……」

大漢的話還未說完，遠處的一鬼魅使者見他狗眼看人低污蔑劉邦，鼻中冷哼一聲，自革囊中掏出一個足有十兩重的金錠，隨手一抖向那大漢口中射去，冷喝道：「我們主人有的是錢，快閉上你臭口！」

大漢慘叫一聲，門牙頓即被打落兩顆，鮮血滿口，抱頭滾地。

另一大漢見狀大驚，正待發聲呼救，劉邦已自地上拾起金錠，遞到他眼前道：「老子有錢享受！哪，剩下的打賞給你了！」

這名大漢見得金錠，頓即雙目發直，叫到嘴邊的話也給咽了回去，伸手接過金錠，瞬間換上一副媚態道：「多謝公子爺賞賜！小的方才……」

話還未說完，一名打扮妖冶，四十許間的鴇母已聞聲趕了出來，見得大漢手中的金錠，又聽得他的話，已是心花怒放，三步並作兩步走到大漢身前，一手奪過他手中的金錠，一手拍了拍的連摑了他幾記耳光，口中喝罵道：「是不是得罪了客人啊？還想拿賞金？去你的吧！老娘今天就把你這兩個狗眼看人的傢伙給炒了！」

言罷，不理大漢的一臉苦色，又轉向劉邦望了地上還在慘叫的大漢一眼，嗲聲嗲氣的道：「喲，公子爺快請進！方才那兩個狗奴才不識公子爺大駕，得罪您還請多多見諒！嗯，有沒有相好的姑娘啊？哎喲，瞧我說的，公子爺定還是第一次到我回春堂吧！我這裡的姑娘啊，包保不比怡春院的差，公子爺定會乘興而來乘興而歸的！」

邊說著時邊靠近劉邦，把一對豐滿的大胸靠在他身上，把他推推聳聳的拉進回春堂，接著又道：「我這裡有青蓮、白蓮、黃蓮、紅蓮、綠蓮、藍蓮六個水靈靈的大美人，待會我去把她們全叫來陪你啊！」

劉邦見得鴇母對自己大獻殷勤，又感受到了在沛縣時的那種花天酒地的日子，也色心大起，但見得鴇母的老醜之態，卻又興趣大減，記起自己進來是找盧綰，頓罷了罷手道：「不用了！我想找盧綰，他在哪個浴房，你帶我去吧！」

鴇母微微一愣，但旋即眉開眼笑道：「原來公子爺是盧公子的朋友啊！他現在正在九號浴房沐浴呢！我這便帶你去找他！」

說著扭動肥胖的腰肢，樂歪歪的前為劉邦領路。

十兩黃金，她這回春堂十天半月也賺不到啊！今天可真是碰著財神爺了呢！只可惜他不要姑娘陪，否則說不一定這公子爺一高興，又會大筆打賞！

嗯，這真虧自己方才去門外看有沒有客人來，否則，這十兩黃金就被那守門的傢伙給私吞了！自己這回春堂這些天來生意不大好，難得有貴客來到，今天也是自己的財神到了！

鴇母心下正美滋滋的想著，忽地一陣吟詩聲傳來抑揚頓挫的道：「大風起兮雪飛揚，威加海內兮歸故鄉，安得猛士兮守四方！」

鴇母剎然止步，回頭對劉邦媚笑道：「盧公子又在吟詩了！公子爺，我為你叫他吧！」說著，就要舉步去敲身旁的房門。

劉邦揮手止住她道：「不用了！我自己去找他！這裡不用你侍候了！」

鴇母聞得此言，倒也識趣的向劉邦問安後，移動金蓮緩步而去。

待鴇母走後，劉邦大是鬆了一口氣，這婆娘的確是太倒胃口了，姿色沒姿色，身材沒身材，卻還這麼風騷，可真不知她是怎麼開妓院的？想沛縣麗春院的鴇母紅姑不知多惹火，只可惜自己一直沒法上手！

劉邦心下惺惺想著時，九號房內又傳來豪叫聲道：「我盧綰，潛質優厚，天賦異稟，正是猛士之選也！只要我肯苦練這高人傳授的『風雲秘笈』中的武功，定可武功蓋世，出人頭地，那就再也不用縮頭縮腦了！」

話音剛落，房內便傳出「蓬蓬蓬」一陣擊水之聲。

劉邦心下詫然的輕輕推門而入，卻見一二十左右的一臉頑皮詭計多端的少年正在澡池中揮舞雙掌，擊得水花四濺，在他掌內的催動下，一股池水竟也被旋捲得如一條水龍般遊在空中。

那少年似是沒有發覺劉邦的冒然進入，繼續在水池中揮動雙掌，口中同時大叫道：「這雲絕掌，當真好玩得很！」

水龍在少年掌力的催發下在空中狂舞，向劉邦站身處飛來，嚇得劉邦「啊」的驚叫一聲，一個立腳不穩「撲通」一聲也跌入池中。

少年聞聲警覺收功，戒然望著劉邦道：「你是誰？竟然膽敢闖入我的浴房偷看我洗澡練功！是不是活得不耐煩了？」

劉邦伸手抹了一把臉上的水，嘻笑道：「兄弟別生氣，我是沙皮狗的兄弟，他要我來告訴你八寶賭坊和野狼兩撥人都在找你，叫你小心點！」

少年「嘩」的在水中跳彈了起來，向浴室中的享受床跳去，一腳踢開一昏睡的赤裸少婦，彎下身去邊拾地上的衣物，臉上邊大驚失色的道：「你怎麼不早說？他們跟來回春堂沒有？」

劉邦正待答話，外面傳來了鬼魅使者的示警嘯聲，不多時便又是一陣急促的馬蹄聲，接著又是一陣喝罵聲和慘叫聲。

劉邦和少年同時臉色大變，少年邊急急匆匆的去穿褲子，口中邊匆促的惶聲道：「來不及了！來不及了！這次大禍臨頭了！」

誰知他愈急愈是穿不好褲子，當下衝著呆愣的劉邦喝道：「還不快來幫忙！傻站幹嘛？真是的，沙皮狗怎麼收了個如此木頭的小弟？」

劉邦「啊」了一聲，忙走上前欲助少年穿衣，但目光卻被旁邊赤裸少婦的春色所吸引，誰知反是越幫越忙。

少年急得滿頭大汗的罵了聲道：「走開走開！一點用也沒有，不穿衣服了，你躲到一邊去，待我來收拾這幫人馬吧！」

說到最後倒是神態安然起來，一副豁出去了的大無畏的樣子。

劉邦看得暗暗敬服此人膽色並且夠義氣，對他更生幾許好感。

「嘭」的一聲牆板破裂之聲響起，幾個剽悍大漢赫然闖入，正是劉邦先前所見要挖沙皮狗眼睛的眾馬賊，刀疤漢子也在其列。

見得盧綰在水池中閉目養神模樣，馬疤漢子頓生無名業火，口中怪笑冷喝道：「盧綰，你倒很快活寫意嘛！」

被叫作盧綰的少年毫然不理眾人，只湊到劉邦耳邊低聲道：「是馬賊野狼他們來找我晦氣！這幫人不好對付且凶殘，你自個逃命去吧！我來頂他們一陣！」

盧綰剛剛說完，刀疤漢子野狼衝身旁的另一名漢子道：「老二，把『兵器』還給他吧！可小心著點，不要砸死了他，那我們的銀子可就沒處收回了！」

那老二獰笑應是，頓把腋下挾著偌大木箱，飛擲向盧綰。

盧綰怪叫一聲道：「哇！收買人命啊！」

大叫聲已是把已嚇得臉色發白的劉邦飛身沖天而起，避開木箱。

野狼冷冷的看著盧綰，一字一字的道：「這箱石頭值五千兩銀子？」

旁邊的老二也喝斥道：「膽生毛的傢伙，竟敢把石頭當兵器賣！」

盧綰已攜劉邦躍上岸，放開他後，用手捂住下身，口中笑道：「野大哥，對不起啦！這個……可能是我一時送錯了貨……這事我立刻去查個清楚！否則你可以要我退錢的嘛！不過，先讓小弟穿好衣服好不好？」

野狼冷哼了一聲，見著不遠處放著的盧綰衣衫，解下長鞭，怪笑道：「穿衣服？還錢再說吧！」

碎。

說著長鞭一抖，「啪」的一聲向盧綰衣衫擊去，整套衣衫頓然被鞭勁擊個粉碎。

馬賊老二往衣衫處望去，大叫道：「大哥，這傢伙只有三文錢！」

盧綰見衣服盡裂，心疼的大叫道：「啊喲，我心愛的衣服……可是我花了一兩銀子買來的最好的衣服啊！這下可沒了！」

野狼大喝一聲道：「在這東郡城數百里之內，誰敢騙我野狼？盧綰，今天你只有兩條路可走，一是交出兵器，一是把所有石頭吃下！」

盧綰索性站直了身子，推了推手道：「野大哥你也看到了，小弟的清白之軀給你一覽無遺，除了自家的『獨門兵器』外，可是沒有其他任何兵器。至於吃石頭麼，你老爸是不是靠石頭養大你的？如果是的話，我便吃了！」

馬賊老二戒聲道：「大哥，這傢伙很狡猾，似想溜呢！」

野狼被盧結氣得臉色鐵青，大喝道：「手足們，來看剝光豬吧！」

話音剛落，又是一陣「碰！砰！膨！」的牆板碎裂之聲響起，整座浴池被擊倒，十多名馬賊把澡堂團團包圍，其中一名大叫道：「盧綰，今回你插翅難飛了！」

另一名嗲聲嗲氣的道：「這傢伙細皮白肉的，長得還不錯嘛！」又有一名哈哈大笑道：「把他賣去做男妓，該值五十兩銀子！」再有一名附和道：「不！賣去皇宮做太監，可值一百兩嘛！」

盧綰見得此狀，望了身旁的劉邦一眼，思忖道：「現在四面楚歌，十面埋伏如何脫得了身呢？還有個累贅，真他媽的倒楣十足了！」

盧綰正如此想著時，野狼突又開口喝道：「盧綰，最後問你，是交出兵器，還是吞石頭？否則，我就把你給生剝了！」

盧綰蹲下身子，一臉苦色的伸手撿拾著地上的石塊，口中略略道：「當……當然是……是吃石頭……不過……」

盧綰的話未說完，野狼就已怪笑截口道：「吃石頭？媽的，老子看你怎樣吃！還不過什麼！快點吃啊！」

盧綰在野狼說話的這當兒，身形忽地一轉，地上的石頭在他身法快捷的一陣猛拋之下，向眾馬賊擊去，口中同時大喝道：「不過卻由你們先吃！」

野狼怒罵一聲：「媽的！」

心中雖是氣恨之極，卻也不得不閃身避石。

眾馬賊一時不防之下，被石頭擲得個手忙腳亂。

劉邦見狀哈哈大笑的拍掌叫「好」時，盧綰已一把拉住他，低罵道：「好你個頭啊！快逃命吧！」

言畢趁馬賊混亂之中，拉著劉邦「撲通」一聲躍入水池，口中同時又對劉邦道：「快用手腳攪動池水！」

劉邦聞言會意，知盧綰想借水逃海，當下手腳並用與盧綰一道奮力擊水，池水在二人的合力攪動下，熱氣煙霞四起，弄得四野不清。

良久池面煙霧才消散，池水正快速消退。

一名馬賊舉目四望下道：「咦，盧綰不見了！」

不多一會池已可見底，卻見池浴的水閘已被啟開了，池水正快速退去。

野狼看得雙目突出的大吼道：「借水遁！該殺的狗種！下次被我抓到，一定要把你生吞活剝方才消我心頭之恨！」

馬賊老二在旁見了，咋舌思忖道：「哇卡，老大要被盧綰氣炸肺了！」

盧綰是東郡城的地頭蛇，又是回春堂的常客，自是知道澡堂水閘的位置，拉著劉邦從水下溜之大吉。

劉邦邊划動身體，邊朝盧綰豎起大拇指，在水下嗡聲嗡氣的道：「盧大哥，可真有你的，連野狼那十幾個馬賊也被你給耍弄了一場！」

盧綰吐了一連串水泡，緩了口氣後道：「這算什麼？本少年聰明絕頂，就算來一百個馬賊，我也不會放在心上，照樣能安然脫身！……」

說著時，二人已游出水面，皆都做了幾下深呼吸後翻身上岸坐下。

原來這回春堂澡池內的池乃是由回春堂後花園的一處溫泉流至的。

二人抹了兩下臉面，盧綰看向劉邦身上的衣服，又低頭看了看自己的赤身，臉上一紅道：「喂，兄弟，把你衣服借兩件給我穿吧！」

劉邦聞言一怔，卻也當真脫下衣服來，幸好此時正值秋冬交換之季，劉邦身上的衣服也多，分給了一套給盧綰也還沒有光身。

本來以劉邦的個性，在沛縣當慣了大哥，從來是他人聽他的，沒有他聽別人的，但是自遇著項思龍後，脾性改了許多，再加上他現在乃是一支義軍的首領，見得盧綰與自己以前甚是相似，機智才敏，不禁大起臭味相投，志同道合之念，還有就是觀得盧綰身具一身功夫，為人又夠意思，所以生出想收羅他為己用之心來，才聽盧綰的話。

盧綰三下兩下穿好劉邦脫下的衣服，頓沒了羞澀之意，恢復一臉無賴神態的望了一眼劉邦道：「喂，兄弟，你是幾時投在沙皮狗門下的？叫什麼名字？看你傻頭傻腦的，有時卻又挺機靈，嗯，以後跟著我吧！」

劉邦聞得此言生出啼笑皆非的感覺，卻也還是裝作甚則欣然的道：「小弟劉龍叩見大哥！日後還請大哥多多關照。」

盧綰罷了罷道：「少來這套客套吧！走，我帶你去見見我師父風雲散人，他可是個隱世高人，雖不出名，一身武功可不同凡響！」

劉邦聽了心下不以為然，十八鬼魅使者的驚世武學他可曾見識過，在他心目中應是天下之間沒有幾人武功能再比他們高了，劉邦心下倒一直不解他們怎會服項思龍的呢！

盧綰見了劉邦的漫不經心之態，眉頭一揚道：「怎麼？你不相信我的話啊？嘿，我的雲絕掌、風絕步就是我師父傳授的，乃是天下無敵的武功呢！你現在做了我手下，沒有幾下功夫可不行，待會見了我師父，我問問他收不收你作記名弟子！」

言罷，再也不理劉邦是驚是喜，拉了他躍出回春堂後花園，朝東郡城正南方向馳去，速度也可比之一匹健馬。

劉邦本想叫盧綰停下，讓他通知鬼魅四使跟來，但又一想自己難得有現在這無拘無束的自由之身，若有鬼魅四使在側，做任何事則就少了一份刺激感了。

如此想來，也便沒有作聲，任由盧綰攜著自己飛馳，不多一會，二人便已到東郡城西南部的一處山谷，山谷並不陰森，四周全是些小山環繞，內中還有一條清澈小溪，到處林木森森，倒也是個幽靜的避居之所。

盧綰領著劉邦在山谷內一陣東轉西轉，再穿過一個石壁的小山洞，眼前豁然又是一番景象，四處花木叢草錯落有致，一間茅屋就建在環繞之中。

盧綰躡手躡腳的拉著劉邦向茅屋走近，正當二人距離茅屋只有五六米遠之遙，屋中突地傳來了一聲蒼勁有力的沉喝聲道：「是大鼻嗎？這次又帶了狐朋狗友來？」

劉邦聞聲心下一驚，盧綰則是恢復了常態，拉著劉邦不再拘束的衝向茅屋，邊推門口中邊大聲道：「師父，我為你找來一個資質甚佳的弟子了，這次你怎麼笑我啊！」

劉邦舉目向茅屋內望去，卻見一個頭髮鬍子全白了的面色安詳的老者，正在一桌旁坐著自己跟自己下圍棋，連望也沒望二人一眼，一手舉著一顆棋子，正欲下盤，一邊鼻中冷哼了一聲：「你這小子詭計多端，又想耍什麼花招啊？認識你可真是我的晦氣，我身上所有的東西都被你騙學光了，這次你是徒勞無功囉！」

盧綰笑嘻嘻道：「師父你的獨門絕學『司馬兵法』卻還未被我騙到手呢！」

老者此時手中棋子已經落盤，聞言轉過話題道：「大鼻，這次你又犯了什麼事，跑到我這裡來避難啊？唉，你也已經二十一歲了，何時才能學會腳踏實地做人呢？」

盧綰一臉尷尬道：「我今次惹上野狼那班馬賊，乃是因我不想助虎為虐！」

老者「啊」的一聲驚問道：「什麼？你……你竟然把兵器賣給馬賊？」

盧綰眉頭一揚，一臉正氣道：「我的兵器一向只賣給好商人旅客自衛用，從來不賣給拿去用來作惡的人！這次我和野狼他們作交易，乃是因為我事先根本不知道他們是馬賊，還以為是起義的壯士呢！待知道時已是太遲，不過還好我隨相應變來個偷龍轉鳳，交易前把兵器換成了石頭！正因為如此，我才被他們給纏上的，這次說不得要在你這裡避上一段時日了！」

老者聽得長長的歎了一口氣道：「你避在這裡是沒問題，但那幫馬賊要是去找你家人怎麼辦？還有，若他們真是反秦義士，如義軍敗陣下來，你不會因此而累得全家抄斬，禍及鄉親嗎？」

劉邦這時禁不住冷哼了一聲道：「現在義軍已基本打下了秦王朝的半邊江山，他們還有什麼能力為非作歹，秦始皇和秦二世都凶殘暴虐，手下用的也盡是一眾怕死膽小或玩弄權術的賊官酷史，人民都已經覺醒過來反他們了，他們還能有什麼能耐？歷史的潮流已經是在向天下證明，秦王朝的天下是必將滅亡的！他們雖然繳去天下所有的兵器，想制約人們反抗，但是卻繳不掉人民心中對秦王朝的仇恨！

「現在人們不還是掀起了聲勢浩大的反秦起義嗎？像盧兄弟這等雖是默默無聞的人，不也是在潛意識的為義軍服務嗎？人民在秦王朝的殘酷苛政下已經再也忍受不住了！修馳道，修長城，建阿房宮，築哪山皇陵，不知道榨去了多少勞動人民的血汗！勞去了多少人民的生命！他娘的臭秦朝！現在天下需要換主需要改革，這也就只有靠起義武力徹底打跨秦王朝！」

劉邦一時激動之下說出了這麼一番慷慨激昂的話來，其實這也沒什麼奇怪的了，他已經是一支義軍的首領，這些動員兵將思想的話，自是早在手下一眾謀將的指導下背都背熟了，再說劉邦乃是一個抱負頗大的人，自豐沛起義後，他也就一直在儘量抽空學習，項思龍交給他的一些有關奇門遁甲、兵法等鬼谷子的遺產更是被他鑽研透了。

但是老者和盧綰可就不同了，二人都睜大雙目怔怔地望著劉邦。

老者更是目射奇光，嘴角喃喃抖動了好一陣，才仰天發出一陣哈哈大笑道：「好！好！說得好！老夫司馬穰苴在這百花谷隱居了幾十年，等的就是像小兄弟人這樣的人物！盧綰思想雖也進步，但沒有魄力，只配作輔手而不配做大事！小兄弟氣吞山河，根骨奇佳，將來一定大有作為！老夫一生的遺願也就有了著落了！哈哈哈！終是上天待我不薄，讓我一生所學不致失傳！」

劉邦聽得愣愣不知所以，盧綰卻是斂過神，又疾又喜的推了劉邦一把道：「這傻站著幹嘛？師父要收你作他的衣缽傳人，還不快向師父跪下行叩頭拜師之禮？這是你小子的福氣啊！」

劉邦終被盧綰說得斂神回來，心下大喜，但卻還是疑惑的道：「老先生，你……你就是春秋時期齊國著名的軍事家司馬穰苴老前輩？」

盧綰又推了劉邦一把說道：「就是啦！說你小子傻人有傻福你還不信？拖拖

拉拉的幹什麼？快向師父叩頭啊！唉，我不知想盡了多少方法求師父傳我他的《司馬兵法》和『風雲雙絕神功』，還是沒有奏效！你小子好，幾句話就把師父給說動了！要知道這樣啊，我就不帶你來百花谷了，這樣我還有機會有希望繼承師父的衣缽！現在呢什麼也沒了！」

劉邦聽得訕訕一笑，老者已是有些激動的站了起來，走近劉邦道：「小兄弟，你……可是還看得上老夫的一點雕蟲小技嗎？」

劉邦對司馬穰苴的大名可是常聽張良說起過，知道此人乃是一代名將，兵法更是當世一絕，哪還會有不答應之理呢？

聞言頓忙朝司馬穰苴跪下，「咯咯咯」的連叩了三個響頭，口中恭聲道：「師父在上，請受弟子劉……劉龍一拜！」

劉邦本想提出自己真名，但因想到自己此行任務不宜洩露身分，要不被傳了出去，心懷不軌者會趁自己在軍中而攻打自己好不容易才攻下的城池，那可就大事不妙了，所以又改口過來了。

司馬穰苴絲毫沒注意劉邦的內心活動，見劉邦願拜自己為師，上前扶起他，左看右看上看下看的打量了劉邦好一陣，才呵呵笑道：「奇才！奇才！龍兒你可是具有天命之相的貴人，只要你日後敢打敢拚不怕挫折，一定可以出人頭地成為人中之龍的！老夫能得你為徒，真是此生願足矣！」

劉邦由司馬穰苴這話，想起有關自己出身的種種傳說和大腿上的七十顆與赤帝天罡之數相同的黑痣，不由對前途充滿憧憬，美思亂想起來。

老者百看不厭的再次打量了劉邦一番，忽地對盧綰道：「大鼻，你出去準備一下飯菜，我對你劉師弟有些話要說！」

盧綰無精打采的道：「知道啦！」

言罷懶洋洋走出了茅屋。

待盧綰離去後，司馬穰苴著劉邦坐下，隨後自一木匣內取出二卷黃帛，臉色一肅的對劉邦道：「這《司馬兵法》和《風雲秘笈》乃是老夫一生的學術精髓，現在我就經傳給你了！日後你一定要好好的運用，要像你所說的把它運用於拯救千萬民的苦難當中！」

說到這裡，頓了頓接著又道：「《司馬兵法》內中講述的乃是有關作戰的理論。治軍原則和軍制、軍令、軍禮等內容；它與一般兵書不同之處在於，書中對軍事理論，軍事典章制席的論述較為重視和充分，而對具體的作戰方面問題涉及較少，這乃是因為當年我雖是齊國的一個將領，但只在後方作指揮，而甚少親上戰場所致。

「至於《風雲秘笈》內關記述的是老夫一生的武法心得，有內功篇、掌法篇、身法篇和兵器篇，你可要好好的去體會學好！我也知道你不是一個凡人，定然不會願意待在百花谷中隨我學練兵法和武功的了，所以我把這兩卷東西送給你，至於你今後的造詣怎樣，可要全靠你自己了！」

說完把手中的兩卷黃帛送給了劉邦，劉邦一臉恭敬之色的接過。

司馬穰苴似放下了一個重擔似的長長緩了一口氣，接著又道：「你師兄盧綰在頭闖了禍不能露面，暫時可還得由你去照顧他的家人和朋友了！我看得出你已是個有所成就的人，以你的能力應該是可以辦好此事的！至於盧綰，日後我自會命他出山與你會合，協助你成大事的！」

劉邦想不到司馬穰苴目光如此敏銳，竟然可以在這麼短短的相處時間內，就推測出自己的身分，心下暗暗敬服，卻也同時為自己沒有對他說真話而感到有些不好意思，但對於他託付自己照顧盧綰家人和朋友的事，卻是一口應承下來，因為想想自己有四大鬼魅使者和樊噲、夏侯嬰等一眾好手在側，還對付不了幾個馬賊和區區一個八寶賭坊？

司馬穰苴見劉邦應承下自己的託付，大為欣喜，當下又叫過盧綰進來，讓他把自己有關的一些親人朋友都介紹了一遍，盧綰則也說興不減的向劉邦述說了許多有關他在東郡城的得意傑作。

劉邦在百花谷待了差不多兩個時辰，才想著自己應該與鬼魅使者聯絡一下了，當下起身向司馬穰苴和盧綰告辭，二人因需劉邦幫忙照顧盧綰家人和朋友，也沒挽留，依依惜別的送劉邦出了百花谷。

劉邦辭別自己拜識了不到半天的師父司馬穰苴和師兄盧綰，回到東郡城時，已是第二天的早上時分了。

在城中東轉西轉了好一陣，也沒找到鬼魅四使和沙皮狗他們，劉邦心下又焦又急，但卻突又想起司馬穰苴和盧綰的託付，當即眉頭一皺計上心來。

好久沒有玩一些新鮮刺激的事情了，自己若假扮成盧綰模樣，為他解決掉八寶賭坊的人和野狼那幫馬賊的麻煩呢？

盧綰既然可以把這兩幫人耍得團團轉，我劉邦在沛縣可是個比他混得有出息多了的小……

不！大混混！難道憑我的聰明才智還不如盧綰搞不定這兩撥人馬？那我還想發什麼皇帝夢，成什麼大事啊？

心下如此想來，頓即整個人都來精神，連找鬼魅使者和他此行的任務也暫刻給拋忘到了一邊，當下找個偏僻的地方以學自項思龍傳授的鬼谷子易容術為自己化妝起來。

不大一會倒也被他化妝完畢，把盧綰的樣子也模擬了個十之八九，再加上本性與盧綰極近似，皆是出身市井的小流氓，所以如不是精通知曉易容術的人，一時之間也真還分辨不出真假來。

大功告成之後，劉邦對著水面端詳了自己的傑作好一陣子，才哈哈大笑的學足盧綰模樣，蹦蹦跳跳的向盧綰的家走去。

根據盧綰介紹的路線和他家的特徵，劉邦不多時便找到盧綰家，門口貼著一張告示，劉邦湊近一看，卻見上面寫道：「本人盧興，因逆子盧綰嫖、賭、偷、搶，無惡不作，敗壞家風，故與他斷絕父子關係，一切與逆子有關的瓜葛，均與本人無關。」下款寫著：「盧興立牌。」

劉邦看了嘻嘻暗笑道：「這小子是我劉邦的翻版嘛！我具有的習性他也一概

具全！嘿，這告示定是他想來掩人耳目的伎倆了！」

心下想著，卻也張耳細聽了一下屋內的動靜。

嗯，靜悄悄的，看來目前還無人來找盧綰家人的麻煩。

進去和他爹娘打個招呼，叫他們先去別處避避風頭！

如此想來，當下也把近兩年來偶而學會的一些七七八八的輕功身法施展開來，提氣縱身往窗戶跌入屋中。

剛一進屋，就已感覺不妥，原來自己先前所見的那八寶賭坊的周師爺和打手大水牛等一眾人已站在屋中靜候著他這「盧綰」的自投羅網了。

周師爺坐在一把椅上，鼻子抖了抖，向旁邊的大水牛使了個眼色。

大水牛頓即兇神惡煞的上前一把反手勢擒住劉邦，喋喋厲笑道：「小子，我們可是等了你整整一晚上了！這次看你還往哪裡溜？」

劉邦見自己的冒牌身分未被識破，心下大定，眼睛咕碌碌一轉陪笑道：「原來是八寶賭坊的周師爺，勞師動眾找我，有何貴幹啊？」

周師爺從椅上站了起來，皮笑肉不笑的道：「坊主季大爺吩咐，若是收不回你一百五十六兩銀的欠債，叫我至少把你的一雙腳帶回去抵債！」

劉邦曾聽盧綰說過他只欠八寶賭坊十兩銀子，聞言脫口道：「甚麼一百五十六兩，我只輸了十兩銀子而已！你們……」

劉邦的話還未說完，周師爺就已冷笑著截口喝道：「天真！十多天的利息不用計麼！」

擒著劉邦的大水牛狠抓一把劉邦的頭髮道：「幼稚！我們的『出差費』不用收麼？」

劉邦知道自己再辯說也是白搭，可他自做了義軍首領後，自個身上就從不帶錢，這次出門擒任橫行，銀兩也沒放在自己身上。

現在如何對付這幫吸血鬼呢？溜也溜不成了！講打麼，以自己那麼兩下三腳貓的功夫，要對付這麼幾個大漢是提都不用提了！

劉邦正如此思量著時，忽地聽得大門「嘭！」的一聲被推了開來。

劉邦和眾八寶賭坊的人都聞聲舉目望去，卻見赫然是野狼他們那幫馬賊。

野狼見得大水牛手中擒著「盧綰」，哈哈一陣大笑道：「狗始終是要回窩的！」

劉邦臉色一苦，思忖道：「慘！禍不單行！這下可能連命都會丟了！唉，都是自己想出的餿主意，想尋找什麼刺激做什麼好人充什麼英雄，現在……」

心念電閃間見得周師爺一臉戒備之色的望野狼眾人，腦中靈光一閃。

哈，該是救星來了對！

有了主意，當即裝作邊掙扎的邊大叫道：「野大哥，你們來得正好，就是這班人搶走了賣給你們的兵器呢！」

周師爺見劉邦與對方稱兄道弟，以為是劉邦的幫手來了，當下也不分辨實情的尖聲大叫道：「兄弟們，把這幫豬玀給轟出去！」

八寶賭坊的打手得令齊聲道：「收到！」

大叫聲中揮拳向野狼一眾撲去。

野狼見對方一言不發就對自己又罵又打，氣怒得暴跳如雷的大吼道：「敢罵我是豬玀？是不是活得不耐煩了？手足們，給我打！」

眾馬賊得老大之命，當即蜂湧而入，與八寶賭坊的打手們鬥作一團。劉邦乘機脫身，看著兩夥人打得難分難解之狀，心下大爽道：「哈哈！打得好！你們慢慢打吧！老子可不陪你們了！嘿，不費一拳一腿就可溜之大吉，老子比他盧綰的水下脫身之法可是高明多了吧！嗯，溜入房中，跳窗逃吧！要不待他們戰鬥一平，自己可就有難了！」

劉邦邊想著邊閃身進入一房中，正待跳窗逃走時，突聽得「唔！唔！」的叫聲，回頭一看，卻見一對中年婦夫正被綁著，嘴裡被塞著布團。

嗯，他們可能就是盧綰的父母了吧！自己可是受司馬穰苴和盧綰之托來照顧他們的，如獨自逃了，豈不是太沒信用太貪生怕死了嗎？更何況自己現在的身分乃是「盧綰」。如不救他們，自己也可算得是「大逆不道」呢！

心下想來，當即轉過身子去為二人鬆綁，盧綰父親長長的粗喘一兩口氣，怒瞪著劉邦，氣恨的道：「你……你這不肖子，我今趟真要和你脫離父子關係了！」

劉邦心下苦笑，口中卻是急促的道：「父……父親大人息怒，你先保住老命再說其他吧！快！快跳窗逃走避避風頭再說！」

中年婦夫也知道境況危急，事關生死，當下也顧不得再與劉邦這冒牌兒子爭吵，在劉邦的催促和幫助下雙雙逃出了盧家，臨走前，盧母對盧父說了句道：「阿綰這衰仔雖不成材，但倒也還是有點孝心的！也不枉我們白疼他一場！」

劉邦聽得這話，心下激動，想起了家中的父母，一時倒忘了自己也需逃命了，等他聽得腳步聲和尋找自己的叫喝聲斂神回來準備溜時，野狼的巨大身形出現在眼前，目中凶光灼灼的瞪著他大喝道：「盧綰，這次你便是三頭六臂也逃不掉了，乖乖的站著不要動，否則我一斧劈了你！」

劉邦心下一寒，見自己也避無可避，當下豁出去了決定阻住野狼眾人，助盧綰父母脫身，如此總好過做縮頭烏龜受死，當下大叫道：「爹娘快走！孩兒一夫當關，萬夫莫敵，幾個馬賊奈何不了我的！」

野狼嘿嘿一陣怪笑，把手中的大斧在劉邦眼前晃了晃道：「好英偉神武啊！嗯，不知道你是否也練有任橫行的橫練金剛身？能擋斧頭一劈嗎？」

劉邦怕得要命，心下大叫「辣皮子媽媽，此番吾命休矣！可我還年輕，還沒有享受夠生命的樂趣啊！並且我還……還想打天下做做皇帝呢！現在一切都要泡湯了！唉，充什麼英雄好漢呢？劉邦啊劉邦，你死了，豈不就辜負了大哥項思龍對自己的一片栽培之心了？」

唉，現在好人已經做了，就索性做到底吧！救了盧綰父母，就算我劉邦平生做的第一件捨己為人的事了！到了地獄，閻王應該會寬恕我以前對父母的不孝之罪吧！只不知會不會有人燒錢給我在陰間花？

劉邦心下想著，當即抱拳躬身向野狼行禮道：「野大哥，有事慢慢商量嘛！幹嘛動刀動槍呢?俗話說：『君子動口不動手』，我們坐下來慢慢談吧！如談得妥當的話，野大哥就不用拿把打柴的斧頭和我動手，而是用干將、莫邪等神兵利器哩，豈非不亦樂乎！」

第十章　見色起心

劉邦的話剛剛說完，野狼就已橫眉瞪目的衝著他怒喝道：「閉上你的狗嘴！我已經受夠你了，再也不願聽你的花言巧語了！你這傢伙太過狡猾，現在我情願什麼都不要，也要將你劈成十大塊！」

言罷，又衝眾手下喝道：「把這傢伙拖出去！我要當眾劈了他！」

劉邦嚇得魂飛魄散，卻也只能徒呼奈何。

誰叫他硬充好漢呢，現在想來他說出自己是個冒牌盧綰，也不會有人信了吧！他為盧綰這黑鍋是背定了！

大丈夫應該視死如歸！反正已逃不了了，不如灑脫些吧！

劉邦心下哀聲哀氣的想著，表面上倒也恢復了平靜。

出得大廳來，卻見周師爺和一眾打手，早已被打得像一隻隻死魚般躺在地上，還在「哎喲！哎喲！」的哼叫個不停。

野狼跳身到廳中的一張桌上，揮了揮雙手，意氣風發的對眾手下道：「小的們，你們說是該把盧綰這傢伙砍成十八塊，還是把他身上的肉逐塊逐塊的割下來，才可以洩我的心頭大恨？」

劉邦現在唯一的希望就是拖延時間，祈求有貴人出現相救了，當下在眾馬賊議論紛紛的當兒，忽地一陣哈哈大笑道：「野大哥，小不忍則亂大謀，你可要克服這種小題大作的心理！要知道你殺了我就是犯了法，以現在楚懷王頒下的法令，殺人者償命，欠債者還錢！野大哥捨得用你這條貴命換我這條賤命嗎？更何況你殺了我，銀子沒了，兵器也得不到！這種一錯三不利的事情，想來野大哥不會做吧！」

眾馬賊一時倒真被劉邦的話給全鎮住了，都把目光投在了野狼身上。

野狼一時也沒反應過來，接過劉邦的話道：「我當然不會做了！」

話剛出口頓覺出自己失言，不禁惱羞成怒的揮舞手中的斧頭大喝道：「你給老子放屁！什麼法不法的？一概管不到老子等身上來！要是殺人犯法，老子殺人無數，豈不有十條命也沒了？可老子現在仍活得好好的！所以不論是秦王朝的法還是楚懷王的法，老子都沒放在心上！」

劉邦見對方不為自己要脅的話所動，當下又頓忙改口道：「野大哥自立為王，自是不用理會那麼多法啊法的了！但是這年頭兵器甚少，無論做什麼大事沒了兵器光靠手腳可不行，所以只要野大哥你給我三天時間，定將兵器送上，還加送盾牌十個、作紀念的匕首三把，均是能斷金切玉的神器！」

野狼嘿嘿一陣冷笑道：「你這傢伙只會花言巧語，老子再也不信你了！」

旁邊的眾馬賊也齊聲附和道：「大哥英明，一定不信他的鬼話！」

劉邦見眾馬賊要殺自己這假盧綰的心志是鐵了，知道多說也是無用，當下「呼」的一下站直身來，攤了攤手的哂道：「野大哥既然不聽我的忠言逆耳，那咱們就依足江湖規矩，來一對一的單挑吧！想來以野大哥在江湖中的卓越威名，不會以多欺少來對付我這無名小輩吧！」

野狼聞言仰天一陣哈哈大笑，把手中大斧拋給了近旁的一名手下，哂道：「好哇！據聞你小子手下也有那麼兩三招花架子功夫，今天我們就來個空手對空手吧！老子要讓你輸得心服口服！」

說著，伸了伸手臂，活動了一下筋骨，大叫了一聲道：「待老子把你撕開了燒烤！」

劉邦已是決定什麼都豁出去了，當下夷然不懼的嘻嘻笑道：「哈哈！手撕雞倒吃過不少，手撕人可還從未吃過！」

說著也學野狼樣，伸開雙臂作了個撕人模樣。

野狼臉上橫肉一陣抖動，目中殺氣暴漲，當下再也不多說什麼，身形朝劉邦一虎撲，拳出如雷的向劉邦擊來。

劉邦雖然沒正式拜師學藝，但他自小在沛縣做混混，時常被人追打，所以不知不覺中身法是靈敏了許多，再加上與人打鬥慣了，功夫就也有兩手不入流的，自他遇著項思龍後，項思龍又傳受過他一些現代的搏鬥術和李牧的「雲龍八式」劍術以及鬼谷子遺學，劉邦雖不曾深研，但對逃命功夫卻是特別過關，所以鬼谷子遺學中的「百禽身法」他還是算學會了，還有自他豐沛起義後，又向鬼魅使者學過一些內功心法且還學了他們的「迷幻十變」身法，內功心法是沒勤練，但「迷幻十變」還引起過他的興趣，所以劉邦不是沒有功夫，而是所學的功夫還很多，但大都是學而不精。更何況他這兩年南征北戰，打鬥的場面見過，實戰經驗自也不少。

見得野狼拳頭擊來，劉邦倒是臨危不亂的施開了「百禽身法」，險險避過了野狼的這一記重擊。

野狼口中「咦」了一聲，再次揮拳向劉邦進擊，口中同時對眾手下大喝道：「這小子輕功甚佳，身法極快，大家看關門窗守住！防止他溜掉！」

眾馬賊聞令頓忙關好門窗，其中一人嘿嘿笑道：「門窗已關好，現在就是連蒼蠅也飛不掉了！大哥你放心打吧！」

大水牛揮動拳頭，目射凶光的望著被野狼追擊得左避右閃狼狽不堪的劉邦，恨聲低叫道：「宰了他！宰了他！」

那局師爺也哼了哼叫的好笑道：「害得我們被打，我咒你盧綰死得越慘越好！」

劉邦此時已被野狼追得喘粗氣，身法已是越來越緩，而野狼則是在眾手下的吶喊助威下愈戰愈猛，好幾次劉邦都險險被他擊中。

劉邦見得這等銅牆鐵壁般的圍困，心中叫道：「門和窗都已被封鎖了，現在就是想溜也溜不成，真是上天無路入地無門！難道我劉邦氣數已盡？竟是不能死在戰場上，卻要喪命於這幫馬賊手中？」

正在絕望時，盧家大門又「轟」的一聲被人用功力擊倒開來，站守門後的兩名馬賊頓被門板擊了個葫蘆滾地，慘叫出聲。

屋內所有人都聞聲舉目望去，卻見破門而入的是個鐵塔般的義軍官差，腰佩大刀，在他身邊還跟著四個兵差。

鐵塔般的官差虎目一掃屋內的眾人，目光最後落在了劉邦身上，大聲喊道：「本人周苛，掌管東郡城的監獄，現來擒人歸案，如誰敢阻撓，就治之以阻差辦公的秦狗同黨之罪，抓之殺頭！」

野狼還舉著拳頭欲擊劉邦，聞言心下一涼，頓然收手。

周師爺則是一臉惶恐的低聲問身旁的大水牛道：「來抓誰呀？」

自稱周苛的官差此時正好又大喝了一聲道：「把犯人盧綰上枷！」

劉邦曾聽盧綰說過他有個死黨叫周苛的，因在秦嘉義軍進攻東郡城時立了個大功，所以被提升為東郡城的監獄長了，並且盧綰販賣的兵器都是得自周苛手中，看來就是眼前此人了。

劉邦想著，心下不驚反喜。哈，大救星來了！但表面上卻還是裝作大恐道：「媽呀……被拉去官府，慘過被砍死啊！」

眾獄卒此時已依周苛之命給劉邦上了枷鎖，野狼見到手的洩恨之人又要飛了，不由得又氣又急的道：「且慢！這傢伙欠我東西！」

周苛濃眉一揚，慢聲道：「他欠你什麼東西？」

野狼心下一涼，思忖道：「兵器不是軍人是不能擁有的，這……可說不得！」

劉邦見野狼沉吟不語，知他心中顧忌，當下笑嘻嘻的道：「照實說呀！我欠你什麼？當著官差的面剛好可以說個清楚！」

野狼怒視劉邦一眼，轉向周苛乾笑道：「沒…沒什麼！只是欠個人情罷了！」

周苛向劉邦眨了眨眼後，大聲喝道：「既然沒欠你什麼，那就給本官閉嘴！」

言罷，指揮手下押了劉邦欲走，八寶賭坊的周師爺也站了出來道：「大人，小的是季老爺開的八寶賭坊的師爺，這盧綰欠了我們八寶賭坊的錢，有欠單為憑！」

說著手中舉過一塊帛布遞給周苛。

周苛也知八寶賭坊有個公城守罩著，自己得罪不得，當下接過欠單，斜視了兩眼後收入腰間，緩和了些臉色道：「有欠單就好辦，本官會代你追債的！待取回銀子後自會歸還給你！」

說完又大叫一聲道：「兄弟們，把重犯盧綰押回監獄！」

八個獄卒得令，押著劉邦跟在周苛身後，當著野狼、周師爺等的面，揚長而去。

兩撥人馬心下雖都氣恨得要命，但官差雖只五人，但義軍現在勢頭正紅，可以隨意殺人也不用負什麼責任，並且他們有大力兵器不好對付，所以都只得眼巴巴的看著他們押走劉邦，連屁也不敢吭一聲。

出得盧綰家，劉邦整個人都活了，雖是上著枷鎖，但是如出籠之鳥般一路蹦蹦跳跳、東張西望的，一點不好意思之感也沒有。

想來也是一個人在死亡邊緣獲得新生，能不歡聲雀躍麼？

一路上的行人都怪怪的看著劉邦，可劉邦不但不低頭，反朝眾人擠眉弄眼做怪像，讓得行人以為他是個神經病，反不敢看他了。

一行人走了差不多盞茶工夫，就到了東郡城的鬧市地帶。或許是因為東郡城剛剛被義軍解放，經受過一場大戰之故，逛街的人並不多，顯得有些冷冷清清的。

前面忽地一陣喧喝聲傳來，街上的行人紛紛退居兩旁。

劉邦渾然之下舉目望去，卻見一身材短小，肥頭大耳，身披戰袍的武將騎坐在一匹高頭大馬上，在他身前身後都跟有一眾手執刀槍的武士，其後有一頂豪華的紅木轎子，轎前是幾個婢女隨行。

劉邦見得這等陣仗，心下大是反感，但為了裝偽不至暴露身分卻還是湊到周苛身邊，低聲叫道：「哇咋！轎內是什麼達官貴人啊？竟然這等排場。」

周苛橫瞪了劉邦一眼，低聲斥道：「多嘴！」

說著卻又主動對劉邦解釋道：「馬上那人是丁公城守，聽說他今天要去迎接秦嘉將軍的女兒，看來轎內的貴人定是她了！」

正說著時，大隊兵馬已是逼近了幾人身前，劉邦探頭往紅木大轎略略揚起的窗簾極目望去，想探看轎內秦嘉的女兒到底長得怎麼樣。

秦嘉他是見過，但秦嘉的女兒劉邦卻沒見過。

望了半天，劉邦還是沒看著車內佳人，卻聽得了車內佳人的說話聲，只聽一有若黃鶯的聲音悅耳的傳來道：「雀斑，你看過犯人上枷鎖沒有了？看，就是這個樣子了！外面那人就是！」

另一嬌脆聲音接著道：「小姐我看不清！把窗簾掀開大一些讓我看看！」

先前的聲音輕笑道：「好吧！」

話音剛落，垂簾被一個纖美白皙的玉手掀開了一大半，一個國色天香，有沉魚落雁姿容，鵝蛋俏臉，雙目如秋盈盈，膚皮勝雪，活脫脫一個仙女下凡般的大美人落入劉邦眼中，在她身旁還坐著個正瞪大一雙水靈靈大眼睛，好奇的望著劉邦的婢女，一時之間把劉邦看得呆了，禁不住脫口道：「我的娘！仙子啊！」

劉邦那驚豔的詼諧模樣，引得轎內的大美人嫣然一笑，那婢女則橫眉倒豎。

劉邦被美人一笑，引得更是色授魂迷。

其實他的夫人呂雉長得也算是個絕世美人，但俗話說：「野花比家花香」嘛！像劉邦這種生性好色的無賴小子，雖是現今身為義軍將領，但見了美人還是禁不住食指大動了，美人一笑，使得劉邦更是忘了自己現在身在何處的得意忘形大叫道：「哇味！大美人！老子今生非要娶她……」

劉邦的話還未說完，大美人俏臉通紅，只聽那小姐罵道：「這囚犯說話真荒唐！」

那婢女接口道：「簡直是癩蛤蟆想吃天鵝肉！小姐，叫人教訓他一頓！」

周苛聞言心下暗道：「糟糕！」當下舉起巴掌「啪」的搧了劉邦一記耳光，不待他反應過來就衝劉邦大喝道：「胡說八道什麼？給老子閉嘴！」

劉邦被周苛打得眼冒金星，怔愣愣的望著他好久才道：「你為什麼打我！」

周苛此時臉上的緊張神色已舒緩過來，訕訕道：「我也不是有意的！方才那等情況下，我如不先下手打你，你可就有難了！」

劉邦被周苛這話說得清醒過來，舉目一看，轎子已不在身側，當下焦急問道：「周大哥，我的大美人呢，她叫什麼名字你知不知道？」

周苛見劉邦還胡言亂語，伸手推了他一把道：「走吧！瞧你這麼色瞇瞇的！人家可是千金小姐出身高貴，你算什麼？不要白日做夢了吧！人家早就走遠了！」

劉邦聞言大是失望，卻又突地雙拳一握，望著長街轎子遠去的方向，發誓道：「我……盧綰今日發誓，如娶不到美人，就一生不再碰女人了！」

周苛冷笑道：「哼！窮心未盡，色心又起！我看你省省吧！」

說罷，領頭帶著四獄卒和劉邦向東郡城監牢走去。

不到半個時辰就已到了東郡城監獄。

劉邦剛一進監獄，沙皮狗就已歡呼著向劉邦奔來道：「綰哥，你沒事吧！」

周苛這時也對手下心腹道：「給盧兄弟除鐐！」

劉邦枷鎖一除，先活動了兩下有些酸麻的筋骨，不知為何自己這假盧綰會來監獄，又掛念著鬼魅四使，當下問沙皮狗道：「你不是跟劉龍的四個手下在一起的嗎？怎麼一個人呢，他們四個到哪裡去了，嗯，還有，你怎麼知道我會來監獄的呢？」

沙皮狗嘻嘻笑道：「綰哥勿急，請聽我慢謾說來！劉龍大哥的四個手下本是跟我在一起的，他們聽得回春堂內出了事，就衝了進去想救你們，可我知道綰哥你聰明絕頂，劉龍大哥呢又武功蓋世，你們二人一文一武定然可以沒事的，所以沒跟進去了，後來與他們也便失散了！

「至於你會來監獄呢，是因為我發現了綰哥父母似在逃亡，一臉驚慌之色，我忙趕去向他們打聽出什麼事了，他們說你一人現在正被野狼和周師爺兩撥人馬圍攻，我大驚之下著門徒安頓好伯父伯母，當即趕來向周大哥求救，所以我在這裡等你了！還好，大哥你沒事！對了，劉龍大哥他沒跟你在一起嗎？嘿，他的武功可高明哩，隔空一掌可拍碎一個大石頭！」

劉邦聽得沙皮狗的話，又驚又急卻又有些得意。

驚急的是鬼魅四使不知下落，自己沒了他們相助可是太危險了，任橫行也就無法擒殺了，得意的是沙皮狗竟然對自己印象這麼深，還似挺關心似的。

心下不安的想著，嘴上卻是胡亂道：「劉龍嘛，被我師父收作徒弟了！暫且沒空出來！嗯，還好有你通知周苛去救我！來，賞你一個嘴！」

說著拉過沙皮狗在他額頭用力親了一下，弄得沙皮狗滿面通紅的道：「綰哥，對我不用這麼客氣的啦！」

劉邦放開沙皮狗，扭動了一下被枷鎖卡痛的頭頸，對周苛大發牢騷道：「老周，下次可否用副輕些的家當？累得我腰酸脖子痛，你奶奶的……」

沙皮狗頓忙拉劉邦到一張凳子坐下，走到他身後，邊在他背上用手捏捏，口中邊道：「綰哥，別生火嘛！我幫你捏捏！」

周苛則是虎目朝劉邦一瞪的罵道：「自己闖了禍，老子幫你解了危，連句謝也不說，還坐在這裡怨天怨地！怎麼？你是大老爺啊？還要用轎子抬你回來不成？」

劉邦毫無相讓的道：「我若給打死了，你怎來額外收入？」

原來劉邦聽盧綰說過，周苛掌管監獄，每次搜房，把充公了的囚犯兵器交給盧綰販賣，二人合作多次了，所以他如此開玩笑。

周苛自腰間解下一根銅質煙管，上了些煙葉，取出火石點燃大吸一口，吐了個煙圈後，再橫視了一眼劉邦，緩緩道：「我還以為你不敢再提我們的合作之事了呢！上次我交給你的那些兵器，你賣得錢後至今仍未分給我和獄中的各位兄弟一份呢！這筆帳我們怎麼算？」

劉邦聽盧綰對他細講過他有關賣兵器的所有事蹟，所以對周苛提起的這事也知曉，當下苦臉陪笑道：「這個……下次賺了再還給你就是了！上次賣貨的錢我……我早就全給花光了！」

周苛舒坦的淡笑道：「嗯，這次算你這傢伙說話倒挺實在的！好，我現在再給你一批貨！三天內給我交十兩銀來！」

說著這裡，朝旁邊的一名獄卒揮了揮手道：「去，把東西拿出來！」十多把鋒口都已捲曲的破爛傢伙，被獄卒搬放到了桌上。

劉邦見了皺眉道：「老天！這批貨連我見了都沒興趣！誰要啊，老周，你這不是為難我向我勒索麼？」

周苛猛的一拍桌子道：「近來抓回來的都是些小毛賊，不是這些貨式還能有什麼貨式？又沒有打仗，牢裡就沒有好貨了！你當是天天如剛攻下東郡城時那般，人人都是肥羊啊？」

劉邦苦惱著臉，心下想著道：「你奶奶的，秦嘉這傢伙老子領教過，想不到他的手下一個個都這麼貪財虛榮，一定存活不了多久的！義軍麼，現在還沒有平定天下，內中哪能這麼腐敗呢？這不是脫離群眾麼？好，老子就先應付著過來吧！反正老子不是真正的盧綰，說話可以不算話的，大不了溜之大吉！現在眼下最主要的是找著鬼魅四使，沒有他們在身邊，自己就沒有安全感！還有秦嘉這老傢伙的女兒這個大美人，自己無論如何也一定得想法把她給泡到手，要不自己不知會有多少天睡不著覺了！」

劉邦心下如此盤算著，當下還是唉聲歎氣的收了周苛的這批破銅爛鐵，與周苛隨便客套兩句話後，拉了沙皮狗一起出了東郡城監獄。

懷揣著十多把破爛兵器，劉邦與沙皮狗一道無精打采的在東郡城轉悠著。

忽地前面一大堆人圍著一處告示，議論紛紛的場面吸引了劉邦，當下拉了一把沙皮狗道：「走，去看看前面有什麼新鮮玩意好看！」

二人飛奔至人叢中，左擠右鑽好不容易擠到了前面，抬頭一看卻見是一副懸賞擒凶的告示，內中寫道：「三日後，東郡城舉行擂台大比武，望各好武的同道志士，到時前來東郡城校場一顯身手，獲勝者可升為秦將軍手下第一武士統領，負責追拿刺客任橫行，成功者，可得賞黃金五百兩，且可娶秦將軍女兒秦鳳為妻！」下款是：「秦嘉將軍告示！」懸榜上頭還繪著一臉凶橫之相的任橫行的頭像。

劉邦見了心下又喜又氣，喜的是只要自己擒住了任橫行就可娶著方才自己所見著的大美人秦鳳了，反正自己此行的主要任務就是擒任橫行，正好可以來個一舉兩得，不，是三得，還有賞金五百兩呢！

氣的是楚懷王既已提此任務交由自己辦理了，竟然又委託他人去辦，這也太不守信用了！還有秦嘉這個傢伙可也真夠奸詐的，先找些替死鬼去引出任橫行，而他則可從後漁翁得利，如真有人擒住任橫行，他既可得一員猛將，又可向楚懷王邀功領賞，封王封侯，連女兒也不惜犧牲。

他奶奶的，老子一定要在你秦嘉之前擒住任橫行，讓你這老狐狸偷雞不成反蝕一把米！

想來楚懷王雖懷疑自己能力，但他總還不會把自己的行蹤告訴別人吧！還好，自己先前也作過準備防了楚懷王一手。沒有把自己出行的路線告訴他。

但不怕一萬就怕萬一，自己立軍令狀的事是人皆曉知的，可不得不提防一些小人算計自己，想獨吞此功！

嗯，還好自己現在有盧綰這身分作掩護，要不現在秦嘉這老狐狸的勢力境內，自己可就危險得很了！想來連盧綰父母和沙皮狗、周苛這些與盧綰交情頗深的朋友，也沒識破自己這假盧綰身分的真偽，其他更不會識破吧！

鬼魅四使和岳父管中邪以及幾個兄弟現在都不在自己身邊，看來一切都得靠自己保護自己了！而盧綰這身分則是自己現在最重要的偽裝！

要是被人知道自己現身在東郡城，那可定會死翹翹，沒人能救得了自己了！

劉邦心下惶恐不安的想來，為了裝演好盧綰，突地拍掌大叫起來道：「我的娘啊！五百兩黃金外加一大美人，還可以有大官做！這下發達了！」

劉邦這聲大叫引得旁人一陣哄笑，其中一人嘲笑道：「想捉任橫行，你腦有病呀？人家可是橫掃十三郡，置身千軍萬馬之中也可來去自如的鬼頭，憑你？我看等八百輩子的下代吧！」

另一人接口道：「除非你媽多生你一千個頭，等瘟神抓到手軟，或許可以抓他！」

又是一陣哄笑，這時一人惶聲道：「聽說，昨天任橫行已在距離我們東郡城一百二十里外的定陶城出現，千多名義軍圍剿他，結果……通通歸天！」

又一人也小聲道：「還有啊，聽說那一戰是景駒將軍親自領兵圍剿任橫行的，連他也受了重傷！唉，這瘟神的本事可真是如魔王一般！」

先前那人點頭道：「還不止呢，這瘟神殺死的義軍平民，已超過一萬！最恐怖的是，聽說瘟神只食人腦和人肉，比魔王還殘暴！」

二人這一說一和，讓得其他的人都面色蒼白甚至渾身發抖，膽小者已是嚇得轉身離去，膽大的也是驚歎道：「嚇！好恐怖，不愧是『瘟神』啊！」

說任橫行吃人腦食人肉的那人接著又道：「看樣子瘟神可能來我們東郡城，

大家可要小心啊！這些天最好是不要出去或到處避避風頭！」

劉邦見眾人如此神化任橫行，又好氣又好笑，同時心下也不禁暗暗發毛，但他既已把大話說了出去，自是不能表露出心中的懼怕來，當下又一張雙臂大聲道：「我盧綰志氣比天高，待我殺了瘟神，大宴請你們吃三天三夜！」

正又離去的眾人又是一陣哄然大笑，有人嗤笑著朝劉邦豎起大拇指道：「好！夠豪氣！我出五文錢，賭你若見著任橫行就死無全屍！」

有人張開五指道：「只要你敢出馬找任橫行，我送你五文錢！」

劉邦被眾人一陣笑罵，羞窘得面紅耳赤怒火沖天，氣呼呼的轉身而去。

沙皮狗緊隨其後，跑到劉邦身邊，擠出一絲笑容道：「綰哥，這班人有眼無珠、膽小如鼠、滿目屎尿，不要理會他們就是了！」

劉邦咬牙切齒的一揚拳頭道：「對，他們是狗眼看人低！你立刻去通知全城乞丐，留意瘟神下落！還有，見著劉龍的四個手下也趕緊通知我！」

沙皮狗身形一正的向劉邦恭聲道：「知道！小弟即刻去做！」

言罷，轉身一溜煙的去了。

劉邦看著沙皮狗遠去的身影，雙手一抱，自言自語道：「本少爺的情報網，有沙皮狗他們在就無孔不入！」

說完又低聲歎氣的道：「希望他們能探知鬼魅四使的下落吧！要不到時我見了任橫行，或許可真要死無全屍了！」

劉邦一個人在東郡城東溜西逛，想尋找鬼魅四使下落，但轉悠了老半天，仍是一無所獲，正毫無精神的想找處地方休息一下時，突地一家布店門口停著的一輛紅木豪華轎子映入眼中，使得他整個人精神為之一振。

哇！這轎子……不正是日間所見的大美人的座轎嗎？

有緣！非常有緣！看看大美人來布店做什麼？

心下想著，劉邦當下輕手輕腳的向布店內走去，避在一石柱後往裡一看，卻見正是日間所見的大美人和她的貼身婢女，二人正在與布店老闆交涉什麼，只聽得大美人道：「店家，我想要買上等的魯絹，不知你這裡可有？」

店老闆苦沉下臉笑笑道：「小姐，敝店的布式已是全東郡城最上等的貨料子！魯絹太名貴，一匹已經價值五十兩銀，我看只有大城市才有得賣！像我們東郡城這等小城市卻是一般人買不起的了！」

劉邦在旁聽了，眉頭一皺低頭沉思了一番，忽地一跺腳道：「呃……有辦法親近佳人了！到附近的綢緞店要脅一下店主，來實施我的偉大計畫！」

說著已是歡聲雀躍的向街中跑去。

劉邦本是沛縣的一介遊民，對於調戲少女這一行當最為感興趣，在沛縣他可是個有名的花花公子，吃喝嫖賭樣樣在行，尤其是色字他更為嗜好！

找到了一家布店，劉邦大大咧咧的走了進去，從懷中取出項思龍由酈食其和灌嬰作信物交給他的魚腸短劍，「鏘！」的一聲拔了出來，在正在打瞌睡的店主面前晃了晃，也沒說什麼，只待店主睜大一雙恐懼的目光看著他時，在旁提過一把椅子，漫不經心的向椅子削去，如切豆腐般把整張椅子給切了個碎碎，隨後對已嚇得站了起來全身直哆嗦的店主道：「我並不是來打劫的，只是想請你脫下你身上的這身衣服借我穿穿，讓我嘗嘗做店主的味道就可以了！希望你好好合作！否則……，看到我這把短劍的鋒利程度了吧！想來切人也不會費多大力氣的！」

店主已是嚇得額上冒汗了，看了看劉邦，又看了看他手中的短劍，當真也不敢反抗，乖乖的脫下了衣物和帽子放在桌上，哽哽咽咽的顫聲道：「好……好漢你……你還有什麼……吩……吩咐嗎？」

劉邦收了短劍，拍了拍手道：「沒有了！好，你先找個地方，避避吧！半個時辰後，我會把衣服和你這布店原封不動的還給你！嗯，有文房四寶嗎？我想寫幾個字！」

店主怪怪的看著劉邦，顫巍巍的去內屋取出了筆墨紙硯，放在桌上。

劉邦此時已三下兩下穿好了店主衣服，見筆墨準備好了，當下又在布匹上「刷刷」寫出了「上等魯絹」四個大字，跑到店外懸掛了起，轉回店後卻見店主已識趣的收拾好了店中一切，亂象不知所蹤。

劉邦嘿嘿一笑，飛身到櫃檯後的椅子坐下，伸手整了整衣衫，正了正帽子後，雙手一揚做了個瀟灑的姿勢道：「好了！一切搞定！」

坐在椅子上劉邦等了老半天，他這花叢老手卻也不知怎的，只覺既緊張又興奮，心臟也禁不住「撲通！撲通！」的跳了起來。

哎喲……心跳越來越快……怎麼搞的！老子在沛縣可是個泡妞高手，從來沒有像現在這般緊張過的！難道是喜歡上那大美人了？這……怎麼可能呢？我可是已經有了呂雉這個大美人了，決對不會再對別的女人動心的！這次……這次只不過是……沒事做，玩玩遊戲而已！

好久沒有放鬆過了，難得有機會再品嘗先前那種無拘無束的生活！嘿，不會是喜歡上大美人的！若背叛了呂雉，岳父管中邪放不過自己不說，項思龍大哥那邊可也不好交代啊！嗯，鎮定點！當玩遊戲取樂！

劉邦乾咳了兩聲，以穩定緊張情緒。

這時，店門外突地傳來了一聲嬌脆的歡呼聲道：「小姐，這家店子有魯絹賣呀！」

劉邦聞聲神經質般的跳了起來，衝出店外，卻果真是自己等待的大美人和她的婢女二人站在店外，正看著自己偽造的廣告。

哈！我的大美人……終於自投羅網了！

劉邦歡呼一聲，三步並作兩步走到大美人身前，笑嘻嘻的道：「小姐，買魯絹嗎？嘿，本店有全城最上等的質色！光顧敝店是小姐最明智的選擇。」

頓了頓，接著又口若懸河的道：「論打仗，當然是秦、齊、楚、燕、趙、魏，但論文化刺繡，當然要數孔老夫子的魯國占第一位了！」

劉邦越說越靠近大美人，二人近在咫尺，大美人身上的處女香味傳入劉邦鼻中，登時讓得他意亂神迷，心兒又「撲通！撲通！」的劇跳了起來。

「哇噻，大美人迷得我心兒都快跳出來了！」

劉邦長長的作了個深呼吸，接著又滔滔不絕的道：「只有天下第一的魯縞，方才配得起小姐的花容月貌啊！姑娘美若天仙，以前從未見過，定是別處新來的吧！還請問小姐是哪家千金？」

大美人見得劉邦一副古古怪怪色瞇瞇望著自己的模樣，鼻中冷哼一聲，俏臉一紅的進了店鋪，並沒有答理他。

其實世上有哪個女人不喜歡別人誇讚自己美呢？只是劉邦的態度太過輕浮了些，才讓得大美人心下不悅罷了。

劉邦跟隨進店，那婢女突地轉過來對他杏眉倒豎的道：「你不要再胡言亂語了，否則惹惱了我家小姐，可有你好看的！」

劉邦不以為然的一笑，快步走到大美人身前，朝她抱拳行了一禮道：「對不起小姐，小生盧綰方才多有失言，還請多多擔待一二！」

大美人狠狠的盯了劉邦兩眼，臉色一緩，忽地似想起什麼的道：「咦，盧老闆有點面熟，似曾在哪兒見過啊！這……讓我想想……」

劉邦聽得這話暗道「不妙」，頓忙哈哈大笑打斷對方的凝思道：「這就叫作有緣吧！有緣份的自會有似曾相識的感覺。」

說著，又從懷中掏出布尺，不待對方發話，接著又道：「小姐，敬請高抬玉手，讓我看看你做一套衣服該買多少尺魯絹！」

大美人聞言不自覺的舉起了雙臂，一臉不解的看著劉邦。

劉邦拿著布尺靠近大美人身前，目光落在她豐滿堅挺的酥胸上，禁不住一陣目眩口呆，瞪大眼睛直勾勾的看著。

哇！我的媽呀！好宏偉的胸啊！我猜定是三十八寸！

心下邊想著，邊伸手把布尺套在大美人誘人的酥胸上量起來，一看尺寸，禁不住脫口道：「哈！果然是三十八寸！」

面對波霸，劉邦情迷意亂對對方的話充耳不聞，口中直流口水道：「太……太迷人了！看纖盈細腰，決不超過二十二寸！」

口中自說著，不理對方的驚怒，一把摟過對方腰肢，拿尺一量，又歡叫起來道：「剛好二十二寸！嗯，看這臀部渾圓結實，美不勝收，該是三十五寸！哈，又對了！」

劉邦情緒失控的自個量著，大美人已是氣得玉容鐵青的大叫起來道：「啊！你這登徒浪子！找死嗎！」

口中怒喝著，玉拳朝劉邦臉部重重一擊，打得劉邦即時一個踉蹌，眼冒金星，口角鮮血直流，頭上帽子也給跌落地上。

大美人脫開身來，玉拳緊握的衝劉邦叱喝道：「豈有此理！竟敢輕薄本小姐！」

劉邦疼得嘴角直歪，伸手捂住都打得紅腫的臉部，還是玩世不恭的笑嘻道：「哇噻！大美人原來還懂武功啊！好，我就來陪你過兩招玩玩！」

大美人怒瞪著劉邦，突地眉頭一皺「咦」了聲道：「我認得你了，你就是今天在路旁背枷鎖的小賊！哼，想不到卻被你給溜了出來！」

劉邦聞言心下大驚道：「啊！穿梆了！」

邊想著時邊用雙手掩去臉面，連連搖頭道：「非也非也，我是堂堂的大老闆，小姐你定是認錯人了吧！」

大美人叱喝一聲道：「大膽小賊，竟敢逃獄！今天就讓你看看我秦鳳的厲害！本小姐要把你緝拿歸案！」

喝聲中，已是飛起一腳向劉邦踢來。

劉邦頓忙避閃，口中大叫道：「哇！謀殺親夫啊！」

劉邦才只閃開了對方一腳，可想不到對方腿出如風，又出一招，狠狠的還是吃了對方一記重踼，身形如脫線風箏，「嘭！」的一聲躍倒在堆放布匹的架子上，百多匹綢緞，頓時向劉邦如山壓下。

劉邦「哎喲！哎喲」的痛叫道：「為何美若天仙般的美女，卻是凶若母老虎，辣若朝天椒呢。唉，這世上想來是沒人敢娶你做老婆了！」

大美人秦鳳聽得劉邦這話，杏眉倒豎，雙手叉腰的大喝道：「可惡！竟罵我是母老虎、朝天椒、沒人要！本小姐今天要把你抓住打入水牢，監禁你十年！」

劉邦吐了一口口中的淤血，竟還是嬉皮笑臉的在布堆中道：「無所謂了！俗話說『玫瑰花下死，做鬼也風流』，能為我的大美人去坐牢，也是我盧綰的福氣。」

說完又哈哈大笑道：「秦鳳啊秦鳳，去坐水牢，我每天都要叫你的名字千萬遍，以解相思之苦，至死不休啊！」

秦鳳出自貴族官家，父親貴為楚國的上將軍，自小人人都對她寵愛恭敬禮讓，以至養成了她刁蠻任性、心高氣傲、心狠手辣的個性，她自幼聰明靈巧，父親和他手下的一眾武將又都會武，而她也自小好武，所以也學了一身不可小視的武功。

這次她奉父親秦嘉之命，前來東郡城的目的就是擒殺任橫行，因為據線報，任橫行正往東郡城方向趕來，這不知天高地厚的小姐不知自己被父親所利用，反大是高興的領命前來東郡城，想待任橫行來城後一試自己身手，在軍中她可是打遍父親手下無敵手的女猛將，但不知那些兵將乃是看在她父親面子上故意讓著她的。

至於她父親秦嘉本是一淪落的江上行船者，後來與桓楚一道在寒外建立大江幫，野心勃勃，與景駒一道意圖謀反，後來被項少龍在大江幫的出現野心暴露，只得遠離大江幫投靠了雲夢大澤的彭越，雙方聯手攻打大江幫，大敗後退隱下來，在義軍勢潮正猛時，立了景駒為楚王，自己被拜封了楚國上將軍兼丞相，自此也便自稱是楚國貴族出身，不許人再提他以前身世。

秦鳳自幼受秦嘉教導，性格也有些偏激，但她娘親卻甚是個善良的婦道人家，所以本性也還是善良的，以前從不參與父親作惡諸事，只專心練武，這次在父親的百般慫恿下，說任橫行是個無惡不作的凶人，武功又怎樣怎樣高明，所以被激起好勝仗義行俠之心，應承父親對付任橫行的，卻不知秦嘉乃是為了升官發達，知曉任橫行生性好色，所以狠下心腸利用她的姿色和武功來誘擒任橫行，而實際他已早就安排了大量高手藏匿在雲郡城了。

這些都是插述，暫且不多提，卻說秦鳳聽了劉邦的一番胡言亂語，卻是不但沒有再次大發小姐脾氣，反是俏臉突地浮起了兩片紅雲，低下頭去。

自她長這麼大還從來沒有人像劉邦這般口沒遮攔地向她大表心跡愛意，一時之間卻也讓得她芳心亦咳亦惱亦喜亦混亂。

婢女雀斑見了小姐模樣大是不解，一指劉邦道：「小姐，我去叫人來把他押去大牢，以洩這傢伙胡言亂語對小姐的不禮吧！」

秦鳳被雀斑這話震斂回心神，想起自己的失態，當即大為不安的大踏步向店外走去道：「算了！這渾人是個白癡，不值得我們浪費時間！我們還是去別處買魯絹吧！要不，天色已是快晚了呢！」

劉邦聞言手揮腳踢掀開布匹，站了起來大喜道：「放我一馬？哈，是了！哪個少年不懷春？我劉……盧第一表人材，已闖入大美人芳心啦！」

自個樂滋滋的說著，三下二下鑽出布堆，向正走向轎子的秦鳳叫道：「秦小姐，我盧綰明白你的心意了！我們是天作之合，緣定三生啊！」

秦鳳氣得雙拳緊握，暗叫道：「真……真是氣死我也！若不是為了考慮擒殺任橫行的大局著想，本小姐今天就一定要把這無賴撕屍……痛打一頓！」

婢女雀斑則是回頭望著正手舞足蹈的劉邦，翹了翹小口道：「這傢伙莫非真的是個白癡！小姐，別理他！我們上轎吧！」

劉邦看著秦鳳的轎車馳遠，想起她那迷人的身段，口中自語道：「秦鳳啊秦鳳……一個又惡又辣的美人！可你是惡虎，老子就是馴獸師，你如是辣椒，我照樣吞進肚，總是無論如何，老子都要把你泡上手定了！」

第十一章 發現魔蹤

劉邦精神抖擻的做了個擴胸動作，肚中忽地傳出「咕咕」的叫聲。

他奶奶的，五臟廟倒很準時的又在催自己上香了！心下想著，當即左顧右盼的尋找可以填塞肚子的地方，一座頗為豪華的青樓赫然落入眼中，「怡春院」三個大字歷歷醒目。

嗯，據盧綰那小子說怡春院是他經常光顧的地方，並且裡面的春夏秋冬四季乃是他的老相好，自己何不進去風流快活飽一頓呢？

但盧綰說他欠了怡春院的鴇母一大筆酒錢，還是由後院進去好些！要不自己這假盧綰可就又要為真盧綰白受一頓罪了！

如此想定，當即撒開雙腿，幾個起落溜進了怡春院。

根據盧綰的述說介紹，劉邦往盧綰相好四香中春香的閨房走去。

這春香的房中燈還亮著，希望沒有客人光顧她！

想到又可偷香竊玉了，劉邦被秦鳳勾起的慾念又頓即湧了上來。

幾個大步來到春香房前，啟窗溜了進去，把從前在沛縣的一套嫖妓甜言使了出來，口中輕柔的叫道：「我的春香甜心，大鼻來了！」

邊說著邊向春香床榻走去，心中暗暗納悶，現在正是華燈初上，青樓生意最好的黃金時刻，這春香卻怎麼還躺在床上？

待走近床塌時，卻見一姿色也挺不錯的女子懶懶睜開雙目無神的望著他，口中有氣無力的道：「大鼻，你來了！我……我太累了，不能起身服侍你了！」

劉邦心中詫然，不解的問道：「哇！甜心，這是怎麼回事？累成這樣子？」

春香強擠一絲笑意道：「哎，來了個豪客！我和夏香一齊服侍他……折騰了近兩個時辰，把我們兩人累得連骨頭架都快要散掉了！」

劉邦咋舌道：「哇咪！以一敵二還這麼有能耐？連我的兩個甜心都給敗陣下來，這豪客是什麼來路？長得是個什麼樣子的？讓我去見識見識他！」

春香似想起豪客厲害，面露懼色道：「這……他身高八尺，滿身疤痕，強壯無比，模樣看起來甚是可怕，如地獄魔王，不過出手豪闊，像有花不完的金子似的！」

劉邦聽得全身一顫，皺眉喃喃自語道：「身高八尺？滿身疤痕？這……」說到這裡神經質般的跳了起來道：「是任橫行！」言罷，臉上神色又驚又喜又緊張的道：「真是踏破鐵鞋無覓處，得來全不費工夫！這下……這下我可發達了！嗯，得用最後一手暗號招集所有人馬來對付他！」

手足無措的自語著，忽地轉首過去問春香道：「那豪客現在在哪間房裡？」春香一臉不解的答道：「在天字房！大鼻，你……」

不待春香把話說完，劉邦已閃身出了房去。

先看清楚那豪客是否真是瘟神再說，以免徒費力氣。

東溜西溜了好一陣，終被劉邦找著了天字號房。

哇咪！這房間可能要數怡春院最豪華的套房了吧！他奶奶的，這瘟神可也真會享受！待老子擒住了瘟神，可也要到這樣的豪華套房享受一下！

劉邦這兩年雖是做了一支義軍的首領，可因一直都忙於東征西戰，所以沒有時間去逛青樓，再說他身為一軍將領，自也應以身作則不可亂來。

這刻見了天字號房的豪華和房中傳出的女人溫柔嬌笑聲，禁不住一陣意馬心猿。

聽說那任橫行橫掃十三郡，殺人如捏螞蟻，想來定然搶了不少的金銀珠寶，當然有大把的錢花，可以享受了！他奶奶的，像他這般也挺風流快活的嘛！

劉邦心下怪怪想著，當下伸出一根手指，輕輕的把窗上的貼膜弄穿了一個小洞，瞇起眼睛往房內由小洞望去，卻見兩名身著薄如蟬翼羅紗一對酥胸若隱現的頗具姿色的豔麗妓女，正為一個粗壯健碩，面部和身上都佈滿疤痕的猙獰大漢洗澡。

一名邊為猙獰大漢洗腋窩的妓女口中邊嬌聲嬌氣的道：「大爺，你面子可真大啊！我們怡春院的四香都輪流服侍你喲！」

另一名妓女則笑嘻嘻的道：「大爺的肌肉像鐵塔般結實，身上的疤痕又異常性感，真是迷死人啦！難怪我春香夏香兩個姐妹受不了大爺折騰的！待會對我們姐妹二人，大爺可要溫柔一點喔！」

的一退。

對於兩名妓女的甜言蜜語，猙獰大漢聽了絲毫無動於衷，臉色仍是冷冰冰的，雙目芒光爍爍，全身上下釋發出一股讓人見之會不寒而慄的殺氣。

劉邦心中只覺發毛，對方的目光似乎正朝自己逼視過來似的，身子不由自主的一退。

哇味！看來此人定是瘟神了！真是名不虛傳的地獄魔王！自己的那麼些人手也不知能否對付得了他！嗯，還是先去招集了人馬再說吧！想來岳父管中邪和樊噲、周勃、夏侯嬰他們幾人也都曉知任橫行來了東郡城，向這裡趕來了吧！

劉邦正欲退身離去，突地只覺一股森冷透骨的寒氣迫體而來。

是……是殺氣！劉邦根據多年的「作戰」經驗感覺出了自己的危險。

大驚之下，劉邦就欲撒腿逃跑，但突只聽得「唆！」的一聲巨響，窗戶頓被房中之人發出的內勁給擊了個粉碎，房中兩名妓女的驚叫聲同時響起。

來不及逃避之下，劉邦頓被勁力餘波擊了個四腳朝天，口同時「嘩」的一聲吐出一口鮮血，連人也差點昏死過去。

「膽敢窺視老子？你想怎麼死法！」正當劉邦負傷痛得撫胸哼叫時，一個鐵塔般的身形大踏步推門走了出來，雙目殺氣濃烈的怒瞪著劉邦。

劉邦但覺對方的目光如兩柄利劍般可穿透自己的五臟六腑，對方那種懾人的震攝力，令他膽寒心碎，再次癱瘓在地。

不！不可膽怯！要鎮定！通常像這般殺人不眨眼的魔王，最看不起的就是別人一見著他就如老鼠見了貓般的軟了！現下唯一的生機就是隨機應變！

心下想著，當下一骨碌從地上爬了起來，誇張的大叫了起來道：「呵呵！春香說怡春院來了一位厲害非常的大豪客，威武若天神，床上功夫勝我百倍，我自是不信，所以……如今親眼所見了——嘿，何止是天神，簡直是天神中的天皇！小弟心服口服，五體投地矣！……」

說著當真向對方伏地拜了起來。

好小子，在我任橫行的逼視之下，竟然還能站起來油腔滑調！

猙獰漢子面色舒緩了一些，依然逼視劉邦，殺氣已是大減。

正所謂千穿萬穿，馬屁不穿，劉邦這一著倒是用對了。

猙獰漢子的氣勢變化沒有逃過劉邦的雙目。

這瘟神的殺氣雖然稍降，但自己仍未脫離危險期，嘿……現在有何良機脫身呢？憑自己可不是這瘟神的敵手！

正如此尋思著時，房中的兩名妓女剛好走了出來，見了劉邦，其中一名嬌笑起來道：「我道是誰惹這位大爺如此生氣呢，原來是大鼻你呀！」

說著又轉向猙獰漢子道：「大爺，你若喜歡，也可以讓大鼻與我們一起侍候你啊！他的床上功夫也是一流的呢！」

劉邦聽得這話，一臉苦色，心下大罵道：「你他奶奶的臭婊子，出這麼個餿主意！若是老子真被……老子脫身之後就定會掃平你們這怡春院，把這裡所有的婊子都充作軍妓！」

正當劉邦心下大是光火時，突地一聲啞喝聲傳來道：「發生什麼事了？拆屋麼？」

劉邦聞聲轉頭一看，原來是鴇母和龜奴聞聲趕至。

不大一會，二人就已到得眾人近前，鴇母一見劉邦就大叫了起來道：「原來是大鼻你這傢伙在這裡搗亂啊！」

邊說著邊上前一把擰住了劉邦的一隻耳朵，接著又道：「你的花酒十二兩銀子，已經欠了兩個月了！何時有得還呢？」

劉邦心下不怒反喜，這鴇母來得正好，有機會脫身了！

心下想著，口中「喂！喂！」大叫道：「放手！放手啊！客氣些！別來了天神豪客，就當我這老主顧是垃圾了！我這次是來還銀子給你的，放在春香房裡，我現在就去拿給你！」

說著撒腿便溜，連頭也不敢回。

鴇母看著劉邦狼狽而去的身影，口中嘮嘮叨叨道：「這大鼻三更窮五更富，也不能逼得他太緊，斷了他這條財路的！」

秋、冬二香和鴇母等人的這一番攪和，倒把猙獰漢子的殺意沖淡了。

鴇母這刻又向猙獰漢子媚笑道：「大爺光著身子可別著涼了，請回房好好享受吧！方才可真是不好意思，打擾你了！」

秋、冬二香也一人拉住猙獰大漢的一隻胳膊嬌聲道：「對嘛，大爺的澡還未洗完呢！待會我們二人為大爺按一下，給你消消氣！」

兩人挽了猙獰漢子向房中走去。

鴇母向站在一旁的龜奴大喝了聲道：「還不快去拿東西遮住窗戶，大豪客可怠慢不得！」

龜奴恭聲應「是」道：「收到！小的這便去辦！」

劉邦邊跑口中邊低聲叫著：「我的媽呀！三魂七魄已是嚇得只剩一魂二魄了！還好自己聰明絕頂，隨機應變溜得快！」

口中上氣不接下氣的邊自言自語邊向春香房中跑去，關了房門，作個深呼吸，拍了拍胸口又道：「剛才活像從鬼門關走了一轉回來！唉，看這瘟神的氣勢便已知是個不好對付的人物，自己可得趕快招集人馬來！」

想起瘟神那恐怖的眼神，劉邦只覺餘悸猶存，連心跳都快停了。

正當劉邦在鎮斂心神時，春香半撐起了身子衝他道：「大鼻，你怎麼啦？這麼失魂落魄的？方才你去了哪裡了？」

劉邦眼光落在春香半露出的白皙胸部上，恐懼剛去色心又起，吞咽了個口水，笑嘻嘻的裝作若無其事的聳了聳肩道：「我……沒什麼！剛才只是去跟欺負你的那豪客打了個招呼罷了！」

春香見得劉邦落在自己身上那色瞇瞇的目光，皺眉道：「對不起大鼻，我現在累得要死，不能服侍你了！」

劉邦聽了心下大是失望，但卻想著不能風流也可大肆一下手足之淫解之讒嘛！當下裝作理解的道：「傻妹子，我今晚不要你侍候了！來，乖乖轉過身子伏下，讓我這『天下第一手』為你按摩，保證你疲勞盡消！」

說著伸手把春香身軀扳伏過來，伸手在她背上揉捏起。

劉邦當年乃是沛縣的花叢老手，對付女人的方法自有一手，不大一會，春香就已被他捏得呻吟起來道：「啊！好舒服！大鼻哥，你上次送給我的布料很漂亮，謝謝你了！嗯，你有沒有送給其他三香呀？」

劉邦聽得一愣，但很快反應過來，頓忙道：「當然沒有啦！我盧綰最愛你就只送你一個人！」

春香臉色一喜的嗔道：「呸！口甜舌滑！」

劉邦早被挑起的慾念讓得他急不可耐的湊嘴向春秋親去道：「對！快來殺個嘴兒，看有多甜多滑！」

春香也已被劉邦捏得春情蕩漾，當下主動翻過身來，雙手一勾劉邦脖頸，口中嬌笑道：「來吧！你這壞傢伙！」

劉邦見手段成功，喜極的三下兩下除去了春香身上的衣物，不多一會，一具白如凝脂的赤裸軀已落入劉邦眼前，渾圓結實的雙胸，讓得劉邦只覺慾火狂燒，雙目發直的俯下頭去對著兩隻豐乳痛吮起來。

春香口中發出勾魂奪魄的呻吟聲，雙手抓緊劉邦的頭髮道：「喔！死人！今天你怎麼這麼色急，是不是好長時間沒錢搞女人啦？」

春香這話雖沒全猜對，卻也猜得沒錯，劉邦一直因忙於征戰，很長時間沒近女色了，不過卻並非是沒錢。

口中邊吮吸著春香的雙乳，邊「唔唔」應著道：「是好久沒有開炮了！我的甜心！今天我要與你來個痛快！讓你見識一下我的真正功夫！定不會比那豪客遜色多少！」

春香伸手狠擰了劉邦背上的肌肉一把，發嗔道：「你的本事我又不是沒有見識過，雖是男人中的佼佼者，但還厲害不到豪客的程度吧！今天只要你能行，我就捨命陪君子，讓你玩個痛快！」

劉邦拍了一記春香豐碩的臀部大喜道：「行啊！不過我可沒錢的！」

春香睜開眉目如絲的秀目瞟了劉邦一眼道：「誰不知道啊！這次連帳也不用記，算我白送你一次好了！不過你可得顯出功夫來喲！」

劉邦當下大叫一聲脫了身上衣衫，撲在春香身上劍及履及道：「行！讓你見識一下我盧綰的『金槍不倒神功』！衝鋒啊！」

劉邦挺腰一陣猛轟，讓得春香大叫連連，舒服的道：「喔！我的親親哥哥，你真棒！」一邊叫著水蛇般的腰肢也是不斷挺舉。

二人這一戰足足有一個多時辰，使盡了各種交合姿勢，直待得春香大叫投降了，劉邦才退降下來。

春香如一隻小貓般依伏在劉邦懷中，滿足道：「大鼻哥，近來你又練什麼床上的神功嗎？怎麼變得如此厲害了？小妹好愛你喔！以後天天好嗎？」

劉邦舒適的任由佳人在身上撫摸，閉上眼睛享受著，聞言不答反問道：「嗯，我的功夫比之那豪客差嗎？」

春香陪笑道：「不差！不差！大鼻哥是床上功夫『第一人』啦！」

劉邦滿意的思忖道：「想我劉邦當年在沛縣橫掃所有青樓，又怎會輸給瘟神呢？若不是關照著你這小妞身體不支，老子有能耐到天亮！」

劉邦吹牛皮的想著，與春香一道叨叨了一陣，二人皆都沉沉睡去。

「春香！春香！」一陣急促的嬌聲低傳傳來，驚醒了熟睡的二人。

春香與劉邦一骨碌同時從床上坐了起來，前者側耳細聽一會道：「嗯，是夏香的聲音！不知她這麼大清早的有什麼急事？」

二人匆匆穿好衣服，劉邦去開了門，卻見一女一臉惶恐不安的見了劉邦就道：「大鼻，大事不好了！周苛帶了一眾官差來抓你了！」

劉邦皺眉自語道：「奇怪！我昨天才被周苛放出來啊！說好了是三天交銀，怎麼這麼急著就來找我了？」

報信的妓女夏香一臉著急的道：「看來這次是有問題呢！周苛的手下中多了四個兇神惡煞的大漢，似是八寶賭坊的天山四豹！」

劉邦這下臉色一變，邊向房外走去邊道：「走！我去看看！」

剛到得樓欄邊，就可見樓下大廳內一臉不安之色的周苛在大喝叱道：「鴇母，老老實實的說，盧綰在不在你這裡啊？」

鴇母一臉惶色的道：「昨晚是見過他，但現在麼卻是不知他還在不在我『怡春院』！大人，盧綰他出了什麼事啊？」

周苛雙目四處張望，口中大聲似在警告劉邦似的道：「盧綰他欠下八寶賭坊一百五十六兩銀子，半月不還，且夥同他人毆打周師爺等犯下了一宗大罪不說，他還色心包天的去調戲秦嘉將軍的千金秦鳳，所以丁公城守下令全城所有官差，在城中作地毯式的搜查，誓要緝拿盧綰歸案了！爾等如知情，速速報官中。有知情不報者，以包容罪犯之罪論處！知道嗎？」

鴇母臉色發白的連連點頭道：「知道了周大人！你要不要搜搜？」

周苛這時已看見了劉邦，向他使了個顏色示意他快逃，口中卻道：「不用了，現在全城街上都是官差守著，想任他本事通天也逃不了的！」

說罷衝眾手下一揮手道：「咱們走吧！」

待周苛等人去後，春夏二香忙把劉邦拉回房中，春香道：「大鼻，你快由屋頂逃吧！想來怡春院四周已有官兵把守了！他們突然已有消息知道你在怡春院，所以周苛一大清早趕來大鬧一場通知你小心點的，你這個朋友交得倒挺講義氣！」

夏香也道：「你暫且逃出郡城去別處避避，待風聲緩過來後再回來！我這裡有二兩銀子，你先拿著用吧！」說著從腰間取出幾塊碎銀遞給劉邦。

春香這時也取出幾塊銀子道：「我這裡也有三兩！大鼻，可別亂花啊！」

劉邦接過她們硬塞過來的碎銀，心下一陣激蕩。

誰說青樓皆是浪女呢？盧綰這小子可也真有福，結識了這麼幾個青樓知交！待我劉邦日後打下天下，我一定要回來好好謝謝她們！雖然我並不是盧綰，也並不缺錢花，但這份患難真情，卻是會讓我畢生難忘！唉，為何我劉邦在沛縣就遇不到心地如此善良的好姑娘呢？

劉邦心下不平靜的想著，也毫不客氣的收了銀子，伸手握住二香的纖手道：「患難見真情！……你們對我盧綰實在是太好了！我盧綰如若發跡了，一定回來替你們贖身，建一座天下間最大的怡春院給你們，讓你們當老闆娘！我……絕不會食言的！」

劉邦後來統一天下做了漢高祖後，果在洛陽城建了一座豪華青樓，或許就是為了屢行今天所對二香許下的諾言吧！

二香聞聽得劉邦這話，笑了笑道：「傻瓜，你平時對我們那麼好，現在回報你一下也是應該的！好了，你快走吧！」

劉邦摟住二人親了一下後，豪氣沖雲天的道：「我劉……盧綰一定會有出人頭地的一天的！到時會讓你們享受一生一世！」

二女也一人看了劉邦一下，春香道：「死鬼，皇天在上，我祈他保佑你發達好了！」

夏香也道：「你這張嘴可真甜，說話讓人甜到人心……你可要好好保重，免我們姐妹掛念你啊！」

劉邦心下激動，哂道：「放心，我大鼻福大命大，不會有事的！」說這話時，心下卻是想道：「待老子招集齊了人手，擒住了任橫行，被楚懷王封了個什麼王什麼侯的，老子一定恢復身分來郡城宰光八寶賭坊的惡狗，殺光野狼這幫馬賊，罷去丁公的城守之職，以洩老子在郡城所遭受的一切鳥氣！」

劉邦邊說著邊想著已從窗口飛身上了屋頂，遠遠的只聽得春香道：「大鼻這人真好，從來沒有當我們是妓女！」

夏香接口道：「而且一有錢就很豪爽，花錢從來不皺眉頭！」

春香歎了一口氣道：「可惜他窮的時候多！不過，我們四姐妹從來就不介意，只要見著他來就開心了！」

怡春院四香本是貧民出身，因家中貧寒不堪，被父母賣身青樓，對人歡笑背人淚，對盧綰待她們從來是像情人一般，讓她們感受到作女人的自尊和希望，所以她們喜歡盧綰。

劉邦聽著二女的這番對話，唉聲歎氣的自語道：「盧綰啊盧綰，我劉……老子在沛縣自稱是泡妞第一高手，最懂馴服女人，想不到比起你來……還是略遜了那麼一點點！」

如此自說著時，又想起周苛告誡自己的話，你們這幫狗賊又算得了什麼呢？秦鳳你這辣妮，口說放我一馬，原來卻給我來暗招，竟派人來抓我啊！老子如不泡上你，我就不姓劉！

口中發著嘀咕，不覺已是到了端屋簷，正準備下跳時，卻突見得四個義軍官兵拖拉著一張大網正在等著自己呢！

心下大驚的頓忙伸手一把抓住屋簷的一根橫樑，暗叫「好險」的再次躍上屋頂，衝著下方的官兵大叫道：「你他奶奶的，布下地網陣也奈何不了本少爺！有本事上來抓我啊！」

話音剛落，身後突地傳來一陣嘿嘿冷笑道：「地網奈何不了你，還有天羅呢！盧綰，現在是天羅地網你插翅難逃了！還是束手就擒吧！」

劉邦聞聲心下一凜，轉身一看，卻見四個張牙舞爪的凶惡大漢正向自己包圍過來，其中一個較瘦的獰笑道：「盧綰，你這毛頭小子的面子可也真大，竟然要我們天山四豹出動擒你，你可真三生有幸了！」

另一個較胖點的也嘿嘿笑道：「你小子竟然欠下我們八寶賭坊的銀子不還不

說，還色膽包天的去調戲秦嘉將軍的獨生千金，簡直就是活賤了嘛！嗯，還聽說你賣兵器給馬賊，是不是想對我東郡城圖謀不詭啊，這幾條大罪加在一起，你小子是死定了！」

這時地面也突地傳來一陣哈哈大笑的渾沉聲道：「像你這等地痞流氓，本城守本不想管治太嚴，但想不到你竟然色膽包天的公然調戲秦嘉將軍的千金小姐，我是不能不管了！哼，本城守早就派人對你的一舉一動監視住了，今天除非你是任橫行，否則就給我乖乖的就綁！」

劉邦心下只覺怒火熊熊，對這城守丁公一點好感也沒有，想起他還乃是義軍將領，禁不住出言反駁道：「丁公，你身為一城之主，竟然私通賭坊，知法犯法，論罪你已該罷官！像你這等一個不潔身自好的狗官，又怎配來治我之罪呢？我們農民百姓擁護你們入城，本是想不再遭受秦王朝的苛政，但你卻利用職權謀私利，欺壓百姓，這與秦狗有何區別？要治罪我盧綰，卻應是先從你治起！」

地面騎在馬背上一身武將服飾的丁公氣得面紅耳赤，大喝道：「你……你不要逞口舌之利！給我即刻擒下這小子！」

天山四豹得令，兇神惡煞的圍近劉邦，劉邦知自己已經避無可避，當即決定豁出去了的一坐馬步，沉腰挺胸大喝道：「好！既然爾等逼人太甚，本少爺今天就讓你們見識一下我的真功夫吧！」

天山四豹聽了喋喋之怪笑道：「就憑你的三腳貓功夫嗎？回家去跟狗打還差不多！你受死吧！」

獰笑著四人如狼似虎的揮拳向劉邦圍撲過來。

劉邦展開的鬼魅使者授與自己的「迷幻十變」閃避開四人的攻擊，口中大笑道：「我現在不就是在跟四隻惡狗打鬥嗎？」

說著，也以匕代劍展開了項思龍授與自己的半生不熟的「雲龍八式」劍法中的第六式「施風式」，倒也快若閃電的向四豹分擊過去。

四豹見了心中暗涼，其中一豹大喝道：「原來手底下還有兩招！哼，要對付我天山四豹還差遠了！打！」

話音剛落，卻只見一豹已「碰！」的被劉邦擊個正著跌倒地上，另有一豹手腕「咔嚓」一聲也被劉邦扭脫了臼。

哈，項大哥教的劍法原來卻還可以匕作劍打擊敵人！威力也這麼大，日後可得好好的認真去研習一番。

心下正如此樂歪歪的想著，「碰」的一聲，臉面被一揮來的拳頭給擊了個正著，痛得劉邦慘叫一聲，身形頓時向後暴退。

哎喲！好痛！驕兵必敗！自己得穩打穩紮才行！心神一斂，頓把魚腸匕拔了出來，半生不熟的「雲龍八式」一招一式從頭至尾應手揮出，配合著「百禽身法」。

「啊！」的接連兩聲慘叫，天山四豹中有兩人被劉邦手中鋒匕刺著，一太陽穴被刺當場死去，一後臂被砍，滾到在屋頂痛得哇哇大叫死去活來。

劉邦見自己連挫二敵，心神大定，又驕傲了起來道：「所謂天山四豹，原來只不過是四個膿包而已，應改號為『天山四鼠』才對！」

其他二豹見自己兄弟一死一傷，氣得雙目發赤，怒吼著撲向劉邦道：「小子，還我兄弟命來！」

劉邦嗤笑道：「黔驢技盡自顧不暇，還口說大話，待本少爺發發善心，讓你們二位也上西天陪你兄弟吧！」

卻見一片寒氣逼人的寒芒衝天而起，有若六月降雪般向餘下二豹激射過去，二豹還未近得劉邦身來，已是慘叫兩聲，雙雙被破腸開肚而亡。

魚腸匕乃天下至鋒的神兵利器，配合以「雲龍八式」這等李牧創下的本是以少勝多用來征戰沙場的絕世劍法，所以就是劉邦這等武功平平的身手也大展神威，輕鬆擺平四豹。

城守丁公在地面看得面面急陰沉。

哼，想不到這小子還真有點能耐，要不是為了擒住任橫行，本城守手下的高手多得是，也不用出動天山四豹這等廢物了！

他奶奶的，真丟人！對付一個地痞無賴，本城守親自出馬已是看在秦嘉將軍小姐被辱的份上，為了討好她才如此做的，但想不到……

不過，我還有張王牌在手，不用動武，這小子也定逃不了的！

城守丁公如此尋思著，劉邦則是收劍得意的拍了拍手道：「八寶賭坊重金聘請的幾個高手原來如此不堪一擊，太令人失望了！好了，丁公城守，咱們日後有緣的話再見吧！」

說罷，發力施展輕功，如大鵬掠空般從眾人頭上飛過，正待離去時，丁公的嘿嘿笑聲突地傳來了道：「小子，你回頭看看，連父母朋友也不顧了嗎？」

劉邦聞言心下一凜，住身回頭一看，卻見盧綰父母和沙皮狗三人正被幾個兵士押了出來，身上還滿是傷痕。

劉邦看得既是遲疑不決又是怒火中燒。

他奶奶的，這丁公好卑鄙！竟然用人質來威脅自己！

現在該怎麼辦呢？自己不是真盧綰，大可一走了事！可這樣做豈不太不講義氣了？再怎麼說，盧綰也是自己師兄呢！

春香和夏香以及周苛等盧綰的朋友對自己都那般講情義，自己如棄盧綰父母和沙皮狗不顧，豈不連他們也不如？

自己還是個堂堂的一支義軍首領呢！

解救他人苦難乃是自己的責任！

對！不可溜！要講義氣！這樣才方為大丈夫嘛！

劉邦暗一咬牙，衝著地面丁公怒目而視道：「好！你放過我爹娘他們，我跟你走！」

丁公聽了哈哈一陣奸笑道：「皇牌一出，所向無敵！來人，鎖上盧綰！」

東郡城郡府大堂內，劉邦身著枷鎖跪在案堂下，朝高高在上、傲慢陰冷的丁公怒目而視，盧綰父母也手腳被縛由四名兵士押著。

「啪！」的一聲，堂木拍案之聲驀地響徹大堂，丁公望著跪在堂木的劉邦冷笑道，對站在一旁的周苛道：「周監長，先給我查查盧綰的戶籍記錄，看看他有無作奸犯法的前科？」

周苛一臉不安之色的從革囊中拿出一束白帛，遞給丁公道：「大人，請過目。」

丁公接過張開一看，卻見上面寫著：「盧綰，原藉沛縣中陽人，後經遷戶搬來東郡城，上有父母，無兄無妹，地痞小混混但為人正直豪爽，除幹些偷雞摸狗歡牛招騙花天酒地的色當外，無不良行為，乃屬上等人！」

丁公看到最後幾字，瞪大雙目驚叫起來道：「什麼，上等人？這……周監長，你有沒有搞錯，像他這樣的地痞無賴也可算得上是上等人？」

周苛朝丁公行了個禮道：「大人，這戶籍資料乃秦朝監長所留，屬下也只是翻找而已。但據聞盧綰作事向來守諾守信，欲語有云：有信無行下等人，無信無行中等人，有信有行上等人。所以，盧綰也確算上等人！」

說到這裡，頓了頓，接著又道：「大人，屬下有個建議，不知當不當說？」

丁公皺眉擺了擺手道：「但說無妨！」

周苛聞言面露喜色道：「這盧綰身負多罪，其一欠八寶賭坊債銀一百五十六銀，其二欠反賣兵器給馬賊凶擾社會治安，其三是在光天化日之下調戲秦鳳小姐，論罪已是當誅！但殺了他對大人可一點好處也沒有，大人費了九牛二虎之力才把他擒住，沒利可圖之事自不會做。

「所以我們還不如放了他，限他在十日之內歸還銀兩，告知馬賊下落，並且向秦鳳小姐當面叩頭認罪。如此一來大人銀子可得，功勞可獲，並且秦鳳小姐也面上有光，還有就是大人如此寬宏大度施行仁政，全城百姓都會更加愛戴大人，如此一箭多雕，大人可以考慮考慮！」

丁公這人本是個貪財私利的武將，並有深沉心機，聞言側頭沉思道：「這個……說得也有道理啊！既可得銀子又可獲好名聲。還可討秦鳳小姐歡心，何樂而不為呢？不過，還有個問題啊，就是這小子交不出銀子，不知馬賊下落，不向秦風小姐賠罪，開溜了怎麼辦？」

周苛似早知丁公會有此問，笑著答道：「大人有盧綰父母這張皇牌在手，還怕他不依你之命行事嗎？那時，若是盧綰達不到大人要求開溜了，大人大可以拿他父母開刀啊！盧綰當不會不顧他父母生死的吧！」

丁公聽了眉開眼笑的連連道：「好計！好計！就如此做！」說著又一拍驚堂木大聲衝劉邦喝道：「犯人盧綰，欠八寶賭坊一百五十六兩銀，抵賴不還，勞本城守親自出馬，需繳出差費一百兩，兩數共是二百五十六兩，限十天之內交還！還有犯人盧綰勾結馬賊，私售兵器擾亂社會治安圖謀不詭，限在十天之內找出馬賊下落，與本官合作將馬賊一網打盡，以將功補過！至於調戲秦鳳小姐一事，需當眾向秦鳳小姐叩頭陪罪，遊街一天以示懲戒！盧綰父母生子不教，致有子如此，本官將他們收監，十日後，如果你不完成上述要求，就將你斬頭治罪。為肅民風，先責打盧綰父母每人五十大棍！行刑！」

幾個兵士剛兇神惡煞的將盧綰父母拉到大堂當中按地，依命朝他們重打起來，只痛得他們唉叫連連，當責打完畢時，二老已是面色發白，氣息喘喘的有氣無力了。

劉邦在旁看得雙目噴火，真恨不得即刻衝上去掐死丁公，但知道自己能力有限，或許還沒近得對方身邊，便已沒命了，當下只得咬牙切齒的捺下心中的怒火。

君子報仇，十年不晚，現在忍忍，待時老子一定要殺光這幫惡狗！

劉邦心下發著毒誓時，丁公又一拍案堂道：「為盧綰除枷！把盧綰父母收押天牢，退堂！」

劉邦手腳自由，奔向已是面無人色的盧綰父母羞愧的道：「爹，娘，孩兒累你們受苦了！不過放心，我一定會救你們出去的！」

盧綰父親擠出最後一絲力氣，指著劉邦怒罵道：「你這不肖子，不務正業也罷，還連累我們為你拖累！當初生下你時，真悔沒把掐死你！」

盧母有氣無力的道：「衰仔，當年我生豬狗也好過生你呀！」

劉邦看著盧父盧母被押走，痛苦得跪地雙手抱頭。

唉，我真沒用！還跟師父和盧綰拍胸脯說一定會保護好盧綰親人和朋友的呢！想不到是眼睜睜的看著他們受苦受罰！

還自稱自己是什麼「天下第一聰明人」？還自吹什麼，不學武功可照樣可打遍天下無敵手！現在遇上困難了，自己卻是一點辦法也沒有！

還是一支義軍的頭領呢！還幻想著有一天，當皇帝呢！連這麼一點困難也解決不了，劉邦啊！你還是去吃屎吧！

正當劉邦痛苦欲絕時，周苛走至他身邊，伸手一搭他的肩頭，沉聲道：「盧綰，我這裡有二十兩銀，是我的全部家當了，你拿去用吧！以後多多保重！我也無能力再幫你逃出去闖天下！以你的聰智和身手，應該是可闖出一番天下來的，現在這亂世，出頭的機會多得是！

「你父母和沙皮狗我會儘量照顧他們的！沙皮狗我已放了，在門外等你，你如願意的話，就帶著他一道出去闖吧！這傢伙挺機靈的，是個好幫手！」

劉邦想不到周苛竟也是個如此重情義的人，眼角發脹的一握周苛的手道：「周大哥，你放心吧！我會照顧自己的！你也多保重！」

待周苛遠去後，劉邦低落的情緒又倏地熱血沸騰起來。

我劉邦不是孬種！

想當年我在沛縣鬧得沸沸揚揚雞飛狗跳的，還不是沒有奈何得了我？

哼，我要證明給世人看，我劉邦單人匹馬照樣可以做出驚天動地的事情來！

哼，我今天就單人去擒瘟神任橫行！

讓所有人知道我劉邦的厲害！

只要擒下了這瘟神，我不用任何幫忙，也不用顯示身分，也就可救盧綰父母，解決一切困難了！

劉邦暗暗一揑拳頭，踏步走出郡府大門，卻見沙皮狗正坐在石階上，見劉邦出來，頓時站起來道：「綰哥你出來了！我早知道你會安然無恙的！」

頓了頓接著又湊身對劉邦身邊低聲道：「綰哥，我已查到了瘟神任橫行在『怡春院』，只要抓到他，我們就發達了！伯父伯母也就沒事了！」

劉邦早就知道此事，聞言沒有絲毫激動，只想著方才心下的偉大構想，精神興奮異常。但就在此際，瘟神任橫行的影像突地出現在他眼前。

這……太……太可怕了！弄不好會連命也給丟了的！

沙皮狗見得劉邦的喜氣突消之樣，不知他心中所想，為他打氣道：「綰哥，你不是曾對我說有志者事竟成的，只要我們想想辦法，以綰哥的才智定可以擒住瘟神的！我們鬥力不行可以智取嘛！」

劉邦聽得心念一動，喜氣又生。

對！不可力敵可以智取！連沙皮狗都對自己有信心，自己又怎可臨陣逃脫呢，嗯，但是想個什麼辦法來擒瘟神呢？

劉邦皺眉苦思，暗叫道：「腦兄弟啊腦兄弟，快發揮出你的高度智慧吧！」

「砰！」的一聲驚醒了劉邦沉思，原來是沙皮狗不小心被石頭絆了一跤摔倒了！

劉邦見了忽地腦瓜靈光一閃，大叫起來道：「有計了！」

請續看《尋龍記》第二輯　卷六邪神

無極作品集

尋龍記 第二輯 卷五 魔蹤

作者：無極
發行人：陳曉林
出版所：風雲時代出版股份有限公司
地址：10576台北市民生東路五段178號7樓之3
電話：(02) 2756-0949
傳真：(02) 2765-3799
執行主編：劉宇青
美術設計：許惠芳
業務總監：張瑋鳳
出版日期：2025年2月
版權授權：蔡雷平
ISBN：978-626-7464-73-1
風雲書網：http://www.eastbooks.com.tw
官方部落格：http://eastbooks.pixnet.net/blog
Facebook：http://www.facebook.com/h7560949
E-mail：h7560949@ms15.hinet.net
劃撥帳號：12043291
戶名：風雲時代出版股份有限公司

風雲發行所：33373桃園市龜山區公西村2鄰復興街304巷96號
電話：(03) 318-1378　　傳真：(03) 318-1378
法律顧問：永然法律事務所 李永然律師
　　　　　北辰著作權事務所 蕭雄淋律師

行政院新聞局局版台業字第3595號 營利事業統一編號22759935

國家圖書館出版品預行編目資料

尋龍記 第二輯／無極 著. -- 臺北市：風雲時代出版股份有限公司，2025.02 -- 冊；公分
ISBN：978-626-7464-73-1（第5冊：平裝）

857.7　　113007119